心一堂 金庸學研究叢書

金庸群俠身心靈診療室

——蝴蝶谷半仙給俠士俠女的七十七張身心靈處方箋

書名：金庸群俠身心靈診療室——蝴蝶谷半仙給俠士俠女的七十七張身心靈處方箋
系列：心一堂　金庸學研究叢書
作者：王怡仁
執行編輯：潘國森　陳劍聰
封面設計：陳劍聰

出版：心一堂有限公司
通訊地址：香港九龍旺角彌敦道610號荷李活商業中心十八樓05-06室
深港讀者服務中心：中國深圳市羅湖區立新路六號羅湖商業大厦負一層008室
電話號碼：(852) 67150840
網址：publish.sunyata.cc
電郵：sunyatabook@gmail.com
網店：http://book.sunyata.cc
淘宝店地址：https://shop210782774.taobao.com
微店地址：https://weidian.com/s/1212826297
臉書：https://www.facebook.com/sunyatabook
讀者論壇：http://bbs.sunyata.cc

版次：二零一九年七月初版

平裝

定價：港幣　一百三十八元正
　　　新台幣　五百五十元正

國際書號　978-988-8582-83-9

香港發行：香港聯合書刊物流有限公司
香港新界大埔汀麗路36號中華商務印刷大厦3樓
電話號碼：(852)2150-2100　傳真號碼：(852)2407-3062
電郵：info@suplogistics.com.hk

台灣發行：秀威資訊科技股份有限公司
地址：台灣台北市內湖區瑞光路七十六巷六十五號一樓
電話號碼：+886-2-2796-3638　傳真號碼：+886-2-2796-1377
網絡書店：www.bodbooks.com.tw
台灣秀威讀者服務中心：
地址：台灣台北市中山區松江路二〇九號1樓
電話號碼：+886-2-2518-0207
傳真號碼：+886-2-2518-0778
網址：www.govbooks.com.tw

中國大陸發行 零售：深圳心一堂文化傳播有限公司
地址：深圳市羅湖區立新路六號羅湖商業大厦負一層008室
電話號碼：(86)0755-82224934

心一堂微店二維碼

心一堂淘寶店二維碼

目錄

潘序

毫無疑問，王怡仁醫生是「金庸學研究」入面「金庸版本學」一支的泰山北斗，六大部《金庸武俠史記：三版變遷全紀錄》必將是二十一世紀所有金庸學研究者必備的工具書。

二零一四年適逢金庸先生九十華誕，心一堂刊行了幾部金庸學研究專書，作者就是王醫師、潘國森和歐懷琳詩人共三人。當時想到我們的金庸學研究成績不必單憑讀者看官品評，於是筆者就自立一個「二十一世紀初旬金庸學研究大獎」，金獎頒予王醫生的「金庸版本研究」，以「金庸詩詞學」自領銀獎，歐詩人的「金庸商管學」則給銅獎。這三個獎無非是網絡虛擬的貨色，既無獎金、亦無獎品。排名是按預計日後對「金庸學研究」的影響而定。「三版變遷全紀錄」將是「全民」（指金庸學研究者而言）必讀，「金庸商管學」則理應比「金庸詩詞學」還要冷門些。這個排名雖然帶點擴大宣傳而鬧著玩的意味，不過同時也是真心誠意認為我們三人的研究成果可以在「金庸研究學」的領域入面名列前茅。

我們金庸小說迷都知道其作品融入了許多中國傳統文化的入門級常識，陳世驤教授有言：

藝術天才，在不斷克服文類與材料之困難，金庸小說之大成，此予所以折服也。意境有而復能深且高大，則惟須讀者自身之才學修養，始能隨而見之。細至博奕醫術，上而惻隱佛理，破孽化癡，俱納入性格描寫與故事結構，必亦宜於此處見其技巧之玲瓏，及景界之深，胸懷之大，而不可輕易看過。

〈陳世驤書信〉，《天龍八部》第五冊

今回王醫生將舊作整理刊行，可以說是打響「金庸身心靈醫學」研究的第一炮。雖然過去不乏有零星的文字討論金庸小說入面的醫療和點穴情節，不過都不是有系統的大範圍探討。中國人傳統將醫學藥學歸類入去「方技術數」的學術範疇：

方伎二字始於漢。其在唐時，醫、卜、星、相諸流皆入焉。惟醫之為學科，實未可與卜、星、相之迷惑社會者同日而語也。

徐珂《清稗類鈔・方伎》

術數之興，多在秦漢以後。要旨不出乎陰陽五行生剋制化，實皆《易》之支流，傳以雜說耳。

《四庫全書總目提要》

醫卜星相是古人用來謀求美滿人生的方技術數，具體而言，就是優化人生在妻（愛情與婚姻）、財（財富與物質）、子（家庭與後代）、祿（官職與權位）、壽（壽命與健康）等五大範疇的吉凶。許多時人到中年會更明白健康比財富名位更為寶貴，而家庭幸福總是建築在一家人身心的健康之上。

王醫生借來金庸小說入面、我們廣大讀者視如朋友的重要角色助談，介紹當代西醫入面「身心靈醫學」這一支的特色，而且對於每一位「病患」的獨特實況，都提供了很具體改變生活、調節情緒的建議，相信讀者一定會大感興趣。

醫學藥學的源頭是今天許多人認為「封建迷信」、「不科學」的術數，中外皆然。

古希臘有「體液學說」（Humorism），可以列為一表：

體液 Humour	四時	四大	臟器	性質	性情
多血質型 Blood	Spring	風大	肝	濕、溫 moist and warm	樂觀型 Sanguine
黃膽汁型 Yellow Bile	Summer	火大	膽	溫、乾 warm and dry	易怒型 Choleric
黑膽汁型 Black Bile	Autumn	地大	脾	乾、寒 dry and cold	憂鬱型 Melancholic
粘液型 Phlegm	Winter	水大	腦／肺	寒、濕 cold and moist	沉穩型 Phlegmatic

按：四型性格都有正反吉凶善惡的雙面性質，中譯的字面義經常不足以完滿表述所有內涵。

中國人講春夏秋冬，是以立春、立夏、立秋和立冬作為分界；西方人講seasons，則以春分、夏至、秋分和冬至作為分界。所以保留英文不予中譯。

印歐文明（包括印度和古希臘）的方技術數講「四大」，我們中國則講陰陽五行。兩相比較，四大和五行都離不開水與火，畢竟水與火就是陰陽的最重要表徵。四大的地大與五行的土行本來就是同物異名；風大則與木行相似，風無影無形，我們能夠知道有風在吹，則以植物受風而枝葉擺動作為證據。五行比四大多出了金的一行，這是兩大文明的先哲聖賢在仰觀俯察時剛好有不大相同的體會。五行亦與五德相配，木主仁、火主禮、土主信、金主義、水主智。五德字面義都極美好，但是落到實處，我們都知有婦人之仁、寡情之禮、愚昧之信、匪黨之義和陰謀之智。

西方體液學說分出四大性情，中國醫家還有七情之說。喜、怒、憂、思、悲、恐、驚，都可以聯繫到五臟。陳世驤教授提到「博奕醫術」，醫術一道在金庸小說經常出現。《黃帝內經．素問．陰陽應象大論篇》：「怒傷肝，悲勝怒，……喜傷心，恐勝喜。……思傷脾，怒勝思……憂傷肺，喜勝憂……恐傷腎，思勝恐。」《倚天屠龍記》有崆峒派七傷拳的總訣：「五行之氣調陰陽，損心傷肺摧肝腸，藏離精失意恍惚，三焦齊逆兮魂魄飛揚。」出處何在？相信會是「金庸醫藥學」其中一個可以造文章的小話題。

《陰陽應象大論篇》還提到：「陽病治陰，陰病治陽。」這原本在講一個人的身體狀況而言，金庸在《天龍八部》還用到兩個人身上，讀者可以參考王醫生論蕭遠山和慕容博這兩位「歡喜冤家」的治療經過，以蕭之病治慕容、又以慕容之病治蕭，別開生面。

金庸小說入面，最能為「身心靈醫學」輸出神兵利器的，恐怕應要數《神鵰俠侶》古墓派的「十二少、十二多」訣法：

少思、少念、少欲、少事、少語、少笑、少愁、少樂、少喜、少怒、少好、少惡。行此十二少，乃養生之都契也。多思則神怠，多念則精散，多欲則智損，多事則形疲，多語則氣促，多笑則肝傷，多愁則心懾，多樂則意溢，多喜則忘錯昏亂，多怒則百脈不定，多好則專迷不治，多惡則焦煎無寧。此十二多不除，喪生之本也。

《神鵰俠侶》第三十九回〈大戰襄陽〉

此說大有來歷！

出自「藥王」孫思邈的《備急千金要方．道林養性篇》，上文最後兩句，原文是：「此十二多不除，則榮衛失度，血氣妄行，喪本之道。惟無多無少者，幾於道矣。」

陳世驤教授又講到「惻隱佛理」，佛經有提到阿難尊者問佛陀病與藥，佛陀開示十二種病與十二種藥：

隨惡人言是病、邪妄諂曲是病、言語傷人是病、貪愛色慾是病、殺害眾生是病、不敬父母是病、作惡不悔是病、愚癡顛倒是病、侵佔他人是病、好覓人過是病、無慚無愧是病、我慢貢高是病。

慈悲喜捨是藥、謙讓作小是藥、讚歎大乘是藥、有惡能改是藥、有過能悔是藥、毀罵不動是藥、敬上念下是藥、愛念他人是藥、敬老憐貧是藥、低聲軟語是藥、具足正見是藥、誓度眾生是藥。

金庸小說入面借用過的儒家思想、道家思想、佛家思想、醫家思想，全部都可以跟王醫生專精的現代身心靈醫學相印證，就好像《天龍八部》寫鳩摩智帶了少林派的「拈花指」、「多羅葉指」和「無相劫指」，說要與大理段氏的「一陽指」來個「相互印證」。

如上拉雜而談，如果除去宗教內涵，或與王怡仁「金庸身心靈醫學」有「相互印證」之功！是為序。

潘國森序於心一堂

二〇一九年歲在己亥仲夏穀旦

歡迎來到俠士俠女們的身心靈診療室

打從中學第一次看金庸小說，我就深深愛上了金庸筆下的人物。金庸擅長描述人物的性格，他的生花妙筆創作出形形色色的人物，而且幾乎沒有兩個人物的性格是一模一樣的。

又因為金庸的武俠故事廣為人知，朋友們聚會時，有時談起彼此的性格，會問對方：「你覺得自己比較像郭靖？楊過？還是張無忌呢？」

中學畢業後，我讀了醫學系，成了西醫師，認識了各式各樣的疾病，以及疾病的治療方法。而後，我又接觸了身心靈醫學。身心靈醫學的理論是「身體是心靈的一面鏡子」、「疾病是心靈衝突的映照」、「慢性病是性格在身體的呈現」。經由臨床觀察，我確定每個人的疾病都與他的性格有關，比如高血壓的個案全都有著急性子且掌控慾強的性格，糖尿病的個案通常煩惱都比較多，生活過得不快樂，腎臟病的個案則大多是對於環境有著莫名的恐懼。

學過身心靈醫學後，回想起最愛的金庸人物，我自然而然的聯想，如果郭靖、黃蓉、楊過、小龍女……等俠士俠女來到我的門診，他們可能會有什麼疾病？又該用什麼方法來對治？

於是，我在遠流出版社的「金庸茶館」網站，以「王二指」為筆名，開立了「蝴蝶谷半仙」專欄。在這個專欄中，我寫了一百篇文章，每一篇文章各介紹一位金庸人物。每位人物我都先簡略講述他的故事，評析他的性格，再推測他可能會罹患哪一種疾病？而若是罹患了疾病，又該用什麼方法來治療？

金庸筆下有三大神醫，即《倚天屠龍記》的「蝴蝶谷醫仙」胡青牛、《天龍八部》的「閻王敵」薛神醫、及《笑傲江湖》的「殺人名醫」平一指。專欄以「蝴蝶谷半仙王二指」為版主名號，即是把「蝴蝶谷醫仙」減半，「平一指」也減半。可知這系列文章並不嚴肅，而是要大家以輕鬆有趣的心來閱讀，並在閱讀中更深入了解金庸人物，也認識身心靈醫學。

大俠也是人，他們也可能會有病。那麼，你相信郭靖有可能罹患高血壓？黃蓉有可能罹患腎臟病？楊過有可能腸胃不適？小龍女有可能染上菸癮嗎？

如果你對俠士俠女們可能罹患什麼疾病有興趣，那麼，歡迎你也來「蝴蝶谷半仙王二指」的身心靈診療室。讓我們一起來認識俠士俠女的性格，為俠士俠女診斷疾病，再開出處方箋，讓俠士俠女們都成為快樂健康的人！

版主蝴蝶谷半仙王二指介紹

二十一世紀初，在日本北海道小漁村，發現豐臣秀吉桃山時代古物，其中有一部書，據考證是中國明版書，作者自題為「平一指」，其所著《靈樞辨誤》字字一針見血。但學者爬梳過整大套明代雜誌《大明醫界》，完全不見此人名錄，後來自《中國古代教派考》一書尋覓，似乎可印證此人為當時「日月神教」中名醫。困惑的是，《靈樞辨誤》跋中有句：「五百年後神醫再臨，以身心靈醫學濟苦救難。神醫名為王二指，號為『蝴蝶谷半仙』。」

編輯部掐指一算，五百年後即約於此時，於是極力蒐羅「王二指」其人，但尋覓多年，始終未果。那日在路邊，突然見一土裡土氣的男子與友人拍照，每當要按快門時，男子即裝成稚齡可愛的小孩般伸出右手食、中指喊：「耶！」編輯們剎時頓悟：「『王』，拆字為『一土』，一個土包子比兩根手指，那不就是『王二指』嗎?平一指所說必為此人!」

當下二話不說，即延請此「王二指」，以其「二指神功」，專為俠士俠女們把脈，開出身心靈處方箋。

餘話不表，正話說來。王二指，本名王怡仁，正職醫師，閒暇以讀書與創作為樂，曾發表

〈臺灣金庸小說版本考〉、〈大俠的新袍舊衫—試論金庸小說的改版技巧〉等金庸研究；著作有《彩筆金庸改射鵰》、《金庸妙手改神鵰》《金庸武俠史記—射鵰編》、《金庸武俠史記—神鵰編》、《金庸武俠史記—倚天編》、《金庸武俠史記—天龍編》、《金庸武俠史記—笑傲編》、《金庸武俠史記—鹿鼎編》、（以上由心一堂出版社出版）、《不只是奇蹟》、《武俠身心靈診療室—金庸小說人物VS二十種常見疾病》、《不藥而癒—身心靈整體健康完全講義》、《靜心的優雅節奏》、《天生富有：在豐裕的收成中享受生活》、《啟動靈感：來自賽斯的41堂靈魂課》、《美好世代：心靈老師的快樂親子書》、《自在修練：40個賽斯修為法輕鬆上手》、《賽斯速成100》、《賽斯書輕導讀》、《一起來玩工作坊：賽斯思想操作手冊》（以上由賽斯文化出版）等書。

郭靖——空瓶子學生

◆問診◆

熱衷教育的老師，得稟賦優異的學生而教之，固為人間一大樂事，而若能得到白紙一般的空瓶子學生，努力吸收師長的精華，也是妙趣無窮。

郭靖就是這樣的素樸白紙學生，他的心裡懷抱著大俠夢，樂意接收所有他所能學習的武功義理。

郭靖從小在「俠媽」李萍眼中是「學話甚慢，獃頭獃腦」的孩子，就因為「獃頭獃腦」，這位「蒙古宋僑」不會用太多時間與小聰明去盤算，什麼武功是我喜歡的？什麼武功是我需要的？什麼武功我未來用得到？或哪個老師的教法我最認同？從哲別的箭術、江南七怪博雜不相融的武功，到馬鈺的上乘內功，他照單全收。而後他南來中原，又受教「降龍十八掌」於洪七公、「九陰真經」於老頑童。

老師傳功後，郭靖秉持「人家練一朝，我就練十天」的刻苦精神，天天向上，最後終於出頭天，躋身高手之林。

也是中原武林合該有個變局。南宋寧宗時期的武林，幾乎被「五絕一朝」把持。五絕是東邪、西毒、南帝、北丐、中神通及其門人弟子，一朝則是扈從金國朝廷的鐵掌幫等江湖人物。五絕一朝各倚武力機巧，擁有龐大勢力，彼此在祕笈名位上你爭我奪。

郭靖這位「個體戶」大俠可說是「五絕一朝」時代的特異份子，這個沒有門派包袱的少年俠士，以他好學又清新的形象，既能得北丐、老頑童傳授功夫，又有機會與東邪、西毒過招，最後終於突出於五絕一朝後人之上，成為一代大俠。

如果郭靖始終只是空瓶子學生，他將淪為覺遠大師、空見大師之類的冬烘高手，但郭靖後來既隨成吉思汗西征花剌子模，又經歷母親自盡與黃蓉失蹤的苦痛。經過內在衝突的試煉，郭靖的智慧漸漸開啟，並摸索出人生的道路，他先是到李全、楊妙真駐守的青州襄助抗敵，而後又到呂文德堅守的襄陽，協助守城護國。大俠成功轉型，射鵰英雄從此搖身一變，成為民族英雄。

不過，即使年齡與武功漸漸成長，郭靖「獃頭獃腦」的本性仍在，在郭靖投入助守襄陽的大業後，他的人生方向確立，武功招式也定型，原本的空瓶子逐漸裝滿，郭靖竟從「獃頭獃腦」變成了「冥頑頭腦」的頑固大俠。

轉瞬之間，郭靖已成了父執輩俠士，當郭靖看到子姪輩的楊過愛上師父小龍女時，為免楊過犯下「師徒相戀」這條武林大忌，淪為背負不倫罪名的武林敗類，郭靖差點殺了楊過。

此時的郭靖大概已經忘了他在「空瓶子」時期，可以接納各種武功與各式觀念的包容心。回想郭靖在少年時期戀上黃蓉，雖然師父柯鎮惡堅持「正邪不能相戀」，郭靖仍勇於突破師父的嚴令，非「小妖女」黃蓉不娶，但中年郭靖卻搖身一變，成了柯鎮惡，也來阻止楊過的戀情。

◆徵狀◆

中年以後的郭靖，思考定型，彈性不佳，只要見到不符他是非對錯標準的人與事，他都可能勃然大怒，這樣的郭靖或許老來會罹患高血壓。

◆處方◆

腦筋較硬的郭大俠，不妨服一帖「十香軟『心』散」，保持柔軟的心，或到少林寺藏經閣看看各類圖書，增加思考彈性度。如果郭靖能尋回初心，以當年學武功的空瓶子心思，看待並接納世間的一切，而非凡事都須符合他的道德準則，他將可以活得更輕鬆，血壓也將較為穩定。

黃蓉——武林冒險家

◆問診◆

虛擬遊戲之所以刺激，就在於處處有危機、時時可冒險，但虛擬遊戲畢竟只是幻象，倘使將真實人生視為虛擬遊戲，總是臆想這世界遍地危險、隨處敵人，因而終日處於不安全的恐懼之下，那就有害身心了。小美女黃蓉偏生就是這樣的「聰明傻女孩」，她是個在小細節上聰敏慧黠，大方向上卻老把自己擠進惶恐的傻姑娘。

或許是老爹黃藥師將黃蓉鎖在桃花島太多年，這孤傲的「邪怪大俠」黃藥師的身教言教，大概不外乎非聖毀祖、謗罵朝廷、不屑武林。小黃蓉自幼在黃老邪的教育下，想必將外人都當成了「潛藏的敵人」。

跟老爹吵了一架後，黃蓉憤而離家出走，她的「武林冒險記」從此正式展開。因為已把江湖預設為具有敵意的環境，黃蓉初出江湖，就將自己裝扮成小乞丐，經由易容改裝增加安全感。

黃蓉闖蕩江湖的原則有二，一是先發制人，因為她不像老爹之類的高手擁有絕世武功，因而轉以腦力機智勝過他人，所以她的小聰明愈練愈靈活。黃蓉想制服或作弄的，不僅有武林邪派異端如歐陽鋒父子、沙通天等人，也有她的假想情敵穆念慈，以及為她治病的一燈大師座下漁樵耕讀等正派人士。拿小聰明對付惡人，自然令人稱快叫好，但如過度濫用於好人身上，就無怪柯鎮惡等人要叫她「小妖女」了。

黃蓉的第二條原則是拉攏高手，如洪七公這等絕世高人，黃蓉當然須善盡巧思討好，而她能結識郭靖，更是不可思議的幸運。這位不在乎她是小乞兒或小美女的傻小子，請她吃飯又送好馬大衣，在黃蓉的苦心經營下，原本的「大俠蛋」男友郭靖，竟孵成武功卓絕的「北俠」，更成為黃蓉最大的靠山。

在「射鵰」時期，黃蓉是女主角，因為年紀尚輕，小聰明還頗可愛。到了「神鵰」時代，黃蓉已為人母，心態與信念雖隨著年歲增長、歷練加多而稍為圓融，但與楊過重逢後，她對楊過那副防人如防賊的模樣，不免讓人對這位「以小人之心度君子之腹」的郭伯母感到憤憤不平。

楊過為郭襄送上十六歲生日大禮後，黃蓉曾對二女兒郭襄說：「說到誠信知人，我實遠遠不及你爹。」然而，黃蓉或許始終從未自覺，在人生的道路上，總是預想環境充滿敵意，因而必須不斷以小聰明制服敵人，甚至先發制人的她，怎能輕易誠信知人？

◆徵狀◆

從身心靈醫學的觀點來看，黃蓉的腦筋時常轉個不停，她只怕會常常犯頭疼。此外，她的生活中總存在著不安全感或恐懼感，就如中醫所說「恐懼傷腎」，害怕的負面能量易戕害泌尿系統，久而久之，黃蓉的腎臟也容易出問題。

◆處方◆

易產生不安全感的黃蓉，可將韋小寶拆去藏寶圖的《四十二章經》借來讀讀，藉由宗教的力量解開內心的軟蝟甲，安頓她不安的靈魂。當她的心能安住在安全感中時，身體即可較為輕鬆。

楊康——著金裝的窮人

◆問診◆

王爾德筆下的「快樂王子」在布施寶石黃金給窮人後，形貌醜陋了，卻能帶著一顆滿足豐富的心靈見到上帝。在現實生活中，多的卻是與「快樂王子」相反，生活錦衣玉食，內在卻空虛貧乏的人。

「不快樂王子」楊康就是這樣的可憐人，雖然他有個愛他的王爺爹、有個疼他的美女娘、還有個超猛的道士師父，在人生的起跑點上就已經是「人生勝利組」。然而，爹給予他財富、娘遺傳他俊俏、師父傳授他武功，「不快樂王子」依然不快樂，他的內心貧窮，因而渴望以聰明和武功，去追求更多表相上能讓他滿足的成功。

楊康表面上是個集爹、娘與師父的寵愛於一身的天之驕子，然而，正是因為這三位他最親密的長輩各說各話，才讓楊康在心智發育尚未成熟的年紀，心靈即差點被「三馬分屍」。

楊康的養父完顏洪烈是金國王爺，完顏洪烈期望楊康未來成為金國帝位繼承人，因此自小灌輸他氣吞大宋蒙古，一統天下的想法；楊康的母親包惜弱則老是教他要愛護弱小，不可欺負他人；至於楊康的師父丘處機，教導他的無非就是「驅逐韃虜、還我河山、恢復大宋」的漢人本位思想。為了當乖孩子與好徒弟，楊康在完顏洪烈面前是大金王子完顏康，在丘處機身邊又成了大宋忠烈遺孤楊康，「完顏康」與「楊康」的角色拉鋸戰，讓「不快樂王子」楊康陷在衝突整合的苦痛中。楊康想創造自己獨特的事功，讓養父、母親、師父知道自己是個力爭上游的好孩子，卻從來成不了氣候，也無法獲得養父、母親、師父、以及自己的肯定。

楊康一直在追求自我價值感，他想方設法、機關算盡，就是希望從外境中創造成功，但他聰明的腦子只怕從來沒想過，即使追求到他認定的「成功」，究竟有沒有實質意義？在政治上，他追隨完顏洪烈，想在靈智上人等江湖流氓的協助下盜取《武穆遺書》，並師從岳武穆的兵法南征北討。卻不知楊康是否評估過，以完顏永濟當朝那年頭金國的腐敗，軍事又是政治的延伸，就算岳飛本人重生，大概也不過落得再度到風波亭被殺頭的下場，兵法對腐敗的朝廷有何用處？

再說到江湖建樹。楊康拾獲打狗棒，冒充丐幫幫主，又殺死歐陽克，想認歐陽鋒當乾爹，還東渡桃花島殺害江南五怪。他不斷以小聰明貪婪地冒進，以他不夠高強的武功，竟橫挑東邪、西毒、北丐諸大高手。楊康的江湖事功發展到此，已成了東邪、西毒、北丐的共同敵人，要想活下去，只怕比登天還難。

穆念慈是楊康僅有的透氣窗口，楊康有好幾次都幾乎被穆念慈的柔情感動，可惜穆念慈的愛是有條件的，楊康若想愛她，就得接受「宋金不兩立」的政治觀，並跟養父完顏洪烈劃清界線，這個最後的窗口因此還是關上了。人生毫無出口的「不快樂王子」楊康最後中蛇毒而死，也算了結了他痛苦的人生。

◆徵狀◆

從身心靈醫學的觀點來看，楊康不論在養父、母親、師父或情人面前，都不能說出內心的話，只能配合對方，說對方喜歡的話。悶了一肚子真話，卻始終不能開口吐露的楊康，就算沒有中毒死去，將來也可能罹患肺病。

◆處方◆

積壓了一肚子內心話與情緒的楊康，可以試著找三五好友唱唱歌，紓解積累的情緒，也可找個他信任的人，談談內心的焦慮、惶恐與無助，經由能量的流動，他將較為輕鬆，或許也就不會再那麼渴望以外在的事功來肯定自己。

穆念慈——努力的妻子

◆問診◆

日本卡通「小紅豆」有一集的故事是：上作文課時，老師要大家寫「我的志願」，國小女生小紅豆羞答答地說：「我以後想當一個新娘……」全班同學霎時笑成一團。

穆念慈跟小紅豆一樣，都是「立志當新娘」的少女。她隨著義父四處比武招親，至於比武招親的結果，輸給楊康也好，敗給郭靖也罷。只要是贏了她的人，穆念慈就決定嫁給她，並扮演好妻子的角色。

這或許是受義父楊鐵心的影響。當年金國王子完顏洪烈為了包惜弱，在牛家村上演了一場「英雄救美」，包惜弱的老公楊鐵心遭遇這場天外飛來的橫禍，僥倖不死，妻子與孩子卻都生死未卜。楊鐵心隨後竟當起了「奶爸」，收了鄰村孤女穆念慈當義女。經歷家破人亡的浩劫之後，楊鐵心從此不事生產，他活著的唯一目的，便是帶著義女尋找故人，先是找老婆孩子，找了幾年找不到，遂改以「比武招親」尋找郭靖。十幾年間東奔西走，浪跡江湖。

穆念慈也在潛移默化中與楊鐵心一樣，她的目標是「我在找一個人，他就是我老公。」

比武招親時，是楊康主動招惹穆念慈。起先穆念慈心中並沒有「理想情人」的想像，只能默默期待老天送來個好一點的，哪裡知道，上門的竟是條件如此優秀的高富帥，楊康外貌俊俏，風流倜儻，又很會說甜言蜜語。穆念慈芳心可可，在輸給楊康之後，她就決定好好扮演「楊夫人」的新角色。

穆念慈是將人生價值感建立在老公身上的女人，她的價值感必須透過楊康來獲得，所以她傾自己所能給的，全都給了楊康。從趙王府到歸雲莊，南北跨國，她像影子一般跟隨楊康的行蹤，每當楊康落難，她就挺身相救，楊康確實被她的款款深情所感動。

然而，儘管穆念慈願意付出，但她將人生價值感建立在楊康身上，卻造成了楊康極大的壓力。關於「國家認同」這麼基本又切身的政治觀念，穆念慈竟然強迫楊康改變，楊康想當金人，穆念慈卻逼楊康自承是宋人，並要楊康與從小養育他的大金王族為敵。她還撂下狠話，如果楊康不照她的意思，她就死在楊康面前。

穆念慈不單想「相夫教子」，還想「教夫訓子」。她將理想寄託在楊康身上，期待楊康遵照她的要求思考，以滿足她的價值感。她愛自己，其實遠比愛楊康多。

相較於華箏，穆念慈的愛夾帶太多附加條件。為了郭靖，華箏可以拋棄蒙古公主的地位。反觀穆念慈，她深愛楊康，但楊康的理想是經營大金國，穆念慈卻以愛情強迫他放棄理想。兩人若勉強結合，只怕將來也會在翻臉後離異。

◆徵狀◆

穆念慈在楊過很小的時候就抑鬱而終了，以她跟楊康的關係來看，壓抑性的人際關係，尤其是不和諧的夫妻或伴侶關係，女性容易因無力處理而氣積乳房，穆念慈的乳房將可能會有疾病。

◆處方◆

將夢想寄託在男人的穆念慈，可以找峨嵋派祖師郭襄聊聊，請郭襄對她開導開導，又或是跟恆山派秦絹等眾姊妹組個成長團體，辦辦讀書會，成長自己。若能打開自己的視野，穆念慈將明白，自己的夢想自己造，不要將夢想寄託在男人，逼男人完成自己的夢想。女人既能自強，也能自信，自己築夢最真實。

黃藥師——孤傲的高士

◆問診◆

陶淵明詩云：「結廬在人境，而無車馬喧，問君何能爾，心遠地自偏。」真正的隱者能「大隱隱於市」，外境喧囂由他，內心則如如不動。邪怪大俠黃藥師則是「心偏地自遠」的高士，事事不滿，人人礙眼，最後只能到桃花島稱孤道寡。

黃藥師出身世家大族，祖上自宋太祖時代就是封侯高官，代代傳承。他爺爺擔任南宋高宗朝的御史，因為看不慣秦檜冤害岳飛，又看不清十二道金牌背後那隻魔爪出自皇帝本人，竟上表為岳飛申冤，結果遭金龍反噬，全家充軍雲南，黃藥師即出生在孤臣孽子的雲南寒窯中。

出身破落世家的黃藥師，父親仍然向他灌輸忠君報國的儒家觀念，但身為罪人之後，自覺文武兼備卻效忠無門的他，從小滿腔怨恨，不僅拒絕科舉，還指斥朝廷惡政，鼓吹揮師北伐。若非實力不足，他那股對皇帝之位「彼可取而代之」的雄心躍躍欲試。然而，生性高傲的他，連組一隊革命人馬都沒有，更遑論揮師起義。他只能當個異議份子罵罵朝廷，最後則遠走海外，上了桃花島，佔島為王，當「海外異議份子」，建立起「桃花王國」，開他的「黃藥師王朝」。

黃藥師反對「大宋朝廷」，但他反對的也只是南宋君臣不思北伐，還我河山，對於大宋朝的傳統禮教，他不只照單全收，還變本加厲，「桃花王國」儼然是「苛政猛於虎」，以禮教包裝的極權國度。

黃藥師是個奇葩，文才武功、奇門五行無一不精，但他越是高明，就越是「智足以拒諫，言足以飾非」，他的王國也就越專制。他要求完全效忠，弟子陳玄風夫妻悖師潛逃，他的責罰竟連坐及所有弟子；他要求僕人不得語他是非，因此一干僕人全被割舌成啞；他要求武林唯他獨尊，所以郭靖殺了他為非作歹的弟子陳玄風，他要殺郭靖及江南七怪以保自尊；他認為他可以主宰弟子的人生，因此他自行為陸冠英、程瑤迦配對主婚；他要聯合他人以壯大自己，故而愛女黃蓉也得依他安排嫁給歐陽克，以求東邪西毒「聯姻」。黃藥師不只「邪」，還有更多「暴」。

傳統中國法家苛政治國，卻批著儒家仁義大衣。黃藥師出身世家，做法就如同中國傳統官場人物。他「嘴巴反對禮教，頭腦卻奉行禮教」，表面上看來，黃藥師是反禮教的高士，然而，他真正反對的，只是別人效忠政府或其他師父的禮教，至於對他本人苦苦哀求，或效忠他個人的禮教，他可是樂此不疲的。

◆徵狀◆

或許是日後受與世無爭的傻姑影響，老年黃藥師看似放下了對名權的貪戀，在《神鵰俠侶》中，黃藥師走出桃花島，雲遊四海，老年後的他更成了疼愛郭襄的好爺爺。若不經如此轉變，以黃藥師中年時那高傲固執，孤芳自賞的性格，只怕會常常苦於頸部痠痛！

◆處方◆

黃藥師雖精通醫理，但心病還得心藥醫，建議他去找一位名叫韋小寶的小朋友，跟著他，從青樓女子到宮廷大官，多接觸各行各業人士，認識各式各樣的朋友。「了解是同理的第一步」，用心了解他人，就可以減少一些對他人的不滿與不屑。

歐陽鋒——自我的挑戰者

◆問診◆

才子李宗盛有首歌「和自己賽跑的人」，歌詞說：「我們都是和自己賽跑的人，為了更好的未來，拚命努力，爭取一種意義非凡的勝利。」唱起來讓人意興飛揚。

一個人若心中有「理想化的自己」，並鞭策自己朝「理想化的自己」前進，他或許將漸漸進步，成為更好版本的自己。然而，「理想化的自己」若是遙不可及，「自己」每當想起「理想化的自己」，就覺得「自己」不夠好，那麼，「理想化的自己」就會變成壓迫「自己」的壓力，那就彷彿「理想化的自己」總在嫌棄「自己」，「自己」則會認為「我很糟糕」、「我很差勁」、「我不夠好」。

西毒歐陽鋒就是預設了太高強的「理想化的自己」，因而不斷鞭策自己，也陷入了永遠成為不了「理想化的自己」的痛苦。表面上看起來，他是傲視天下的五絕，然而，他的內心依然覺得自己不夠好，這就彷彿他心中燃燒著「理想化的自己」的爐火，他則被「理想化的自己」煎熬得痛苦不堪。

歐陽鋒的「理想化的自己」就是成為天下第一，只要無法奪取天下第一，成為「武林至尊」，他就無法肯定自己。為了成為「理想化的歐陽鋒」，這位白駝山山大王強迫自己苦學武功，並鑽研出蛤蟆功、靈蛇拳等絕世武功，然而，只要成為不了天下第一，他就覺得自己仍然不夠好，又因為認為自己不夠好，他也見不得別人好。他常常使毒害人，因而成了武林人眼中「無毒不丈夫」的老毒物。

痛苦的人往往看不得別人快樂，歐陽鋒也常想造成別人的痛苦。雖說別人的痛苦並不會讓他快樂，但他就是希望別人痛苦。因此他毒洪七公、殺梅超風、斃譚處端、害江南五怪，人人都被他害得痛苦不堪，但他的心裡還是不痛快。

不快樂的歐陽鋒還看不得別人擁有他沒有的事物，因此他喜歡搶別人的東西。他搶哥哥的老婆，生下歐陽克。他更處心積慮要搶《九陰真經》，為了得到《九陰真經》，他不僅闖進全真教當強盜，還強迫學過《九陰真經》的郭靖、黃蓉默寫他們記得的《九陰真經》。豈知郭靖反過來惡搞他，既然你愛當搶匪，我就放一顆炸彈在名牌包中，讓你搶得名牌包，卻被炸得粉身碎骨。郭靖捏造了一部《九陰假經》，讓歐陽鋒練得心神錯亂。

歐陽鋒解脫的機會終於來了，在第二次華山論劍時，練過《九陰假經》的他本已心神錯亂，黃蓉又對他說，有個「歐陽鋒」要殺他。黃蓉說得沒錯，追殺歐陽鋒的人，正是「理想化的歐陽鋒」。經過黃蓉的刺激，再加上喪子之痛的重創，歐陽鋒從此精神分裂，他不再是「歐陽鋒」，「歐陽鋒」是那個追殺歐陽鋒的「理想化歐陽鋒」，而既然歐陽鋒不是「歐陽鋒」，歐陽鋒再也想不起來自己是誰，他的人生於是關機重開，重新開始。

◆徵狀◆

精神分裂後的歐陽鋒本可與原本的「歐陽鋒」切斷關係，但模糊的「我是誰」、「找兒子」等想法，又讓他陷入徬徨與焦慮中。如果可以徹底揮別過去，歐陽鋒即可與孤兒楊過共享義父義子的天倫之樂，但因為他努力想要憶起過去，故而又身陷痛苦之中。直到在華山上與洪七公較量時，歐陽鋒才終於想起他就是「歐陽鋒」，而後即與洪七公相擁而逝。歐陽鋒臨終時哈哈一笑，那一笑大概是頓悟了「古今高手在何方？荒塚一堆草沒了！」

◆處方◆

當歐陽鋒被「理想化的自己」壓迫得痛苦不堪時，他不妨到黃藥師的桃花島上，跟周伯通同住山洞中一段時日，讓周伯通的快樂感染他。歐陽鋒將可能發現，學武原來也可以只是為了好玩，而不必非為了成為「理想化的自己」而苦苦鞭策自己。若能如此，歐陽鋒的心靈將可能放輕鬆，他也就不再是愛使毒害人的「西毒」了！

一燈大師──避世的修行者

◆問診◆

台灣醫師法規定：「醫師對於危急之病症，不得無故不應招請，或無故遲延。」然而，若是病患或家屬與醫師有恩怨情仇，醫師因而不願為其診治，不知算不算是「有故」不應招請，或「有故」遲延？

「射鵰」時代武林中最高明的大夫段皇爺，他的愛妃瑛姑外遇周伯通，並生下孩子。後來這孩子身受重傷，瑛姑求治於段皇爺，然而，綠光罩頂的段皇爺如何能吞下這口氣？於是他斷然拒絕救那孩子，孩子而後去世。雖說段皇爺不願救治孩子情有可原，但瑛姑仍視段皇爺為殺她孩子的兇手，段皇爺也因此終身帶著見死不救的罪惡感。

南詔大理說來算是特別的國家，大理國皇帝不似中原皇帝，下朝後的娛樂是來段「經筵日講」，也就是開開讀書會，或者是一起玩賞漢陶唐玉。大理段氏皇族在繁忙的朝政之餘，還身兼全民運動的最高推廣者，每日以練武為樂，皇帝練、大臣練，後宮妃子也練，整個皇宮彷彿是座武館。段氏家族還擁有獨門絕招，就是名震天下的「一陽指」，段皇爺以這項業餘絕技，與北方四位武術專家合稱為「天下五絕」。

熱衷學武的段皇爺也頗愛與同好切磋武藝，首次華山論劍翌年，王重陽到大理與段皇爺談武較藝，跟班的王重陽師弟周伯通則逛起了段皇爺的後宮，還竟與段皇爺的愛妃瑛姑天雷勾動地火。事情被宮廷密探上報後，喝醋裝甜，故作大方的段皇爺本想將瑛姑與周伯通「送作堆」（配成雙），豈料不想面對現實，只想逃避的周伯通非但不領情，還腳底抹油，逃之夭夭。就在此時，瑛姑發現她有了身孕，懷了周伯通的孩子。

瑛姑生下周伯通的孩子之後，裘千仞惡意掌傷瑛姑襁褓中的孩子。瑛姑本以為這是段皇爺因愛生恨的「家暴」，因此將段皇爺視為敵人。段皇爺澄清他不是兇手之後，本還有意救那孩子，但一解開孩子衣衫，周劉二人的定情肚兜就穿在孩兒胸前，段皇爺瞬間感覺頭頂綠油油，醋勁大發，於是斷然拒絕救治。小嬰孩而後死去，喪子心痛的瑛姑，既不知真正的殺人兇手是誰，便轉而將不願救治孩子的段皇爺視為殺人兇手。

段皇爺的內心也頗受罪惡感折磨，更因此決心出家為僧。出家後的段皇爺法號一燈，一燈大師從龍袍改著僧衣，自充滿恩怨的皇宮逃了出來，然而，逃得出皇宮，卻逃不過內心的自譴自責。一燈大師最後決定逃離人群，遁入山林，他當朝時的四位大臣則成為漁樵耕讀四個護衛，一重又一重的保護他，也一重又一重的將他阻絕在人群之外，一燈大師因而只剩孤身一人，他不再與人相處，也就不再與人有恩怨，不過，沒有新的恩怨，過去與瑛姑的衝突及罪惡感仍在他心中不時的翻攪，就彷佛是他逃不了的噩夢。

多年之後，因為幫黃蓉治傷，一燈大師才重啟與外人的聯繫，卻又因此被瑛姑的假藥陷害。或許是因為這次的挫折，讓一燈大師更決定專修自我精進的小乘佛法，即使日後收裘千仞為徒，一燈大師對裘千仞的教導，也是勸戒他少惹事生非、少造業。

◆徵狀◆

由於楊過穿針引線，讓周伯通與瑛姑重修舊好，瑛姑放下了仇恨，一燈大師才得以釋放數十年來藏在心裡，未救治瑛姑之子的罪惡感。倘使一燈大師長年掛著心事，腹中想必有點沉悶，長此以往，只怕他的大腸會出現某些疾患。

◆處方◆

一燈大師可以使用「空椅法」，也就是找一張空椅，假想瑛姑坐在空椅上，再對瑛姑說出內在的心聲。而後，他可以請熱心的楊過去邀請瑛姑，讓他跟瑛姑掏心長談，化解多年的心結。相信一燈大師道出心聲後，瑛姑或許能同理他的苦衷，並放下仇恨，如此一來，一燈大師的心結就可多少去除，他也將生活得更輕鬆自在。

洪七公——自律的執法者

◆問診◆

迪士尼卡通「獅子王」的男主角辛巴是隻淘氣的小獅子，還是小孩的辛巴急著想要「轉大人」，因而被叔叔惡意欺騙，讓他裝成大人，跨出獅子王國，到禁區探險，而後竟引來殺機，害死了辛巴的父親。

北丐洪七公則與小獅子辛巴相反，他已經是大人，卻還不想「轉大人」，只想當個孩子，維持愛玩的本心。不過，身為丐幫幫主的他，並無法自由自在地當「小孩」。在「幫主」的重責與「正義感」的驅策下，洪七公非得表現出「大人」的樣子不可。

洪七公有著「大人」與「小孩」兩種截然不同的面向，表面上看來，身為丐幫幫主的洪七公處事大中至正，為人大仁大義，儼然是個成熟十足的「大人」，但於內心而言，洪七公似乎從未長大，他的心裡有個喜歡調皮嬉戲的「內在小孩」，總想跳出來，開開心心的玩耍。洪七公較喜歡的自己，即是這個「小孩」的自己。

郭靖、黃蓉初識的洪七公，可不是板起臉孔，大義凜然的洪七公，而是像個「小孩」的洪七公。那時丟開丐幫幫主身分的洪七公，開心地跟郭黃兩個小弟弟小妹妹一起品嚐叫化雞，還教他倆「降龍十八掌」和「逍遙遊」功夫。「小孩」洪七公最能「做自己」，最是逍遙自在。

一旦回復成丐幫幫主的身分，洪七公馬上變了個人，「內在小孩」瞬間藏回心裡，他又變成了大公無私、主持武林正義、決斷江湖是非的「大人」。且看洪七公與歐陽鋒在船上奮戰時，他明知歐陽鋒是武林頭號惡棍，但經他判定，歐陽鋒上罪不致死，他於是就得依照武林規矩，饒了他一命。而洪七公訓斥裘千仞那段「正義之詞」，最能道出他的「大人」面向。他自言一生殺過二百三十一人，個個都是一查再查之後，確定是奸賊惡徒，他才以「正義執法者」的公正角色殺了他們。

洪七公並不喜歡老是板起面孔，當「大人」洪七公，但「大人」與「小孩」兩個面向，總是在他心中打架，比如他明明像「小孩」一樣貪吃，卻要求自己得有「大人」樣，不能為了貪吃誤事，還因此剁掉了右手食指。但沒了食指的他，依然像「小孩」一樣貪吃。至於擔任丐幫幫主這「大人」的工作，洪七公雖然能力有餘，卻大違其「小孩」的性格，因此，當他遭歐陽鋒陷害，失去武功後，馬上將幫主之位交給黃蓉。脫卸了幫主之位的洪七公，頑皮本性立刻顯露無遺，他說最想做的事，就是溜進皇宮，吃「鴛鴦五珍膾」。不再是「洪幫主」的洪七公，成了逍遙自在的「洪孩兒」。

卸下幫主之位後，洪七公真正享受起自己的人生。既然丐幫幫務已不干他事，他便循著「美食地圖」，嚐盡南北美味，快樂的當貪吃的「小孩」，後來乾脆長住嶺南，盡情享用山珍野味。不過，若是武林中有不公不義之事發生，洪七公偶爾也會再變身為「大人」，比如打打藏邊五醜之類的惡棍。看來當「孩子」的這段歲月，雖無武林中的赫赫事功，卻是洪七公最快樂的一段人生。

◆徵狀◆

吃遍嶺南美食後，洪七公再遇歐陽鋒，武林中的至善與至惡在臨終時和解，兩人相擁而逝，人生圓滿落幕！若以洪七公青中年時期那股壓抑「內在小孩」，不能輕鬆做自己的性格，他可能會覺得人生很苦悶，那時的洪七公說不定體內的癌細胞已然蠢蠢欲動！

◆處方◆

喜愛美食的洪七公，不妨辭去沉重的幫主之位。如果還想留在丐幫，他可以在丐幫的「掌缽龍頭」與「掌棒龍頭」之外，再設個「掌碗筷龍頭」，由他自己出任。這麼一來，他就可以帶著他的乞丐兄弟們，將討來的殘羹剩菜玩出一道又一道好吃的美食。這樣的洪七公既能當貪吃的「小孩」，又能在丐幫中，當主持正義的「大人」，他的人生必將更為快樂！

周伯通──武學的博士

◆問診◆

比利時漫畫家艾爾吉的作品《丁丁歷險記》（The Adventures of Tintin）中，有個鑽研科學、逗趣的涂納思博士，從潛水艇到太空梭，無所不發明，但對吃飯穿衣等生活瑣事，涂納思博士卻是完全不懂的低能兒。

老頑童周伯通也可算是武學博士，但他就好像涂納思博士，專精武學的他，卻不懂怎麼處理愛情。不過，周伯通可不像涂納思是生活低能兒，關於愛情，他只是想逃避，不願面對。

周伯通一生好武，相較起東邪、西毒、南帝、北丐及中神通，學武有著為虛名、為貪欲、為較藝、為正義、或為報國等目的，周伯通是真正樂於武學的學武者。對於周伯通來說，身體是他的玩具，武術則是他的遊戲，學武與「陽光、空氣、水」一般，完全融入了他的生活。只要能讓他的武術更上一層樓，他願意拜小一輩的郭靖為師，求學「降龍十八掌」，也願向當他孫子還綽有餘的楊過磕頭，只為盡窺「黯然銷魂掌」全豹。

周伯通還擅長「逆境學習法」，當生命中出現逆境時，他不會忙著咒天怨地，而是接受逆境，並從逆境中學習新玩意。比如被黃藥師關在桃花島十五年，沒有對手可過招，長年獨處的他，竟自己玩出一套雙手互搏的「空明拳」。再如被歐陽鋒陷害而投身大海，他居然把鯊魚當成水上摩托車，練成「飆鯊」神功。又如到忽必烈軍營盜王旗，他慘遭彩雪蛛咬傷，卻在小龍女以玉蜂為他治傷時，他又藉機學得小龍女養玉蜂的奇術。

「與武術合一」的周伯通，最後勝過了「認真學武術」的諸大高手。第一次華山論劍時，周伯通連下場論劍較藝的資格都沒有，但在二十年後，第二次華山論劍時，周伯通已經遠邁東邪西狂南僧北俠，成為武功天下第一的「中頑童」。

不過，在武學領域可稱「博士」的周伯通，在愛情的世界裡，卻只是個不知如何面對的「幼稚園生」。

周伯通只經歷過一段愛情，瑛姑是他的初戀。在跟瑛姑因教授點穴而發生「一夜情」後，周伯通本也想認真談場戀愛，然而，他竟不知當段皇爺愛妃的「小王」，乃是皇家大忌。瑛姑紅杏出牆，段皇爺綠雲罩頂，醋意大生，但冷靜之後，段皇爺又想，「朋友如手足，妻子如衣服」，為全武林大義，他願意成全周伯通與瑛姑，讓周伯通把瑛姑帶回家。

然而，段皇爺的大方並未讓這椿大理皇室醜聞圓滿落幕。雖然段皇爺願意玉成周伯通與瑛姑，周伯通卻自覺犯了滔天大錯，也不敢真的帶上瑛姑，遠走天涯。他逃之夭夭，將窘境留給了瑛姑。從此以後，周伯通就像隻鴕鳥，為了逃避辜負瑛姑與冒犯段皇爺的罪惡感，他更埋首於武學的世界。不過，他從來不曾忘記與瑛姑的愛情，當他在桃花島遭毒蛇咬傷，傷重昏迷之際，念念不忘的還是瑛姑曾寫給他的詞句：「四張機，鴛鴦織就欲雙飛……」

周伯通有一套合理化自己行為的說辭，他總說「跟女人在一起會得罪朋友、惹怒師兄。」為他的逃避行為找到藉口，不過，這同時也是他一再發出的求援訊息，他多麼希望有人告訴他：「只要你願意真心跟瑛姑在一起，愛她疼她，師兄跟朋友都會成全你及祝福你。」無奈的是，郭靖聽不懂周伯通內心真正的聲音，黃蓉也只聽出了字面上的意義，聽不出周伯通內心的求救呼喊。

◆徵狀◆

時光倏忽過了數十年，人老了，情還在，當老年周伯通向楊過及郭襄談起自己年少時與瑛姑的情事時，楊過不說是非對錯，只是深情地訴說自己與小龍女的愛情。周伯通深受楊過感動，這才放下了自我譴責與逃避心，同意與瑛姑重續舊緣。如果沒有楊過穿針引線，只怕周伯通終生都會將愛情閉鎖在心裡。真愛無法流動，久而久之，說不定周伯通會憋出心臟病！

◆處方◆

周伯通不妨遠赴東瀛與朝鮮，多多欣賞愛得死去活來的「東瀛劇」與「朝鮮劇」，說不定會激發出他對愛情的渴望，這麼一來，他就可以跟瑛姑好好談一場戀愛了！

包惜弱——溫柔的小護士

◆問診◆

秦始皇的丞相李斯與宦官趙高內鬥失敗，全家被問刑。臨刑前，李斯對兒子說：「我想與你再牽著黃狗，到上蔡東門外打獵，都不可能做得到了。」機謀智巧的人，往往像李斯這樣，總在樓起樓塌後，才感慨若是一生簡單素樸，該有多好？

包惜弱則是「一路走來，始終如一」，終生堅持簡單素樸的女子。她從不用機謀智巧，只是純粹表現出單純與善良。然而，即使如此，不論是楊鐵心或完顏洪烈，她的男人對待她，都好像張學友的歌唱的：「妳笑得愈無邪，我就會愛妳愛得更狂野。」

包惜弱沒有特定的人生目標，也沒有特別的物質欲望，從來不用心機的她，生命就像一道清淨的流水。她不期待發大財或嫁小開，只淡淡地希望身旁的人與事都順利平安。每當她見了受傷的小動物，不論是麻雀、田雞或螞蟻，她都不忍心小動物受苦，因此會馬上扮演起溫柔的白衣天使，為牠們細心地包紮，並餵牠們吃藥，直到恢復健康，再讓牠們回歸田野。也就因為如此，紅梅村包家多的是得以頤養天年的老公雞、老母雞。但也因為這樣的天性，包惜弱明知完顏洪烈扮的黑衣漢子是丈夫楊鐵心的敵人，當她看到黑衣漢子受傷時，還是忍不住出手救治，完顏洪烈因此狂戀上她，還竟造成郭楊兩家的一場滅門大劫。

包惜弱一無所求，楊鐵心與完顏洪烈痴迷她，卻毫無著力點，不知如何討她歡心。楊鐵心不曾提供她物質上的享受，住在牛家村的破房子裡，她甘之如飴；大金王爺完顏洪烈迷戀她，也願意給她奢華的物質生活，但她從未向完顏洪烈索求任何華服美飾。不過，包惜弱越是無所求，男人越想對她付出。

包惜弱的心中滿盈著惜福與感恩，楊鐵心娶她為妻，將她捧在手掌心，她一生感激，即使成為金國王妃，她依然堅持將王妃宮裝潢得與當年同楊鐵心住過的牛家村故居一模一樣。單就這點，別說楊鐵心願以下半輩子的時光，大海撈針般地在廣大的中國蒐尋她的芳蹤，即使要楊鐵心為她而死，只怕楊鐵心也會二話不說，立即應允。而完顏洪烈千里護送，柔情相待，用心水磨，包惜弱感恩他，也終於委身相嫁。

包惜弱生長於農村、嫁入武林、長居王府，但那些農忙田事、江湖仇殺、政治恩怨，於她而言，都只是浮光掠影。她愛她身邊的人，只盼所有人與事都平安順遂，自己從無所求，也不因對人好而期待回饋，更常感恩他人對自己的付出。

不過，雖然包惜弱的生活有著簡單素樸的美好，但也因為她沒有生命目標，故而難能有成就感的喜悅。她每天就只是過著日復一日平淡的日子，生活雖平順，卻少了精彩與刺激，也難有特別的快樂。

◆徵狀◆

包惜弱安於淡如清水的生活，若不是為報楊鐵心之情而自殺，只怕她因人生過度缺乏目標，也沒有特別的動力，故而年紀漸長之後，便常感覺全身無力，還可能出現骨質疏鬆症。

◆處方◆

充滿愛心的包惜弱，可以到金國各私塾公學當愛心媽媽，講故事給孩子們聽，也可跟金國王公貴族的夫人們組成愛心媽媽團，一起跟孩子們玩遊戲。人生有了目標，包惜弱的生活將更有動力，身心也都將更為健康！

梅超風——罪愆的女兒

◆問診◆

張曼娟的小說《女兒的嫁妝》中，出身眷村的粲粲答應男友立德的求婚後，回家想告訴嚴厲的父親時，心裡掙扎著，如果父親有一絲反對，只能就此放棄。粲粲不願意為了愛情而放棄親情，她知道若為了男友而悖離父親，在此後的人生中，將永遠帶著罪愆。

梅超風就是因為捨棄師徒親情而終生帶著罪惡感的可憐女子，她跟師兄陳玄風私奔，愛情得到了圓滿，卻與疼她愛她的師父親情破裂，梅超風從此生活在痛苦中。

梅超風本名梅若華，她曾經被賣為丫頭，過著既辛苦，又悲慘的生活，除了得洗衣做飯外，還常被色老爺毛手毛腳。因她長得太正，某天竟差點被吃醋的夫人慘加私刑。也就在那天，天外突然飛來一個「正義的使者」，就是「邪怪大俠」黃藥師，黃藥師救了她，並收她為徒，將她改名「梅超風」，再帶她回桃花島。從此以後，梅超風有了一個家。黃藥師名義上是她的「師」，實質上卻是她的「父」。

梅超風女大十八變，隨著青春年華的來臨而亭亭玉立。在「萬綠叢中一點紅」的桃花島上，梅超風還真是桃花朵朵開，師父對她有了男女情愫，懊悔將她當女兒，大師兄曲靈風暗戀她，二師兄陳玄風追求她。最後，梅超風選擇的真命天子是二師兄陳玄風，她與陳玄風私奔，還偷走了師父的《九陰真經》下卷，逃出桃花島。

愛情漸漸沉澱後，梅超風的內心開始被痛苦折磨。師父是她放在心裡，無限依戀的「爹」，她辜負了愛她疼她的師父，也認為師父不可能原諒自己了。愛撒嬌的小女孩從此成為有家歸不得的流浪女，內心既被罪惡感折騰，心情又無處宣洩，梅超風於是從清純溫柔的美少女，變成人人聞之色變的「女魔頭」。

習練《九陰真經》下卷後，梅超風練就了「九陰白骨爪」，也成了武林中人聞風喪膽的女惡魔。沒有親情出口的梅超風偏偏又沒生下一男半女，讓她可以經由撫育小寶寶重新尋回女性的溫柔。她的武功愈練愈高，傷人愈來愈多，相貌則愈來愈醜，江湖人士送了個「鐵屍」的外號給她，這叫本是美女的她情何以堪？

遭柯鎮惡打瞎雙眼，對梅超風來說，或許是一種解脫。她的所見所聞幾乎都是攻她違她、使她苦痛之事，眼盲之後，老公陳玄風又意外喪生，梅超風於是隱身趙王府，不與聞武林中事，心境也較為平靜。

黃藥師在歸雲莊現身後，同意讓梅超風重返師門，但不夠體貼的黃藥師只叫她在陸乘風莊上休養，沒要她回桃花島。最後，梅超風終於為救黃藥師而死於歐陽鋒掌下，也算得償了她對黃藥師的孝心。

武林中人對於橫行江湖的惡人，想到的解決方式，往往就是殺了他，殊不知並不是每個惡人都是壞到骨子裡的壞胚子，有些惡人只是因為情感沒有圓滿，才會心煩神亂，並出手傷人。像梅超風這樣的女孩，即是因為偷了師父的寶物，心想師父再也不會原諒自己，痛苦的心情導致她殺人洩憤，才會變成女魔頭。如果洪七公等高手可以穿針引線，讓他們師徒誤會冰釋，梅超風的親情得以圓滿，或許就能改邪歸正。而以梅超風溫婉善良的本性，未始不是一名出色的女俠。

◆徵狀◆

梅超風苦於親情無法流動，若非死於歐陽鋒掌下，以她長年感覺自己不夠好，達不到師父期望，還被師父遺棄的心情，內心應該會很苦悶。這樣的苦悶鬱結在肝中，久而久之，梅超風可能會得肝病。

◆處方◆

或許梅超風的心裡常在唱：「世上只有師父好，沒師父的孩子像棵草。」不過，以黃藥師對梅超風那既是師徒，又是父女的感情，黃藥師怎可能放心眼盲的她，孤身一人在險惡的武林中流浪？或許黃藥師確實曾因梅超風這「女兒賊」而生氣，但生氣只是一時的，若是梅超風可以心態放軟，回復溫柔婉約的梅若華，送送師父小編織、寫寫思念師父的情書，或軟語呢喃向師父撒嬌認錯，相信愛徒心切的黃藥師，也就讓她重歸師門，疼愛如昔了。

黃裳——頑固的復仇者

◆問診◆

多年前的「千面人」飲料下毒事件，讓台灣陷入了集體的「食品恐懼」中。千面人被捕後，警方赫然發現，他的作案手法竟是抄襲自一本日文翻譯的禁書《完全復仇手冊》。

「有仇必報」、「此仇不報非君子」的觀念古來有之，無獨有偶，大宋年間的武林，也有一本《完全復仇手冊》，這本武功版《完全復仇手冊》，正是讓江湖高手垂涎三尺的《九陰真經》。

《九陰真經》的作者黃裳是無師自通的讀書天才，他只要自己讀讀書，不須名師指點，就能成為威震天下的高手。

話說宋徽宗年間，道君皇帝宋徽宗趙佶蒐羅普天下道家之書，準備出版「道家叢書大全集」，共五千四百八十一卷，書名訂為《萬壽道藏》。印書必須找專人籌畫負責，黃裳的編書校書功力深獲當時朝廷的青睞，朝廷於是請黃裳接下這件龐大的文化事業，黃裳從此全心投入《萬壽道藏》的編輯校對。

《萬壽道藏》可不是小說閒書，這部書的天字第一號讀者正是宋徽宗趙佶，若排版或用字錯誤，可不能只說句「謝謝您的指正，再版時一定訂正」就輕易打發，而是只怕就要人頭落地，下輩子再編書了。黃裳因此兢兢業業，逐字校讀，不可思議的是，他潛心閱讀了一整部《萬壽道藏》，竟從中悟出了絕世武功。而後，他投筆從戎，從文人變成了武士。

總編輯搖身一變，成了大將軍，皇帝發動平亂戰爭，命黃裳率軍去消滅境內的明教教徒，但大宋官兵打不過明教好漢，官軍敗北。黃裳兵敗後，居然單槍匹馬跑到明教總壇挑釁，還殺了幾位教中高手，剿匪戰爭遂轉變為私人仇殺。

警察維持治安，抓強盜是執行公權力，強盜不應針對個別警察「襲警」，但若警察未著警裝，而是以個人身分，直搗黃巢找黑幫老大單挑，那就成了私人恩怨。

明教群豪們知道這江湖規矩，但書獃子黃裳不懂，黃裳以自己的身分單挑明教，也就跟明教結下了樑子。明教教徒隨即發動復仇，將黃裳的父母妻兒殺得一乾二淨。黃裳卻想不懂，他「精忠報國」究竟犯了什麼錯?怎會因為平亂護國，就導致一家老小被明教徒所殺?黃裳的內心頓時燃起了熊熊的憤怒之火，他決心再報復明教，長達四十多年的報仇計劃於焉展開。

復仇的憤怒情緒是強大的動力，黃裳因此費盡苦心，創作出《九陰真經》這部武功版《完全復仇手冊》，也就是「明教武功完全攻略本」。不過，他琢磨復仇方式的時間實在太久，當他完成《九陰真經》，決心重出江湖時，已悠悠忽過了四十多年。當年殺他全家的明教高手，此時多已凋零。看到敵人變成了被荒草淹沒的墳塚，黃裳的憤怒之火霎時被澆息，報仇計劃也就此煙消雲散。

◆徵狀◆

黃裳最後從敵人身上領悟出「時間是最大的殺手」，敵人既死，他於是放下了一切仇恨，否則以他那急切的報仇心。每當想及明教徒滅他滿門的惡行，還都怒火攻心，他將有可能罹患心臟病。

◆處方◆

誰說復仇只能殺人傷人？說來復仇之火也能轉化為積極的正面行為。黃裳若要報明教之仇，他可以將這本足能反制明教的《九陰真經》廣為刊行，隨處取閱，並藉此推廣「全民練功」，讓大宋軍民都擁有一身高明武藝，人人都可制服明教徒。經由黃裳的推廣，說不定從首都汴京到牛家村，人人都在晨間練《九陰真經》，或許還可將《九陰真經》增列為「大宋運動會」競技項目。如此強大的大宋，別說明教徒不敢再作亂，就算大宋想攻滅大金、蒙古，只怕金蒙兩國都得獻城投降了。

楊過——以身作則的老師

◆問診◆

馬克吐溫（Mark Twain）的小說《湯姆歷險記》（The Adventures of Tom Sawyer）有段故事說，頑童湯姆因為調皮，被姑媽處罰粉刷牆壁。粉刷牆壁時，其他小孩都來看湯姆的笑話，但湯姆表現出刷牆壁的快樂，使得小孩們都羨慕他有牆壁可刷，於是紛紛獻蘋果、送玩具，希望湯姆也能讓他們刷一下。

說來湯姆若是老師，必定是個成功的老師，因為他激發出了孩子們想要刷牆壁的渴望，這可不是強迫他們去做什麼，而是讓他們自己有想做什麼的慾望。

人們在討論教育時，往往繞著教育制度打轉，然而，不論一考定終身制、多元入學制、或師徒制，學生的學習意願與成果往往不決定在制度，而是決定在老師如何引導。如果老師能以學習為樂，學生即可能受老師影響，視求知為樂趣，也會有學習的渴望。

神鵰大俠楊過就是一位典型的「俠之師」，他總是以自己的行俠之道，激發更多江湖人士的行俠渴望，雖說這些江湖人物並未拜楊過為師，但他們卻學習到了楊過的行俠精神，可知楊過確實是改變許多江湖人物的好老師。

楊過自幼父母雙亡，缺少親情溫暖，但相對地，他也不受庭訓禮教等觀念束縛，因而得以盡興當他的野人村童。不過，自以為好心的郭靖與黃蓉在他少年時闖入了他的生命，郭黃二人打著「為你好」的旗號，硬是要將楊過打造成他倆理想中的模樣。

黃蓉是深信「基因理論」的大宋人類學家，她認為人類的「壞基因」會遺傳給下一代，而且來自男方的Y染色體比女方的X染色體強壯，因此楊康的壞胚鐵定會藉楊過之身還魂。為了不讓楊過長大後變成禍國殃民的惡棍，黃蓉跟郭靖討論後，決定將楊過送往全真教，讓全真教的禮教儀軌改造這個自由自在、調皮活潑的頑童，將他變成滿口仁義道德的君子與俠士。

在全真教的高壓教育下，楊過反彈了，他逃出全真教，躲進古墓，卻巧遇了從小生活在古墓，也渾然不知禮教為何物的小龍女。兩人在古墓中生活，自由自在，宛似置身天堂。

然而，一旦從古墓重返人間，他們才驚覺，原來惡鬼不在古墓，而在人間，他倆原本想攜手共遊這個花花世界，豈知這個世界既有穿著道士服的色狼，也有批著國師僧衣的殺手，還有手執大俠之劍的老頑固。他倆不犯人，人卻來犯他倆，大俠不准他倆結婚，道士性侵小龍女，和尚國師則要取他倆性命，虛偽的禮教與名利的爭奪讓他倆身心受創。最後，小龍女為救楊過跳下絕情谷，並與楊過訂下十六年重見之約，楊過則戴上人皮面具，離開過去的江湖是非圈。

在等待與小龍女重逢的時光中，楊過開創了一條自己的大俠之路，他不走郭靖與全真教道士曾走過的傳統道路，而是自己另闢蹊徑，當自己想要成為的大俠，也就是忠於自己的心，真正的做自己。他帶著神鵰游走江湖，成為江湖中傳說的「神鵰大俠」。在行俠的道路上，他既是保全王惟忠遺孤的義士，也是擊斃霍都的大俠，更是以飛石殺死蒙古大漢蒙哥的英雄，不過，比起成為義士、大俠、英雄，楊過對江湖更重要的影響，是他成了「俠者之師」。楊過幾乎不談什麼仁義道德，而是以真性情影響江湖人士，從西山一窟鬼、萬獸山莊史氏昆仲、到老頑童周伯通，全都被他的至情至性感動，也都發自內心願意跟隨他任俠行義。在郭襄生日那天，楊過帶領願與他一起行俠的聖因師太、人廚子、百草仙等三百餘位高手，共同為民殺敵。郭靖曾說「為國為民，俠之大者」，楊過則將此話擴展為「俠之大者，當創造更多的為國為民大俠」。

◆徵狀◆

楊過是「俠者之師」，他為武林創造許多護國祐民的大俠。帥氣的楊過也有多位紅粉知己，但他習慣照顧佳人，而非被佳人照顧。楊過常說「天下不如意事，十常居七八」，可知他的內心有很多負面情緒，但他幾乎不會將負面情緒倒給身旁的朋友或紅粉知己，總是自己默默承受。他為人著想，不願他人承擔自己的情緒壓力，但他仍需要一個可以全盤傾訴的對象，如果一直沒有情緒垃圾桶，久而久之，他可能會因累積過多負面情緒而腸胃不適。

◆處方◆

楊過是個聰明人，他需要一個願意聽他說話，又不會給太多建議的對象，或許就像令狐冲的師母寧中則。以楊過的聰明，經由傾倒情緒垃圾，他可以舒一口氣，同時也會再盈滿生命的動力，而後就能繼續朝著行俠的道路前進。對於楊過來說，除了紅粉知己外，或許他更需要的，是一位懂得他，樂意聽他說心事的乾媽。

小龍女——情感練習者

◆問診◆

力克・胡哲（Nick Vujicic）在他的書《人生不設限：我那好得不像話的生命體驗》中說，生來就沒有手也沒有腳的他，不斷練習用他的身體做更多的活動，經由一再超越自己，力克・胡哲竟學會了許多肢體健全的人也未必學得會的海灘衝浪。

力克・胡哲雖無手腳，仍練出了靈活的身體。有些人則雖手腳靈活，內在的心靈卻有所缺損，這樣的人就比如感情受到壓抑或觀念受到束縛，因而強迫自己不可憂鬱、不可焦慮、不可恐懼、或甚至不可快樂，而若要讓這樣的人情感自然流動，就必須讓他練習表達感情。練習表達感情，跟練習使用身體，都必須不斷嘗試與練習。

小龍女就是一個必須練習表達情感的人，她出身古墓派，古墓派的創派祖師爺林朝英苦戀王重陽未果，愛情受了重創，因而認定「無情」才是最安全的人生之道，只要動了情，就難免為情所苦。林朝英還把她的體悟視為真理，並訓誡後代徒子徒孫都要奉「無情」為人生圭臬，以免受情感羈絆。

小龍女從小在古墓派長大，師父一再教育她，人必須「無情」，這使得小龍女打從童年起，就必須學會壓抑心中的喜怒憂懼悲恐驚等情緒。在師父長年的教導下，小龍女無喜無怒無悲無懼，彷彿就是活死人墓中酷若冰霜的雪女冰姬。

如果古墓派數十年如一日，永遠無事發生，小龍女就只單純的與師父及褓姆孫婆婆在古墓中相依為命，或許小龍女的一生就在無喜無怒無悲無懼中過完了。然而，小龍女的生命藍圖顯然並不是要在古墓中終老，她此生的功課是要從「無情」轉為「有情」，因此，她將從古墓來到花花世界，感受人世間的喜怒憂懼悲恐驚，並練習表達情感，成為會哭會笑會傷感，情感自由流動的人。

孫婆婆之死先叩了小龍女的情感大門，從小相依為命的孫婆婆意外死去，小龍女的內心理當滿盈哀傷，但她拒絕哀傷，只是冷冷地看著孫婆婆去世。而後，楊過以「真情真愛」用力撞擊她的心靈。被楊過一撞再撞，小龍女終於打開了心扉，也就從無情的世界走進了多情的天地。

小龍女若是雪女冰姬，楊過就是火神祝融，楊過不斷以言語與行為挑逗小龍女的心，讓她萌生「愛」的渴望。和小龍女共居一室，楊過偷捏小龍女的小腳丫；與小龍女練「亭亭如蓋」，楊過撲到小龍女身上，還想趁機親她的小臉蛋；李莫愁要殺小龍女，楊過擋在小龍女面前，說甘願代她而死；與小龍女久別重逢，楊過告訴小龍女，他每天想她一千次，連吃麵時都輕喚「姑姑」，只好以鼻子吸麵條；小龍女受傷將死，命懸一絲，楊過堅持在重陽宮與她拜堂成親，不管餘生是一天還是一個時辰，他誓言真心愛她。

楊過的愛一次比一次猛烈撞擊小龍女的心，小龍女的心房終於被楊過開啟，多年壓抑的情感自然的泛流了出來。在楊過中絕情丹及情花之毒，性命堪憂時，小龍女已不再像當年看待孫婆婆之死那麼冷冰冰，她以真愛回報楊過，寧可以自己的命喚回情郎的命，只要楊過能活著，她願意捨棄一切。

楊過為小龍女帶來了「愛」，甄志丙則為小龍女創造了「恨」。深愛楊過的小龍女在一次陰錯陽差中，竟被甄志丙奪走了童貞初夜。小龍女想「恨」甄志丙，但不知怎麼「恨」，只能冷冷的跟蹤甄志丙。這就好像在與楊過談愛之初，她也不懂得怎麼向楊過說「愛」，於是在每一次愛情受挫，比如黃蓉勸她不要跟楊過在一起，以免害了楊過時，她就躲起來，上演「失蹤記」，讓楊過急得心慌意亂。不過，經由不斷練習，小龍女的情感表達越來越自在，也越來越靈活，她這塊冰漸漸溶解，終於可以想哭就哭，想笑就笑，自然流動情感。

◆徵狀◆

小龍女跳進絕情谷底後，又回到古墓一般的「無情」世界，在那無人可交談的漫漫十六年中，她或許一邊溫習祖師爺傳下的「無情」祖訓，一邊回味愛恨交織的人間「多情」滋味。當她跟楊過在絕情谷底重逢，與楊過深情相擁時，小龍女應該有了重回有情世間的準備。再次回到有愛有恨的世間，小龍女將更適意地表達內心的悲喜之情。倘使不經過情感表達的學習與成長，長期壓抑情感的小龍女，或許會因莫名的焦慮而染上菸癮，甚至還可能罹患肺癌！

◆處方◆

沒有媽媽、姊姊的小龍女，若想讓情感自然流動，或許可以跟程英、陸無雙等女孩結為手帕交、姊妹淘。聚在一起時，大家可以敞開心扉暢聊，一起哭、一起笑、一起唱歌、一起談天說地。有了朋友的分享與支持，她的情感將能更順利的表露。

李莫愁——愛情的困獸

◆問診◆

民間流傳的手相學有種說法：「斷掌女人守空房。」意思就是說，斷掌女人剋夫，婚姻必定失敗收場。雖說聽來無稽，許多斷掌女人仍都像被下詛咒一樣，將此信念深植於潛意識中，因而對婚姻有所恐懼。而若最後婚姻失和或破裂，不論真實原因如何，多少都會歸咎於是斷掌的注定命運。

赤練仙子李莫愁雖然渴望愛情，卻也是個在心理上被下詛咒的女子。下咒的人正是古墓派祖師婆婆林朝英。林朝英訂下古墓派的門規，說：「得她衣缽真傳的人，必須發誓一世居於古墓，終身不下終南山，但若有個男子甘願為她而死，這誓言就算破了。」林朝英立下此門規，就是要告訴古墓派二代、三代乃至萬代弟子，天下男子都是寡恩薄情之人，絕對不會有男人真心愛上一個女人，更不用說愛到願意為她而死，所以古墓派弟子們不須再期待愛情。與其要找一個真心愛妳的男人，還不如自己好好練功。

俗話說：「規矩就是用來給人破的。」林朝英立下這條規矩，她的徒子徒孫自然會出現一些叛逆者，挑戰這條規矩。而若要破除這條規矩，方法有外在與內在二種，外在的方法就是逃出古墓，遠離終南山，去跟喜歡的男人交往，不必理會林朝英說些什麼。內在的方法則是打從內心拋下林朝英的詛咒，改為真心相信一定會有體貼有情的好男人來到身邊。

李莫愁選擇的是外在的方法，因此她逃離古墓而去。不過，逃出古墓的她，並沒有逃出林朝英的詛咒。即使她遠離古墓，遠離終南山，林朝英的詛咒仍如影隨形的跟著她。李莫愁想要交男朋友，也渴望打破林朝英的魔咒，但「天下男人都是狼心狗肺」的信念，已然在她心中根深蒂固。外在的世界是內在心靈的投影，林朝英的詛咒還真的在李莫愁身上應驗，離開古墓的李莫愁開始了她悲慘的愛情。

離開古墓後不久，李莫愁隨即與江南美男子陸展元陷入熱戀。兩人甜甜蜜蜜的談了一場戀愛，李莫愁還曾親手織了一塊紅花綠葉錦帕給心愛的陸展元。然而，兩人的戀情並未修成正果，陸展元最後拋棄李莫愁，娶了何沅君為妻。李莫愁失戀後心性大變，她無法接受陸展元移情別戀，於是決定以激烈的手段報復陸展元與何沅君。

一口怨氣無處發洩的李莫愁，決定大肆殺人洩憤，只要與陸展元或何沅君沾上邊的人，她都要他們死。於是她展開了「何」老拳師家大屠殺、「沅」江船行大屠殺、及「陸」立鼎家大屠殺，這些人只因姓名中有「何」字、「沅」字或「陸」字，她就視他們為仇人，非殺了他們不可。然而，殺人並無法讓李莫愁內心的委屈與憤怒得到平息，她依然覺得痛苦不堪。痛苦的她也想製造別人的痛苦，於是她又回到古墓，想要奪取師妹小龍女的《玉女心經》。想不到在古墓中，她竟見到師妹有個將她捧在手掌心的男人楊過，這更讓她傷感，也更感覺天道不公，於是報復這個世界的想法也更強烈。

◆徵狀◆

李莫愁渴望被愛，也渴望愛人，她曾一度劫走了小嬰兒郭襄。從她對郭襄的疼愛，以及費心尋覓豹奶餵郭襄來看，如果她能找到一個相愛的男人，組成一個家庭，未必不是賢妻良母。然而，失戀的打擊對她造成了重創，她竟因此成為非要殺死對方不可的恐怖情人。以李莫愁對愛情如此執著，失戀即受重傷的性格，她若長久無法釋懷被陸展元拋棄的痛苦，負面情緒可能會傷害代表女性愛情能量的卵巢，李莫愁或許會因此而罹患卵巢疾病。

◆處方◆

「問世間，情是何物，直教生死相許！」相愛的當下，雖說刻骨銘心，但緣滅了，情逝了，也得學會療癒失戀的痛楚。建議李莫愁找令狐冲聊聊，令狐冲被岳靈珊拋棄時，也覺得活在世上沒有任何意義了，哪知後來與他相戀的，竟是更匹配他的任盈盈。李莫愁非常專情，在相愛的當下，全然的投入自己，但認真經營愛情，並不見得就能修成正果，只愛過一個人，也無法對愛情下結論。只要李莫愁能對愛情依然懷抱美好的憧憬，誰說下一個男人不會是比陸展元更好的Mr. Right?

郭芙——力求掙脫的靈魂

◆問診◆

李安電影「臥虎藏龍」中，玉嬌龍的父親是清朝高官，他原本要將玉嬌龍許配給門當戶對的夫婿，但玉嬌龍不願接受父母之命的婚姻，於是盜取了李慕白的「青冥劍」，憑著她天賦異稟的高明武功橫行江湖。

一株生命力旺盛的植物，若是阻絕它原本天然的生長方向，它必然會自尋生路，往其他方向生長。人也是如此，就像玉嬌龍不願被困在傳統婚姻的枷鎖裡，寧可逃出家庭，在武林中另闢一方天地。但也有些人雖然想突破束縛，走一條不同的人生道路，卻又不知何去何從，因而對生命充滿了迷惘。

郭靖黃蓉家的大女兒郭芙，就是對人生感覺茫然的人，她很想創造自己的價值，證明自己的存在感，卻又毫無頭緒，不知從何處著手。

郭芙是江湖兒女，於武林而言，想要展現自己，不是經由武功，就是經由謀略。然而，論武功，郭芙的爹郭靖是武功天下第一的高手，郭芙即使窮一生之力學武，都難以超越她爹；論謀略，郭芙的娘黃蓉是武林公推智計第一的女諸葛，即令郭芙讀破萬卷書，謀略也不可能勝過她娘。永遠無法比得上爹娘的郭芙，想必很有挫敗感，然而，生長在「武林第一家庭」，常與武林人物接觸的郭芙，又不甘於當無聲之人，她也想讓大家看見自己，讚美自己，於是，她常莽撞的表現自己，以突顯自己的存在，但自以為是的不當言行不僅常讓她貽笑大方，還常會傷害他人。

郭芙從小備受寵愛，她是黃藥師的外孫，郭靖黃蓉的女兒，不只外公疼爹娘愛，江湖人物見到她，看在她外公與爹娘的份上，也都會把她寵翻天。郭芙於是養出了驕縱的性格，她要人人順她意，事事順她心，所有人與事最好都能任憑她差遣支配，於是，打從童年時代，她走到哪，身畔的鳥獸蟲魚就隨之倒了大楣，尤其是桃花島上的鳥兒，只要落到她手裡，不是遭拔毛，便是被剪尾。經由宰制這些鳥獸蟲魚，郭芙得到了掌控支配的快感。

一天一天長大的郭芙，傲氣也越來越重，她雖也希望自己像爹娘，把傲氣建立在過人的本事上，然而，已經被寵壞的她，無法下苦功學功夫。她曾想偷看她娘教魯有腳打狗棒法，看能不能也練成像娘一樣的高手，卻看不出打狗棒法的端倪。她也曾想學「移魂大法」，但連她娘都知道她既沒學「移魂大法」的資質，也不可能下苦功學習。郭芙希望自己能有高人一等的武功或謀略，但她實在學不會高明的武功或謀略，不過，她仍渴望別人重視自己，於是她就常打出「東邪黃藥師的外孫女、大俠郭靖的千金、丐幫幫主黃蓉的女兒」的名號，讓武林人物非讓她三分不可，她也因此成了許多武林人背後訕笑的「靠爸族」。

由於黃蓉的寵愛與縱容，以及江湖人物的容讓，郭芙越來越自以為是，也不容許任何人得罪她，最後竟因此鑄下大錯，她跟楊過一言不合，認為楊過對她無禮，於是順手拿起君子劍，斬斷了楊過右臂，這麼一來，連她那好脾氣的爹郭靖都明白了女兒的無法無天。在盛怒之下，郭靖差點砍了她手臂向楊過賠罪。

經歷楊過事件之後，郭芙稍微收斂了點，但她後來嫁給了耶律齊，耶律齊又接下了丐幫幫主之位，於是郭芙在「東邪黃藥師的外孫女、大俠郭靖的千金、前丐幫幫主黃蓉的女兒」之外，又多了「丐棒幫主耶律齊夫人」的頭銜，她也更有了傲視他人的身分。

在宋蒙大戰之時，郭芙見到久違的楊過，曾經想過，她的最愛是楊過，如果楊過也願意愛她，她的人生就滿足了，然而，以郭芙一貫的性格，若真成了楊過的伴侶，只怕她還是會再打著「神鵰大俠夫人」的名號，四處橫行。

◆徵狀◆

性格驕縱的郭芙，雖然常常為所欲為，但她應該也明白，如果沒有外公、父母及老公的光環，她什麼都不是，因此她的內心理當非常空虛。心靈空虛的她或許會用吃來滿足自己，於是她可能會愛喝酒，也愛吃甜食，久而久之，小美女郭芙或許會越來越豐滿。

◆處方◆

郭芙若想讓人生過得踏實，她可以像玉嬌龍一樣，不循父母的道路，而是另闢自己的生命幽徑。既然武林中沒有她發展的空間，不如往別的方向發展，或者她可以成立重金屬樂團，或流行舞蹈團，讓自己滿足於成就感，並從中獲得肯定，這才能讓她擁有真正的快樂。

郭襄——生命探險家

◆問診◆

《革命前夕的摩托車之旅》（The Motorcycle Diaries）是埃內斯托・切・格瓦拉（西班牙語：Che Guevara）在二十四歲還是醫學生時，與好友共騎一輛破摩托車，從阿根廷、智利、秘魯到委內瑞拉的旅途日記。因為對生活懷抱探險的熱情，切・格瓦拉能以人道關懷的心，深入觀察沿途的風土民情。對人對己始終保有生命無限可能性期待的切・格瓦拉，日後與卡斯楚合作，完成了推翻古巴獨裁統治的革命。

郭襄也是生命的探險家，她永遠躍動著一顆純真的心靈，渴望探索生命，對於他人來說，江湖是刀尖上舔鮮血，殺人不眨眼的世界，但於郭襄而言，江湖就像是好玩的遊樂園，她很愛聽爹爹媽媽及魯有腳講述江湖中的奇人異事，聽聞奇聞後，她會更期待到江湖中親身體驗一番。

打從出生那一刻起，郭襄就開始了他傳奇的人生，才剛呱呱墜地，郭襄就像顆橄欖球般，被李莫愁、金輪國師、楊過、小龍女、及黃蓉等人爭來搶去，有人想拿她當人質，也有人想將她送回父母身邊。也就因為她在出生之時，即給父母帶來許多煩憂，母親黃蓉認為她可能會給郭家帶來噩運，再加上她的大姊郭芙又讓父母感覺縱容式的教育只會教出無法無天的孩子，因此從郭襄小時，父母就對她較為嚴厲，常常對她不假詞色。不過，生性天真活潑的郭襄並不會因為父母的嚴格而變得拘謹，她依然對這世界充滿好奇，只要一有機會，她就想探索世界，玩一場屬於自己的繽紛人生。

在風陵渡的那一晚，郭襄聽聞江湖人物的話語，得知了神鵰大俠楊過的事蹟，當下神往不已。依照江湖人物的描述，楊過不像郭靖或魯有腳等郭襄熟知的老派大俠，總是一本正經的行俠仗義，而是常常不按牌理出牌，為人排憂解難。聽聞楊過的故事後，郭襄極其渴望能見楊過一面，也在風陵渡口的大頭鬼恰好與楊過有約，郭襄於是就隨大頭鬼一同往見神鵰大俠。

親睹心儀的神鵰大俠後，雖說神鵰大俠戴著人皮面具，郭襄仍然一見傾心。見到神鵰大俠排解西山一窟鬼與史氏昆仲的恩怨，郭襄發現神鵰大俠是個至情至性的男子。而後，她隨著神鵰大俠到黑龍潭解決瑛姑與一燈大師的多年宿怨，更讓郭襄體會到，原來行俠助人也能讓自己得到滿滿的感動，她也因此更加仰慕神鵰大俠。

與神鵰大俠楊過臨別前，楊過別出心裁送了郭襄三枚金針，願許郭襄三個願望，楊過完全沒想到，郭襄的心願竟只是想瞧瞧他人皮面具下的容顏，以及希望在她生日那天，他能前來襄陽與她相見。郭襄的天真無邪與對楊過的心儀，讓楊過感動不已，兩人從此都把對方放到了心中。

到了郭襄生日那天，楊過不只前來襄陽，還送給郭襄驚天動地的三件生日禮物。從此以後，楊過在郭襄心中，有了無可取代的地位。郭襄有時會幻想，她如果早點出生在這個世界，成為「大龍女」，就可以更早認識楊過，也可以跟楊過譜出戀曲，然而，成為楊過的戀人，畢竟只是個遙不可及的幻想。

認識楊過之後，再也沒有任何男人能取代楊過，佔領郭襄的心房，即使後來郭襄又認識了風流倜儻的何足道，以及樸拙真誠的張三丰，她都不曾再動心。最後，郭襄開創了「峨嵋派」，並將行俠熱誠投諸於「峨嵋派」，她還將自己的愛徒取法號為「風陵師太」，以懷念在風陵渡口初聽到楊過時的心靈悸動。

◆徵狀◆

郭襄曾為尋找楊過，走遍大江南北，卻不見楊過蹤跡。多年之後，襄陽城破，郭襄的家人全都以身殉國。在世上已無親人，也不再見楊過的郭襄，或許再難與人建立緊密的關係，而若她的心情無法流動，心事均放心裡，久而久之，心臟可能會有問題。

◆處方◆

郭襄可與張三丰聊聊天，聽聽張三丰與徒弟武當七俠既是師徒，又如父子的情感，她或許就會明白，可以與她共渡此生的人，並不見得是遠在天邊，夢幻般的楊過，而可能是經由彼此內在的吸引，來到她身邊的徒弟。若是郭襄能敞開心靈，與愛徒們真心交流，或許她的人生就能過得又溫馨、又喜樂。

大武、小武——求愛的夸父

◆問診◆

電影「六弄咖啡館」中，高中生關閔綠愛上了他心中的女神李心蕊。李心蕊同意與關閔綠交往，關閔綠決定不計一切為李心蕊付出。後來兩人考上相距極遠的兩間大學，關閔綠於是沒日沒夜的打工，希望能存夠充足的金錢，假日可以去找心愛的李心蕊見見面、說說話。上大學後的李心蕊卻覺得關閔綠總是在打工，毫無長進，跟自己越差越遠，最後兩人終於分手。

打從開始追李心蕊時，關閔綠就認為自己配不上心中的女神李心蕊，因此他必須更加努力，讓李心蕊開心，並肯定自己。武敦儒、武修文苦戀郭芙，也與關閔綠追求李心蕊相似，武家兄弟也將郭芙視為女神，百般討好。他倆原本還以為，郭芙最後必將在兩兄弟間擇一而嫁，兩兄弟因此明爭暗鬥，卻想不到郭芙兩個都不愛，兄弟倆都沒成為郭芙的愛侶。

在這個世界上，許多人都渴望愛情，也會去追求自己愛慕的人，然而，在談情說愛之時，如果表現出「我配不上你，不過，我會努力對你付出，希望你接受我」，期盼對方能被自己感動，並成為一對愛侶，有時會適得其反，因為向對方表達「我配不上你」，對方可能也會認為「是的，你配不上我」，這麼一來，雙方已經不相配了，就算再努力付出，又怎能修成正果？

武敦儒、武修文兄弟從小即失去怙恃，他們的父親武三通罹患了精神疾病，瘋瘋癲癲，母親則為救夫而去世，兄弟倆被郭靖黃蓉收養，住進了郭家，並拜郭靖為師，兩人相依為命，一起成長。

到了青春少年時期，住在郭家的兄弟倆，都把郭靖黃蓉的女兒郭芙視為女神，也都想追求她。但在郭芙面前，兩人都自覺配不上郭芙，因此極力想要討好郭芙，讓郭芙接受自己。而當他倆感覺自己配不上郭芙時，郭芙也認為他倆配不上自己，於是，儘管他倆努力討郭芙歡心，郭芙卻只把他們當作「工具人」、「馬子狗」，隨意差遣。

武家兄弟認真想成為郭芙理想中的好男人，卻忘了「愛自己」才是「愛人」的根本。他倆為了郭芙，寧可把尊嚴踩在腳下，卻不懂郭芙欣賞的，是肯定自己、有自信、有肩膀的男人。武家兄弟錯以為，桃花島上若是只剩一個男人，郭芙就非嫁他不可，因此楊過來到桃花島時，兩人合力排擠楊過，著意抹黑楊過，直到楊過離開桃花島。楊過離開桃花島後，兩人曾相約比武，並互相約定，比武必須戰到你死我活，活下來那人即可娶郭芙為妻，不過，兩人從未問過，郭芙是否願意將自己的終身，託付給他們其中一人？

沒有自信的武氏兄弟也想創造一番事功，讓自己成為配得上郭芙的男人，不過，兩人並不明白，比起「把妹」，更重要的是培養好自己的實力，當一個「妹」可以託付終身的人，於是他倆以不入流的武功，直闖蒙古軍營，想行刺忽必烈，卻被忽必烈活捉。郭靖為了救他兩人，前往蒙古軍營，差點被蒙古武士圍剿而死。武氏兄弟想贏得郭芙的芳心，結果卻讓郭芙更看不起，兩人的愛情之路也因此更加艱難。

武氏兄弟就像求愛的夸父，永遠追不上心中的女神郭芙。他倆不斷討好郭芙，但在郭芙心中，他倆的份量還比不上楊過。若論外在條件，楊過比武氏兄弟還差，因楊過是大漢奸楊康之子，然而，「將相本無種，男兒當自強」，楊過雖無顯赫的出身，但他認真學武，對自己也頗有自信。郭芙需要的，正是自信而有肩膀的男人。無法肯定自己的武氏兄弟，別說郭芙不愛，只怕連他們自己都看不起自己。

◆徵狀◆

武氏兄弟追不上郭芙，後來各娶了耶律燕與完顏萍為妻，似乎也就放下了對郭芙的愛戀之心，否則，以兩兄弟的沒自信，若又堅持「非郭芙不娶」，沒娶到的那位固然可能因情感失落而得憂鬱症，而若真有一位娶到了郭芙，他可能還得擔心老婆跟兄弟眉來眼去、重續舊情、暗通款曲，這麼一來，不得疑心病都難。

◆處方◆

武家兄弟可前往北京，跟鹿鼎公韋小寶聊聊天。出身妓院，外在條件比武氏兄弟更差的韋小寶，竟也能追得「天下第一美女」陳圓圓那貌美無倫的女兒阿珂。看到阿珂第一眼時，韋小寶心裡想的是：「她是我未來的老婆！」而非「我配不上她」，因為充滿自信，韋小寶最後真的抱得美人歸。女人期盼的是有擔當、有自信的男人，在愛郭芙自己之前，武氏兄弟若能先學會「愛自己」、「肯定自己」、「打造自己」，相信郭芙將更肯定，也更接受他倆！

程英、陸無雙——關係的迷思者

◆問診◆

劉達臨在《情色文化史》中，談及四川某區有種「安達」婚姻風俗，即在婚姻狀態下，夫妻雙方除了名義上的配偶之外，還各有情人（安達）。當地人的觀念是「夫妻搭夥不同房，安達同房不搭夥」，意思就是說，一起吃飯的夫妻不見得有性關係，有性關係的情人不見得一起吃飯。

對於傳統華人來說，「安達」婚姻簡直驚世駭俗。不過，關於男女應該以什麼模式組成關係才合理，不同的時代、國家、社會與族群的認知都不盡相同。認知是人想出來的，但只要有了認知，就會束縛人的想法，比如南宋時代的武林禁止師生戀，當時的人認為師生戀就等於父女或母子亂倫，因此楊過與小龍女的師生戀不見容於武林，當郭靖見到楊過欲娶小龍女為妻時，差點沒一掌將他打死。

楊過與程英、陸無雙的關係也是受阻於當時對於男女關係的認知。楊、程、陸三人志趣相投，話語也極為投機，理當可以結為相伴一生的好友。然而，南宋時代的武林人物普遍認為，一男一女只要交好，就必然走向情侶關係，也就是說，男女之間的純友誼是不存在的。又因為楊過也認為異性之間不可能是單純的好友，故而楊過最後選擇離開程陸二女，程陸二女則因失去楊過而一生落寞。

楊過從來就不是周旋於小龍女、程英、陸無雙、公孫綠萼、郭芙等姑娘之間，最後才擇小龍女而娶。在認識每一位武林佳麗時，楊過都明白向對方告知，小龍女是他的未婚妻，他最愛的是小龍女，將來娶的也一定是小龍女。

程英、陸無雙本就知曉楊過已有未婚妻，以程陸二人的自重身分，也無意橫刀奪愛或當小三，因此即使她二人心儀楊過，仍會適可而止，不會逾越，故而楊過再怎麼與程陸二人交好，她兩人都只會是紅粉知己，不至於發展成情人。如果他三人都能接受這樣的「友達以上，戀人未滿」關係，三人即可相扶相伴一生，終生都會是深交的好朋友。

楊過與陸無雙都生性調皮，在李莫愁追殺陸無雙時，楊過化身「傻蛋」保護「媳婦兒」陸無雙，兩人明明性命交關，卻一起用計牯牛衝敵、閉眼接骨、横攔花轎、巧扮道士，在遊戲中閃避李莫愁。跟著楊過闖江湖這段日子，大概是陸無雙有生以來最快樂的時光。至於程英對楊過的感情，則是「既見君子，云胡不喜」的心儀，又因楊過在昏迷中對程英又摟又親，程英對楊過確實頗有好感。

程英與陸無雙這對表姊妹，一靜一動、一秀一野、一文一武，楊過可以向程英盡吐心事，也可以與陸無雙打打鬧鬧，三個人在一起，總有許多歡樂。當李莫愁意欲取三人性命時，楊過左右手各牽著程英與陸無雙，三人願同生共死，齊赴黃泉，三顆心緊緊相繫，也可說是過命的交情了。

可惜楊過雖然突破得了師生戀的禁忌，卻放不下傳統男女關係的認知。他與程英、陸無雙投緣，卻常得提醒自己，只能愛小龍女一人，不可再與其他女子交好。在小龍女失蹤，並與楊過訂下十六年之約後，楊過馬上與程陸雙姝兄妹相稱，也就是刻意要跟程陸二人劃清界線。然而，即使在此時，程陸二女仍無取小龍女而代之的意思，但既然楊過決意避嫌，三人的好交情只好畫下了句點。

◆徵狀◆

由於跳脫不出「男女在一起必生愛情，愛情的終點則是婚姻」的思維邏輯，楊過刻意與程陸二女結為兄妹，以免與二女發展出不當的情愫，然而，程陸二女均知楊過對小龍女的深情，理當也不會奢望成為楊過的愛侶。楊過決意遠離程陸二女，使得小龍女失蹤後的十六年間，楊過只能寂寞地當「神鵰大俠」，程陸則落寞地隱居嘉興，本可相伴的三人，連偶爾見面聊天也不可得了。程陸二姝在楊過離去後，大概會常常思念楊過，卻還得將對楊過的愛壓抑下來，久而久之，說不定卵巢會有疾病。

◆處方◆

在禮教熾盛的大宋，想來楊程陸三人不會相信男女之間可以有純友誼，但楊過還是可以嘗試讓三人變成純粹的好朋友。說來主導三人關係的就是楊過，只要楊過能讓程陸二人知道彼此的底線，三人就能在不逾越的關係中自然的相處。如此一來，彼此都有伴，江湖生活也將更豐富而精采。

林朝英——不敗的戀人

◆問診◆

雄鳥求偶時，往往都會展現光鮮亮麗、色彩繽紛的羽毛，以吸引雌鳥，比如孔雀、藍腹鷴、金雞等均是如此。

不惟鳥類如此，許多人在初認識某個心儀的異性，或與相親對象初見面時，也都會亮出自己的學歷或頭銜，希望贏得對方的仰慕。不過，人與禽鳥是不同的，禽鳥吸引異性後，即會進行交配，人則是在吸引異性進一步交往後，若是發展出愛情，還需經營愛情。愛情可不是建立在光鮮亮麗的學歷或頭銜上，而是要能彼此關心、支持、體諒。唯有心心相印，愛情才能恆久。

林朝英與王重陽這對戀人，雖都是武林高人，卻都不懂愛情的箇中三昧，明明愛對方，卻又造成對方的壓力。他倆對於愛情的認知都像禽鳥，禽鳥是以色彩鮮艷的羽毛吸引異性，他倆則是以高明的武功，向對方表白：「你看，我的武功這麼高，在這個世界上，你找不到比我更優秀的男人（女人）了，還不快來愛我！」但兩人卻又都很無奈，因為對方的反應竟是：「你武功高有什麼了不起？你等著，我一定練成比你還高明的武功，讓你心服口服。」於是，彼此心儀、愛戀的兩人，竟像刺蝟愛上玫瑰，誰也不服誰，都只想贏過對方，讓對方俯首稱臣，兩人的戀情竟變成了武功上無止境的較量。

當一個人心裡愛戀另一個人時，大多像才女張愛玲見到心儀的胡蘭成，會感覺「見了他，她變得很低很低」，想讓他歡喜，並在他的歡喜中快樂。林朝英與王重陽則與張愛玲相反，他們見到彼此時，是「見了他，我想變得很高很高，讓他仰慕我、崇拜我，拜倒在我腳跟前，徹底服從我。」他們一個是全真教創教祖師爺，一個是古墓派開派祖師婆婆，誰也不服誰，兩人的愛情變成了武功的競技，最後落得兩人都終身未「脫單」，寂寞又落寞的過了一生。

王重陽武功卓越，又是抗金護宋的民族英雄，林朝英因此對他心儀不已。她愛上王重陽，但示愛的方式卻不是溫柔相待，而是要讓王重陽知道她的武功比他高，因此林朝英不斷研發可以制伏王重陽的武功，比如練《玉女心經》，她希望能出其不意地在王重陽後心拍上一掌，讓王重陽束手認輸；練「玉女無鋒劍」，她一心要剋制王重陽的全真劍法，讓王重陽俯首稱臣。在愛情的道路上，明明「女追男，隔層紗」，林朝英就是不以女性的溫柔融化王重陽，而是要以武功取勝王重陽，再威脅王重陽，既然武功不如她，就得娶她，不然就出家。這擺明了是在向王重陽求婚，但不願服輸的王重陽也賭一口氣，他寧可選擇出家，就是不娶她。因為誰也不服誰，林朝英的愛情始終無法圓滿，不過，以他兩人對於愛情的心態，若是真的結為夫妻，未始不會成為另一對公孫止與裘千尺，或何太沖與班淑嫻。

林朝英想贏過王重陽，王重陽也不願輸給林朝英。王重陽表面上還裝出「好男不與女鬥」的氣度，在武功上容讓林朝英三分，然而，他對林朝英始終有股怨氣，因此，林朝英死後，王重陽的哀痛並不深，他反而是用更多心力，破解林朝英生前苦心研發的《玉女心經》。即使林朝英死了，王重陽仍要證明「我就是比你強」。林朝英深愛王重陽，但王重陽究竟愛林朝英幾分，由此不問而知。

◆徵狀◆

為了顧全尊嚴與面子，林朝英無法將自己擺成小女人，討王重陽開心。她認為將自己擺低，在愛情裡就是弱的一方，卻不知愛情無強弱，也無輸贏，真愛裡只有甜蜜與溫馨。林朝英總將情感壓抑在心中，無法向王重陽表白，但她的皮膚可能會說出她不想說的話，因此林朝英的臉上可能會冒出不少痘痘，身上也可能會有濕疹等皮膚病。

◆處方◆

愛情是需要學習的，林朝英在練武之餘，可以跟黃蓉或趙敏聊聊，即使是東邪黃藥師愛女，或大元朝汝陽王掌上明珠，談起戀愛來，也不可能因條件優異，就能命令對方愛我。只有學習怎麼愛對方、關心對方、滿足對方，愛情才能在愛中圓滿，兩人也才能相扶相持，共度此生。

金輪國師——急切的追求者

◆問診◆

佛教有云：「一切唯心造，萬法心生，萬法心滅。」換成新時代賽斯（Seth）的說法，即是「信念創造實相」。這句話的意思是說，每個人遭遇的外境，都是自己的內在投射出來的，創造出外境後，再經歷外境，卻可能在外境中焦慮恐懼。由此可知，焦慮恐懼時，與其改變外境，還不如安頓內心。

金輪國師號稱佛教高僧，表面上看來，他追求的是內在的自在、平安與智慧，然而，將佛法說得頭頭是道的他，真正渴求的卻是外在的虛名。為了擁有虛名，他不惜殺害任何人。想來金輪國師誦讀許多佛書，卻從來不曾真正理解「一切唯心造，萬法心生，萬法心滅。」就因他的「心」貧乏，才創造出許多讓他垂涎的虛名，又因他的「心」相信在追求虛名的道路上，必有阻礙，因此才投射出許多敵人。金輪國師還誤以為，只要擁有虛名，心就能滿足，卻不知虛名根本安不了他的心。如果想安心，他只須經由修習佛法，將心安下來，完全不需外求任何的虛名。

《六祖壇經》有個故事說，某天，六祖惠能大師來到廣州法性寺時，因風吹幡動，兩位僧人於是起了爭論，一個說是風動，一個說是幡動，惠能大師則對兩僧說：「不是風動，不是幡動，仁者心動！」

金輪國師渴求「大蒙古國第一勇士」的頭銜，卻屢屢受阻於郭靖與楊過，金輪國師常因此心煩氣悶，但金輪國師從未覺察，郭靖與楊過只不過是風與幡，真正讓他心煩氣悶的，並不是郭靖與楊過，而是他的心。

金輪國師出身藏傳佛教密宗，蒙古人稱之為「金剛宗」，因佛法精湛，蒙古國垂簾聽政的皇太后封他為國師。在佛法修為上，金輪國師師法祖師爺蓮華生大士，隨身攜帶蓮華生大士唐卡。他想以文殊師利菩薩的智慧之劍，斬斷娑婆世界的顛倒夢想，也冀望透過瑜伽密乘的無上修為，證悟究竟涅槃，了結四聖諦十二因緣，永住大圓鏡智之中。

然而，即使從小學佛，也受封為國師，金輪國師仍斷不了慾念，有了「國師」之名，他仍不滿足，他還想要「大蒙古國第一勇士」之名，於是，內在斬斷煩惱的文殊師利菩薩智慧之劍被他放置一旁，他真正使的劍，是外在的殺人之劍。為了擁有「大蒙古國第一勇士」的頭銜，殺死任何人他都在所不惜，管他什麼佛陀的慈悲心、文殊師利菩薩的大智慧、佛教的「殺盜淫妄酒」五戒，全都被他拋到了九霄雲外。在虛名之前，他身著袈裟，卻是個不折不扣的殺手。他身在空門，卻難能空心，心中填滿的是名利貪慾與殺戮戾氣。

金輪國師急於求名，渴望為蒙古立功，大宋國江湖群豪推舉「抗蒙保國盟」武林盟主，他也來湊熱鬧，以為只要打敗郭靖，大宋群豪就會奉他武林盟主。忽必烈說殺死郭靖者，賜封「大蒙古國第一勇士」的頭銜，他也垂涎三尺，他以大小武釣郭靖，想殺死郭靖，而後又企圖強搶郭襄，想解此威脅郭靖，金輪國師的惡行可說罄竹難書。

在楊過覓得小龍女，重回江湖時，金輪國師也以十六年的時光，練成了「龍象般若功」第十層，佛法修為理當也更上一層樓，然而，他依然想以火燒郭襄，逼迫郭靖投降。身為佛門弟子的他，去不掉薰心的利欲，最後終於被名利之火吞噬。

◆徵狀◆

金輪國師既想修成無上瑜伽密乘，成為大覺者，又想殺人害人，成為「大蒙古國第一勇士」。他嘴上頌讀佛法，手裡卻殺人如宰螻蟻。想來他讀每一頁佛經時，都難免自我譴責。因為頭腦常常打架，心靈經常矛盾，內在的衝突顯現成身體的症狀，金輪國師的手腳大概會罹患嚴重的關節炎，讓他寸步難行。

◆處方◆

金輪國師以其國師地位，若想成就覺者的修行，又希望有虛名加被，他可以先冥想自己成名的顯耀榮華，再乘蒙古國威震歐亞兩洲之際，來個佛教、基督教、與波斯明教的「高峰會談」，確立自己的宗教地位。他還可以廣開講壇，吸收宋國信眾，再以宗教力量讓宋國自願與蒙古合併。這麼一來，說不定《元史》就會記載「成吉思汗以武力征服歐亞，金輪國師以宗教感化天下」，諾貝爾獎還可能得破例追贈「和平獎」給他！

霍都——艱苦的敵後工作者

◆問診◆

電影「無間道」中，梁朝偉飾演的陳永仁以警察身分到黑道當臥底後，既得幫黑道作姦犯科，又得敲摩斯密碼，對警界洩露黑道行蹤。過大的壓力導致神經緊繃，他因此得找心理醫師治療。

警察到黑道當臥底，固然危機重重，而若是兩國對峙，想到敵國當間諜，那更是必須藝高人膽大。霍都即是以蒙古王子之尊，勇赴宋國當間諜。經過長年易容改裝潛伏，霍都還真的差點消滅了反蒙的丐幫。雖說功敗垂成，其膽識仍可說過人一等。

霍都是蒙古王子，但他並不是一代天驕成吉思汗的子孫，而是成吉思汗的安答（結拜兄弟）札木合的後代。當年成吉思汗為了統一蒙古，兼併蒙古其他部落，他的安答札木合與他為敵，他因此只能殺了札木合。不過，殺了札木合之後，成吉思汗仍有情有義的照顧札木合後人，他將札木合的子孫世代封王，霍都是札木合的後代，因此生來即是王子。

霍都雖是王子，但身為札木合後人的他，在蒙古絕難受到重用。不過，霍都仍想建立一番功業。

身為蒙古王子，卻非成吉思汗子孫的霍都，明白兩個道理，一是身為成吉思汗敵人後代的他，不論再怎麼努力，都難有出人頭地的一天，二是面對危機時，首先要學會保命，如果連命都沒了，一切也就化為烏有了。霍都是有夢想，也有志氣的人，他想出人頭地，但他知道在蒙古王室，以他的出身背景，幾乎沒有任何發展的空間，於是他決定另闢蹊徑，到宋國發展他的事業，成就不世之功。

霍都是王子，難免有他故作風雅而顯得流裡流氣的一面。初到宋國時，他曾經到活死人墓向小龍女求婚，他盤算的是，若能娶得小龍女，就可以得到王重陽留在古墓的金銀財寶，以及林朝英創作出來的絕世秘笈，這對他個人與蒙古都算重大收獲。沒想到小龍女對他這個蒙古王子毫不動心，她不只沒接受霍都的求婚，還放出玉蜂，叮得霍都滿頭包，霍都也就知難而退了。

而後，霍都跟隨師父金輪國師，乘著大勝關英雄大會，企圖與郭靖等人爭奪武林盟主之位，並顛覆中原武林。霍都提議與中原群雄比武，黃蓉答應後，霍都先以暗器傷了朱子柳，原本勝算在握，哪裡料想得到，一向自稱最講禮法的中原漢人，竟在輸了之後，不依約定，又默許楊過出來鬧場，結果霍都著了楊過的道兒，鎩羽而歸。

幾年之後，霍都到重陽宮，再度與楊過大戰，竟被楊過的玄鐵重劍鎮住。為了保住性命，以圖成就大業，霍都選擇了叛師逃逸。

中原武人詭譎多詐，霍都也頗富智謀，他發現若真要徹底消滅中原武林的反蒙勢力，就必須顛覆中原第一大幫丐幫。丐幫雖說幫主是魯有腳，但郭靖與黃蓉仍頗涉足幫務，因此要消滅丐幫並不容易。霍都於是擬定了臥底計畫，他決定易容改裝為何師我，到丐幫臥底，進行敵後工作。身為王子，過慣錦衣玉食生活的他，為圖消滅丐幫，竟隱匿於丐幫，十餘年來，鶉衣百結、行乞為生、以身事仇，堪稱艱苦卓絕。最後，他用計殺了幫主魯有腳，還差一點真的接替魯有腳，成為丐幫幫主。如果不是楊過揭穿了他的計謀，並出手殺了他，霍都就真的順利接掌丐幫，也為蒙古徹底產除丐幫了。

不過，即使身死異鄉，功敗垂成的霍都仍可說盡了全力，也算是對得起自己了。

◆徵狀◆

霍都很想成就一番驚天動地的事業，卻屢遭挫折，他的內心常常有無力感，也常會感覺有股莫名的壓力。壓力的能量沉積在背部，久而久之，霍都可能會腰椎椎間盤突出，並導致坐骨神經痛。

◆處方◆

若想潛伏丐幫，當個成功的間諜，霍都最好放下成敗之心，莫將輸贏看太重。一旦沒有得失心，就比較不會有無力感，也不會急於求成。他的計畫將更縝密，行事也將更小心。而若是他能更沉穩地當間諜，說不定他還真能拿下丐幫幫主之位，並傾覆丐幫，成就不世之功！

甄志丙——昨日的囚徒

◆問診◆

張愛玲小說〈花凋〉中提到，前清遺少公子哥兒們，心理上無法認同民國，總是沉緬於過往。張愛玲以幽默戲謔的筆法，說這些人像心態上沒法成長的孩童，又好像「泡在酒精缸裡的孩屍」。

無法認同民國的前清遺少，肉體生活在民國，內心卻停留在前清，他們往往會點點鴉片煙泡，在鴉片的麻醉中沉溺於過去。不過，身體生活在今日，頭腦卻停留在昨日的人，可不只前清遺少，還有些人是內心被昨日發生的事緊緊抓住，雖然身體生活在今天，頭腦卻盤旋著昨天，彷彿昨天永遠過不去。若以張愛玲的說法來形容，這樣的人就像是「泡在昨日酒精缸裡的行屍走肉」。對於這樣的人來說，昨日就像揮不去的夢魘，日復一日，緊緊跟隨著他。

全真教丘處機座下道士「沖和真人」甄志丙，就是「昨日的囚徒」，身為全真教道士的他，雖以最高的道德標準要求自己，卻因一時色欲薰心，性侵了小龍女。自覺犯下滔天罪行的甄志丙，從此帶著罪愆，終其一生，再也沒有原諒過自己。

甄志丙是全真教道士，他是規規矩矩的修行人，也是認真學武的丘處機高徒。在丘處機的眾多徒弟中，於修行而言，尹志平最殊勝，於武藝而言，甄志丙最傑出。而若以甄志丙的人品、武功、天賦及認真來看，全真教未來的掌教，絕對非他莫屬。

然而，甄志丙也有他的生命功課，那就是青春年少的他，渴望著愛情，但全真教只有男徒，沒有女徒，甄志丙因此不可能有師姐師妹可以交往，此外，全真教的戒律要求禁慾，道士們若有愛情的渴望或生理的衝動，都只能強迫自己壓抑下來。然而，甄志丙無法遏抑自己對於女性的渴望，尤其在他看到美麗不可方物的小龍女後，整顆心都被小龍女佔據了。他渴望與小龍女交往，也期盼一親小龍女方澤，還可能一再對小龍女性幻想。不過，這些年輕男子的情事與性渴望，在全真教中完全無人可談，甚至連向師父或師兄弟談起都是大忌。

豈知機緣巧合，某一天，甄志丙竟然見到被歐陽鋒點穴，無法動彈的小龍女。當時四下無人，美女當前，還能任他擺布，甄志丙一時之間，理智完全泯滅，他竟性侵了小龍女。而無法張開眼睛的小龍女，還以為跟她有肌膚之親的是楊過，因此還主動就他。甄志丙多年的性幻想於此時彷似美夢成真，不過，就在奪走小龍女的初夜之後，理智重回頭腦，甄志丙這才發現，這不是美夢，而是惡夢的開始。

從與小龍女肌膚之親那一夜起，甄志丙就陷入了內心的衝突，他一方面對一親小龍女方澤回味無窮，一方面卻又受到罪惡感的譴責。從此以後，甄志丙的人生不斷往前走，但他的頭腦似乎就停留在那一夜。每當受到良心、道德與戒律的譴責而煎熬時，他都想向師兄弟說說心事，抒發內心的焦慮、徬徨、懊惱與歉疚，然而，甄志丙所訴非人，他把趙志視為可傾吐心事的對象，卻不料趙志敬聽完後，竟不斷以此事取笑他。

而後，小龍女終於發現那一晚跟他做愛的原來是甄志丙，而不是楊過。內心又恨又怒又哀傷的小龍女冷冷地跟隨甄志丙，卻始終未出手報仇。此時的甄志丙再回憶起那一晚，已無任何快樂的感覺，只有無窮的懊惱與悔恨。然而，他不知道如何向小龍女表達歉意，只希望小龍女一劍殺了他，讓他以死贖罪。

◆徵狀◆

後來在重陽宮，甄志丙見到金輪國師等人圍攻小龍女，在小龍女險象環生時，甄志丙挺身替小龍女受了金輪國師的金輪而死。雖然小龍女始終沒有原諒他，但至少在結束生命時，甄志丙已經以生命向小龍女表達了歉意。倘使甄志丙未因此死去，以他長年累月被罪惡感折磨，痛苦說不出口，鬱悶藏在腹中，人生了無生趣，久而久之，他可能會罹患癌症，尤其是肺癌或大腸癌。

◆處方◆

甄志丙若想釋放心中的罪愆，他首先必須到古墓向小龍女誠心道歉，在「餓死事小，失節事大」，禮教觀念嚴苛的宋代，小龍女並不見得會原諒他，但他仍需表達歉意。而後，甄志丙可以找郝大通或尹志平等修為精湛，性格又較柔和的師叔或師兄弟進行心理諮詢，談談內心的痛苦。而若他真的不願啟齒，也可以經由「心靈書寫」，將自己的懊惱與悔恨，經由寫作稍作釋放。總而言之，甄志丙既須面對犯下的惡行，也需消融內心的自我折磨。勇於面對錯誤，正是他此生最重要的修行功課。

武三通——戀女的父親

◆問診◆

蔡素芬的小說《橄欖樹》中，大學女生祥浩是祥浩的母親與外遇情人大方生下的女兒，此事他同母異父的大哥祥春知情，祥浩與她的親生父親大方卻都不知。祥浩與大方伯相識後，祥浩仰慕大方伯的成熟男性風采，大方伯則喜歡到民歌餐廳聽祥浩演唱。看在祥春眼中，深深擔心大方伯與祥浩發展出「父女亂倫之愛」。

大方伯不知祥浩是他的親生女兒，祥春擔心大方伯與祥浩發展出父女戀。武三通與何沅君則是眾所皆知的義父義女，但人們仍傳言武三通與何沅君有著父女之戀。

武三通對義女何沅君有著深情，何沅君出嫁，武三通打從內心無法接受，竟因此罹患精神疾病。表現上看來，武三通似乎戀上了女兒何沅君，也就是說，武三通對何沅君是男女之情，然而，武三通對於何沅君的感情，究竟是哪一種感情呢？

說來人類與動物的不同處之一，就在於人類會使用語言文字，語言文字會將萬物命名，也會對萬事做出定義，於是，每一種人際關係，在語言文字的思考邏輯下，似乎都有了相約成俗的定義。以「愛」而言，人們提起「夫妻之愛」、「親子之愛」、「兄弟之愛」、「師生之愛」時，可能會認為理當是「夫義婦順」、「父慈子孝」、「兄友弟恭」、「師嚴徒敬」，這即是定義。然而，每一種關係真的都只能有一種固定的定義嗎？以父女關係而言，在禮教嚴苛的宋代，父親疼愛女兒，總是捨不下女兒，甚至對女兒心生佔有慾，無法接受她愛上別的男人，希望女兒永遠是屬於自己的寶貝，這樣的感情莫非就是不倫的「父女戀」？

現代的父親疼愛女兒，往往會說「女兒是父親前世的情人」，然而，即使是在現代，當女兒有了愛侶時，父親也不能真向女兒的男朋友說：「我是我家女兒前世的情人，你只是她今生認識的男友，凡事總有先來後到，她是我的，不准你接近她！」關係中若只有佔有，就難以圓滿了。

武三通是「愛女成痴」的父親，何沅君雖是武三通的義女，而非親生女兒，但想來武三通從小就把何沅君捧在手掌心，比親生女兒還疼。何沅君對武三通來說，還真的就像「前世的情人」。因為過度疼愛何沅君，武三通想終生佔有女兒，任何追求何沅君的男人，不論條件是好是壞、人品是優是劣，看在武三通眼裡，都是她的敵人。為了讓何沅君永遠留在身邊，武三通不惜一切，趕走想追求何沅君的男人。

然而，何沅君渴望愛情，也跟陸展元陷入了熱戀。發現女兒的戀情後，擔心何沅君會被陸展元「拐走」的武三通，大概常告訴何沅君「男人都不可信，他們只是靠那張嘴，說說甜言蜜語，欺騙妳的感情」、「說不定他只是玩玩妳而已」、「等妳真的嫁出去，他若欺負妳，沒老爸在身邊，看妳怎麼辦？」

然而，即使沒有父母的祝福，何沅君還是決定跟隨陸展元，為愛走天涯，也從此離開了武三通。失去愛女何沅君的武三通，內心彷彿被撕裂，他完全無法接受何沅君的離開，竟因此精神分裂，整日瘋瘋癲癲。

當大武、小武為了郭芙而兄弟鬩牆時，武三通對大武、小武既關愛，又憂心，可知他確實是個疼愛孩子的好父親。然而，對女兒疼愛過度，甚至對女兒萌生了佔有慾，不准女兒有男朋友，更不准女兒出嫁，武三通的疼愛已經變成了病態。

◆徵狀◆

深愛女兒，演變成想要佔有女兒的武三通，愛女出嫁竟造成他精神分裂。在陸展元與何沅君死去後，武三通的內心依然無法釋懷，他竟去挖掘陸何二人的墳墓。父親對女兒的愛變調成佔有，天倫之樂化為噩夢一場。而以武三通對何沅君病態的愛，內心長年煩亂，若不是罹患思覺失調症，他還有可能得心臟病。

◆處方◆

武三通或許可先與大元汝陽王聊聊，疼愛女兒的汝陽王，對女兒最深的愛，就是讓她自由，即使女兒趙敏愛上了反元領袖張無忌，汝陽王仍尊重趙敏，讓她愛她所愛。此外，武三通還得接受心理治療，除了個別諮商之外，還需進行家庭治療。武三通可能會在諮商中明白，女兒出嫁並不等於失去女兒，結婚後的女兒可不是有了老公，就沒了老爸。說不定有了幸福的婚姻，女兒更能以快樂之心孝敬爹爹。若是武三通能放下對女兒的佔有慾，以他的慈愛之心，或許所有的家人都能在自由與幸福中更和樂。

獨孤求敗——考試必勝專家

◆問診◆

從科舉、聯考到多元入學時代，不論哪一種教育制度，都可能出現「只會考試，不會生活」的讀書人。這樣的人考試成績雖然亮眼，卻不見得知道怎麼運用知識，經營自己的生活。

劍魔獨孤求敗就與這些「只會考試，不會生活」的讀書人類似，他的劍術達到無敵的境界，但他只是不斷的比劍，不斷的勝過別人。他既不曾用劍術來創造人生價值，也沒留下任何義行偉績，供武林後輩景仰。沒有朋友知交的他，最後與一頭醜鵰住在山上，孤獨以終。

獨孤求敗不知何許人也，亦不詳其姓名，他雖有個看似狂傲的化名，卻是「神龍見首不見尾」的高人。人們只能由他身後留下的三把劍、幾段石刻、以及相伴一生的神鵰，稍微瞥見他在世時的行誼。

獨孤求敗終生鑽研劍術，並將劍術練至化境，他每隔一段時間，就將劍術提升一個層次，最後終於達到無人可及的神境。在五陵少年時，獨孤求敗手持凌厲剛猛、無堅不摧的青光長劍，與河朔群雄一爭高下；青春年華時，已是一方高手的他，手持「紫薇軟劍」，卻曾經誤傷義士，因而悔恨不堪，將劍棄之深谷；到不惑中年時，獨孤求敗手捧玄鐵重劍，已經可以橫行天下；中年以後的獨孤求敗，劍術不滯於物，草木竹石均可為劍，變成了「無劍勝有劍」的一代劍術高手。

從獨孤求敗留在石刻的的幾段話，可以猜測得知，於獨孤求敗而言，劍術是用來比賽的。身懷高明劍術的獨孤求敗並不是大俠，而是劍客，他從未將劍術用來行俠仗義，因此，即使他的劍術達到化境，江湖上也不曾流傳他行俠仗義的任何事跡。獨孤求敗想追求的，只是劍道天下第一，故而他不斷的提升劍術層次，也不斷與人挑戰，最後終於無人能敵。不過，沒有對手之後，他也只能無限寂寞的獨自在險峰，因為武林中再也沒有人想跟他玩輸贏的遊戲了。於是，獨孤求敗雖然草木竹石均可為劍，但他也就只能跟草木竹石為伍，直到落寞以終。

獨孤求敗空有一身劍術，卻沒有門徒弟子，性喜使劍的他，並未開宗立派，因此江湖上既無「獨孤門」，也無「求敗派」。風清揚的「獨孤九劍」據傳是創自獨孤求敗，但其師承如何，也無從得知。

每一種專業都有三條道路可走，一是實際運用，發揮所學，二是開班授徒，傳諸他人，三是既實際運用，又開班授徒。然而，劍術達到巔峰的獨孤求敗顯然三條路都沒走，他既未以劍術行俠仗義，也不曾以劍術開宗立派，他始終只將劍術用來與人爭勝，直到無人可與他比劍，也無人願與他比劍。最後，天下無敵的他，將劍放在劍塚，不再用劍，自己則在落寞中過完一生。

◆徵狀◆

獨孤求敗劍術達到登峰造極，自稱生平求一敵手而不得，內心極為寂寥。以他如此孤芳自賞，睥睨天下，只怕任何人都不看在眼裡。自視甚高的他，目空一切，或許會常感覺頸部僵硬痠痛。

◆處方◆

獨孤求敗已經將劍術發展到極致，也真的玩不下去了，但他又跳不出「劍術」的舒適圈，改換跑道，發展別的興趣，因此最後才會抱著劍術而終。說來獨孤求敗若要重新尋回生命的熱情，既不想行俠仗義，也不想開宗立派的他，可以嘗試發展別的專業，他可以轉而研究農業或發展工藝，或者將他的專長著書立說。人生可以玩的事多很得，劍術玩到徹底了，就改玩別的專業。有了新的學習，獨孤求敗的生活將更豐富，生命也將更精彩！

張無忌——熱情的和事佬

◆問診◆

五十嵐優美子的漫畫《小甜甜》中，善良又活潑的小甜甜有三段愛情，她先是邂逅溫文儒雅的安東尼，再認識倜儻叛逆的陶斯，而後又與成熟穩重的阿利巴先生交往，三個男人先後進入小甜甜的愛情世界。不同個性的男子，剛好感動了不同時期的小甜甜。

然而，試想一下，若是安東尼、陶斯、與阿利巴先生同時出現，小甜甜又能如何抉擇？在愛情的世界中，有人是桃花一朵一朵開，有人則是桃花同時開。明教教主張無忌就是同時開了四朵桃花，趙敏、周芷若、小昭、殷離四位姑娘，幾乎同時走入他的生命。誰都不想辜負的他，究竟應該選擇誰來當妻子？這可真讓張無忌傷透了腦筋。

張無忌從小在冰火島長大，在那無憂無慮，沒有競爭，也沒有比較的環境中，父親張翠山不須在武功上與人一爭高下，母親殷素素也無須為柴米油鹽醬醋茶煩惱。張無忌從小在父母親教導下學文習武，因為沒有同儕壓力，他學文學武都適情適性，這樣的成長環境讓張無忌養成了恬淡、溫和、不與人爭的性格。此外，張無忌從小極受父親、母親與義父謝遜寵愛，他因此深信

「這個世界都是好人，如果有人使壞，那也只是好人做了壞事，但好人依然是好人。」這個信念讓他總是輕易寬恕他人，也讓他樂於助人，每當他看到他人有紛爭時，只要力之所及，他大多會出手幫助他人排憂解難，化干戈為玉帛。

從冰火島回歸中土後，原本無憂無慮的張無忌第一次知道世界上有「壞人」，首先是他被「壞人」打了一記「玄冥神掌」，而後，各大門派的「壞人」逼得他爹爹媽媽雙雙自盡。張無忌遭受了失去父母，自己又受重傷，顯然不久於人世的重大打擊。雖說他的媽媽臨終前，以及武當派的師伯師叔們都告訴他，要把仇人記在心裡，長大後報仇。但張無忌的信念依然不變，他還是相信世上沒有真正的「壞人」，即使各大門派逼死他父母，那也只是好人做了壞事，但好人依然是好人。張無忌根本無法恨任何一個人，他相信人性的光明面，也打從心底原諒每一個人，他深信人與人之間一定能相親相愛，和樂共處。

後來張無忌帶楊不悔到西域尋找生父楊逍，一路上屢遭劫難，簡捷、薛公遠想把他宰了吃、何太沖對他恩將仇報、朱長齡布下天羅地網要引他上勾，然而，即使如此，他還是相信世間沒壞人。他曾經化名「曾阿牛」，躲避可能傷害他的人，卻從未懷疑過人性的光明面。

而後，在光明頂上，見到滅絕師太意欲屠殺明教銳金旗旗眾，張無忌挺身而出，代銳金旗旗眾受了滅絕師太三掌。接著，他當起了明教與六大門派之間的和事佬。雖說他與明教並無淵源，但他仍願以一人之力對抗六大門派，以化解明教與名門正派之間的百年仇恨。他的俠行義舉感動了明教群豪，群豪於是公推他為明教教主。當上教主後，張無忌繼續朝建立和諧美好世界的目標前進，在萬安寺外，他以「乾坤大挪移」解救了六大門派高手，再一次搭起了明教與六大門派和諧關係的橋梁。

朱元璋懂得張無忌的性格，他知道張無忌一心想建立不同團體與族群間的和諧關係。為了奪取明教教主之位，朱元璋用計逼宮，他要張無忌在「抗元弟兄」與「蒙古郡主」，也就是在江山與美人之間擇一而取。以張無忌的個性，當然認為，以我的離開換取明教和諧，何樂而不為?於是，他選擇與趙敏遠走蒙古，隱居塞外。

張無忌不只想創造明教與六大門派之間的和諧，他還將希望一切都和諧的想法套用到愛情，於是，先後走進他生命的美女們，不論趙敏、周芷若、小昭、或殷離，只要愛上他，他都以真愛相報，更願意將她娶進門。不過，諸女可不想共事一夫，導致張無忌一心想「化干戈為玉帛」，諸女卻你爭我奪，「化玉帛為干戈」。

◆徵狀◆

張無忌也想建立漢族與蒙古間的和諧關係，因此他曾告訴朱元璋，抗元是「趕韃子」，而非「殺韃子」。不過，這世界往往非如張無忌所願，人們為了自己的利益，常常打打殺殺。若是張無忌總是看不慣紛爭，久而久之，他的視力可能會提早退化。

◆處方◆

俗話說「凡發生的，必有其意義」、「一切的發生，都是宇宙最巧妙的安排」，面對這紛紛擾擾的世界，張無忌可以把一切的經歷都當作體驗，而不見得非得讓一切關係都和諧不可。如果張無忌可以盡自己的心力影響世界，用心體驗人生，卻也能笑看一切的發生，他的心靈將更輕鬆，身體也將更健康。

趙敏——機會製造者

◆問診◆

電影「愛情無全順」中，宅男吳全順為了追求心中的女神梁小琪，費盡金錢與心思，將校園中的人工湖「菊湖」的水排光，再安排自己與梁小琪同時掉入沒水的菊湖中，並編造一則「菊湖傳說」，說在「菊湖」無水時，掉入湖中的男女，必是姻緣天注定，一定會成為情侶。吳全順的妙計奏效，最後真的成功追到了梁小琪。

在追求情人時，有些人會使用心機，讓對方愛上自己。吳全順是讓梁小琪相信兩人因緣天注定，趙敏的求愛方法則比吳全順更高明。趙敏深愛張無忌，雖說「女追男，隔層紗」，她若是向張無忌示愛，張無忌也可能成為她的愛侶，但趙敏並不主動向張無忌告白，她總是創造「主動的被動」，也就是製造機會，讓張無忌來追她。於是，明明是趙敏在追求張無忌，看起來卻像是張無忌在追求趙敏。

趙敏是大元朝汝陽王愛女，本名敏敏特穆爾，受封為「紹敏郡主」，但她這個郡主可不像許多嬌生慣養的公主。身為汝陽王女兒的趙敏，在父親忙著對抗民間反政府起義時，她也協助父親消滅漢人武力團體，以圖穩固元朝政府。此外，趙敏也不像漢人皇室的公主，接受父母之命的婚姻，在闖蕩江湖時，趙敏看上了明教教主張無忌，她決心追求自己的愛情。雖然趙敏知道自己與張無忌分別屬於元朝政府與反元的明教，若想結成情侶，必將困難重重，但她仍費盡心思，為自己與張無忌搭起愛情的橋梁，最後真的如願與張無忌成為愛侶。

趙敏慣用的方法，就是製造機會，讓張無忌乖乖到自己身邊來。初識張無忌時，趙敏先是等在明教群豪出現的路上，讓神箭八雄射殺蒙古士兵，引起張無忌的好奇心，兩人於是有了邂逅。而後，在招待明教群豪於綠柳山莊飲宴時，趙敏以假倚天劍的「奇鯪香木」與「醉仙靈芙」合成毒氣，讓明教高手中毒，逼使張無忌去而復返，向她求取解藥，她再拐騙張無忌，一起掉入地牢中。

兩人在地牢中共處時，張無忌為了逼趙敏讓他離開，脫了趙敏的襪子，撓她腳掌心。經過這次的肢體接觸，張無忌的心中從此深深印著趙敏。

而後，趙敏帶著一群蒙古武士大鬧武當山。趙敏一行離去後，為了幫殷梨亭治傷，張無忌到趙敏落腳處，竊取了「黑玉斷續膏」。豈知趙敏棋高一著，先將「黑玉斷續膏」換成了「七蟲七花膏」，使得張無忌要治殷梨亭，卻反毒害了殷梨亭，張無忌於是只能再乖乖的去向趙敏索求解藥。趙敏慨贈了「七蟲七花膏」解法，並奉上真正的「黑玉斷續膏」，但她要求張無忌許她三個心願。張無忌允可後，趙敏的愛情策略就更往前邁進了一大步。

趙敏的三個心願中的第一個，是要張無忌向謝遜借屠龍刀，讓她看一眼，這個心願當然是「醉翁之意不在酒」，她真正的心願是要跟張無忌共乘一船到冰火島，並在旅途中談情說愛。隨著兩人共同遊走江湖，愛情也越來越滋長。後來雖因周芷若嫁禍趙敏，讓張無忌誤會趙敏殺了殷離，但誤會冰釋後，張無忌對趙敏的愛更深更濃。最後，趙敏下定了決心，要跟張無忌在一起，她叛離父兄，與張無忌私奔，只願此生與張無忌永遠愛相隨。

趙敏的第三個心願，是要張無忌每天為她畫眉，也就是娶她為妻，張無忌答允了她，願意與她到蒙古共渡此生。表面上看來，兩人的愛情已經發展到「從此過著幸福快樂的日子」，不過，她倆在一起，故事仍未結束，兩人之間尚潛藏著未爆彈，因為張無忌的前未婚妻周芷若要求張無忌只能與趙敏在一起，不能結婚，成為真正的夫妻，張無忌允諾了周芷若。此外，張無忌的前女友，身在波斯的小昭，偶爾還都會稍來禮物，表達相思之意。周芷若與小昭將讓趙敏在與張無忌在一起後，仍處在不安全感中，不確定是否真能與張無忌白頭到老。

◆徵狀◆

趙敏雖然如願跟張無忌配成雙，但她只怕對張無忌還是無法放心，因為張無忌可能還會跟前未婚妻周芷若或前女友小昭暗通款曲。雖說元末明初尚未有手機，但趙敏或許還是得提防張無忌偷偷連絡周芷若與小昭。這樣的生活可能會讓趙敏疑神疑鬼，生活也無法快樂與輕鬆，長此以往，趙敏身上可能會累積許多不快樂的能量，也可能因此血糖升高。

◆處方◆

婚後的趙敏仍得多用點心思，帶著張無忌，共同創造生活情趣。兩人若在蒙古經營出甜蜜的家庭，再生一雙可愛的兒女，以張無忌安於現狀的性格，當他樂在溫馨的家庭生活時，或許前未婚妻與前女友就會慢慢淡出他的記憶。

周芷若——忍耐的小媳婦

◆問診◆

小說家村上春樹與心理治療師河合隼雄的對談記錄《村上春樹去見河合隼雄》一書中，提出一個結論，那就是東方人比較注重「團體」，西方人則比較在乎「個人」。因此，東方人若想啟發孩子們的成長，必須鼓勵孩子們展現個人性與獨特性，西方人則比較需要讓孩子們學習尊重團體利益。

東方教育注重「團體」不唯當代，古代的武林亦然，許多武林門派都希望經由嚴格的門規戒律，將所有門人弟子教育成一個模樣。這樣的教育模式對於願意全然遵照師父之命的弟子，也就是「乖乖牌」，確實是適用的，但對於有自己的想法，也想展現個人性與獨特性的弟子，就會造成壓抑。

峨嵋派滅絕師太的教育模式也頗著重團體的一致性，她的要求極為嚴格，懲罰也極為嚴厲。周芷若拜在滅絕師太門下，她雖是個頗有主見的女孩，但為了求生存，她學會了隱藏個人性，讓自己看起來完全是唯師命是從的「乖乖牌」。然而，隱藏與壓抑個人性讓周芷若內心的憤怒與憂鬱與日俱增，直到趙敏破壞她婚禮的那一天，周芷若多年來壓抑的怒火，終於瞬間爆發。參與婚禮的武林豪傑們一齊見到原本溫良恭儉讓的周芷若，霎時變成殺人不眨眼的女魔頭。連她的未婚夫張無忌也於此時才驚覺，周芷若竟有著潛藏的兇性。

周芷若出身船家，他的父親因為幫明教豪傑周子旺的兒子擺渡，竟也跟周子旺的兒子一起被追殺的蒙古官兵射死。失去父親後，孤女周芷若雖然年紀尚小，卻展現出她的早慧，張無忌不肯吃飯，她循循善誘，告訴張無忌，如果他不吃飯，太師父張三丰也會因為擔心他而餓肚子。在周芷若的柔言相勸下，身心受創的張無忌才願意進食，補充營養與體力。漢水舟中周芷若餵飯之恩，讓張無忌終生難忘，心靈的溫暖遠勝於那碗米飯。

為了安置沒有父母的周芷若，武當派祖師爺張三丰將周芷若送到以收女徒為主的峨嵋派滅絕師太門下。滅絕師太對於門人弟子完全採用軍事化管理，若有門人弟子違反門規，絕對給予最嚴厲的懲罰。周芷若非常機伶，她知道要怎麼表現，才能在滅絕師太手下過得安穩，因此她總是乖乖聽話，表現得極為溫婉和順，師父說什麼，她就做什麼，絕對不會忤逆師父，加上她既有學武的天賦，又認真練功，因此在峨嵋派眾女弟子中脫穎而出，成為滅絕師太的得意門徒。

不過，雖說周芷若總是奉滅絕師太的師命，但她仍有自己的價值觀，也有獨立判斷的能力，比如六大門派圍攻光明頂時，周芷若見到張無忌與何太冲夫婦過招，即仗義出言，指點張無忌，可見她並未完全接受滅絕師太所説「六大門派是絕對的正，明教是絕對的邪」這套善惡正邪二元價值觀。即使在滅絕師太嚴厲的門風下，周芷若偶爾仍會展現她的靈光。

滅絕師太後來在萬安寺死去，但滅絕師太的死，並未讓周芷若自由，因為滅絕師太死前逼周芷若繼承她，成為峨嵋派掌門人。她還強迫周芷若發誓不能愛張無忌，只能一心一意光大峨嵋派。周芷若被逼發誓，從此活在滅絕師太的陰影中。

滅絕師太死後，周芷若也曾想將誓言丟在腦後，嫁給她心愛的張無忌。豈知他倆進行婚禮時，趙敏竟突然出現，並用計帶走了張無忌，周芷若因此結不成婚。這個打擊讓周芷若累積多年的憤怒完全爆發，她兇性大發，從此成了武林中人人避之唯恐不及的女魔頭。

為了報復張無忌，以及報復這對不起她、欺負她的世界，周芷若在得知倚天劍與屠龍刀藏寶的秘密後，循著刀劍中的指示，尋得《九陰真經》，並練成「九陰白骨爪」與「白蟒鞭」二門功夫。在少林寺屠獅英雄會中，周芷若橫挑群雄，無端殺人，染血少林寺。她的怒火燒到多位武林人，使得多位好手血濺少林寺。此時的周芷若一心只想殺人洩憤，但殺人之後，她的憤怒依然填滿胸懷，無法消解。

◆徵狀◆

周芷若外表總是表現出溫婉良善、恭謹順從，內在則長年壓抑及漠視憤怒、焦慮及恐懼等負面情緒，她可能會因情緒無法流動而導致自律神經失調，積壓於腹部的情緒也可能使她罹患「大腸激躁症」。

◆處方◆

說來若是進了不適合自己性格的學校，最根本的解決方法就是「轉學」。周芷若可以跟楊過聊聊，生性頑皮活潑的楊過，在全真教是差點被師父打死的頑徒，轉到古墓派門下，竟被教成一代大俠。周芷若如果想適情適性的發展自己，她最好離開峨嵋派，轉而拜在門風較自由的師父門下，這麼一來，她才能毫無扭曲的發展自己。

小昭——犧牲的女兒

◆問診◆

佛教《大藏經》中有則「目蓮救母」的故事，在這個故事中，修練出「天眼通」的目蓮見到死後在地獄受苦的母親。目蓮的母親因生時多行不義，死後淪入餓鬼道受苦，連一口食物都不可得。為了拯救母親，目蓮接受佛陀的建議，在七月十五日這天，以盂蘭盆乘美食供養三寶，消解母親罪業。這即是「盂蘭盆節」的由來。

像目蓮這般，發自內心孝養父母，當然值得嘉許，然而，若有子女為了回報父母的生養之恩，竟犧牲自己，只要父母開心，自己身體受傷、感情受挫、心靈不快樂都在所不惜，這樣的孝心是否還值得嘉許？《紅樓夢》的〈好了歌〉說：「癡心父母古來多，孝順子孫誰見了？」但誰說孝順子孫難見？小昭就是以一生來盡孝道的女兒。為了幫母親消災解厄，小昭不惜任何犧牲，或者也可以說，她的一生都葬送在孝行中了。

小昭從小就被遺棄，她母親是波斯明教聖女黛綺絲。明教聖女若是結婚生子，就必須受火焚之刑，黛綺絲因此在生下小昭後，隨即將小昭送給他人撫養，她自己則易容改裝成金花婆婆。從小在寄養家庭中成長的小昭，雖然親生母親總是每隔一兩年，才來看她一次，但小昭一直都能體諒母親的苦衷。她還知道母親雖然易容，內心仍極度恐懼，害怕被波斯明教懲罰。為了讓母親可以安心過日子，荳蔻年華的小昭決定鋌而走險，她準備潛進明教光明頂，盜取「乾坤大挪移心法」，讓母親帶回波斯，以贖聖女結婚生子之罪。

為了混進光明頂，小昭找來男女兩個屍身，等在楊逍出現的路上。楊逍出現時，她撫屍慟哭，說她的父母慘遭蒙古人打死。小昭逼真的演技激發了楊逍的愛心，他於是將小昭帶回光明頂，服侍女兒楊不悔。來到光明頂後，小昭開始等待機會，準備尋找「乾坤大挪移心法」。

因為有波斯血統，相貌不同於漢人，小昭擔心楊逍等人會懷疑她是黛綺絲的女兒，於是她隨時都得扭曲自己的相貌，將一張美麗的臉蛋刻意擠成「右目小，左目大，鼻子嘴巴都扭曲」，此外，她還「左足跛行，背脊駝成弓型」，小美女將自己變成了大醜女。

但即使小昭費盡苦心，楊逍仍懷疑她來到光明頂別有用心，因此將她雙手雙腳都上了鐵鍊。小昭雙手雙腳受到束縛，還得伺候脾氣不佳的楊不悔，苦熬多年，直到張無忌出現，才帶她進入明教秘道，並取得「乾坤大挪移心法」。有了張無忌的真心相待，小昭終於卸下心防，從大醜女回復成小美女。只有在張無忌身邊，小昭才可以開開心心的做自己。

張無忌而後借來倚天劍，斬斷小昭手腳上的鐵鍊。張無忌對小昭的好，讓小昭願以一生相還。此時的小昭面臨愛情與孝道的兩難抉擇，她雖想擁有愛情，卻又捨不下母親。當波斯明教使徒發現金花婆婆就是黛綺絲，黛綺絲又犯下了結婚生子的重罪後，明教使徒決意將黛綺絲火焚而死，不過，若是小昭願意代其母親成為聖女，黛綺絲即可免罪。為救母親一命，小昭決定犧牲愛情，成為聖女，並接任波斯明教教主。

小昭前往波斯前，張無忌向她示愛，說：「在這世上，我只捨不得義父和小妹子（小昭）兩個。」小昭也說：「我真想你此刻抱住我，咱二人一起跳下海去，沉在海底永遠不起來。」而雖說張無忌與小昭深愛彼此，但在親情與愛情的拉扯下，小昭還是割捨了男歡女愛，含淚代母返回波斯。

◆徵狀◆

小昭的人生觀就是犧牲自己，成全母親，只要母親過得好，她任何犧牲都是值得的，這樣的人生觀讓她的內心充滿了苦悶、無奈與痛苦。長此以往，只怕小昭可能年紀輕輕就會罹患癌症，尤其是痛苦說不口的肺癌、與人相衝突的乳癌、以及長期內心苦悶的大腸癌。

◆處方◆

小昭若想讓身心健康，她得學會「愛自己」，也就是追求自己的快樂。而若要「愛自己」，她就得學會適度和製造她痛苦的家人切割。她的母親黛綺絲顯然是個不負責任的母親，小昭須要將黛綺絲的人生責任還給黛綺絲，而非代母受過。學會「愛自己」、「為自己而活」，雖然不見得符合傳統孝道，卻能讓自己與家人都學習面對自己的生命功課，這對於小昭與黛綺絲都是最踏實的人生之道。

殷離──沉浸夢想的少女

◆問診◆

中山美穗主演的日本電影「情書」中，女主角博子在未婚夫藤井樹過世後，按著藤井樹中學同學錄上的舊地址，寄出一封信抒發心情，而後意外發現，原來藤井樹真正喜歡的，是中學時代跟他同名同姓的女生藤井樹。因為博子跟女生藤井樹長得很相像，未婚夫藤井樹才會愛上她，也就是說，博子只是女生藤井樹的影子。

「男」藤井樹愛上「女」藤井樹，但未與「女」藤井樹成為戀人，又因博子長得很像「女」藤井樹，「男」藤井樹於是將博子當作「女」藤井樹，並愛上博子。當「男」藤井樹跟博子談戀愛時，他的內心其實是在跟「女」藤井樹戀愛。對於「男」藤井樹來說，博子就是「女」藤井樹。

殷離也與「男」藤井樹相似，她深愛頭腦中想像的張無忌，雖然她不像「男」藤井樹，有個現實中的人可當替代品，但她也是沉浸在與「幻想張無忌」的戀情中。

殷離的媽媽是殷野王的大老婆，在生下殷離之前，殷離的媽媽未生下一男半女，殷野王於是又娶了二老婆，還生了兩個男孩。這麼一來，母以子貴，二老婆的氣焰越來越高張，常常欺負殷離母女，還隱隱有「扶正」的態勢。殷離的媽媽受了欺負，卻敢怒而不敢言，只能向殷離吐吐苦水。個性火爆的殷離看不得媽媽被欺負，竟一刀將二娘殺了。得知女兒為了自己而犯下逆倫大錯，殷離的媽媽不知如何是好，於是也抹脖子自盡。

發生人倫悲劇後，殷野王氣得要殺殷離，殷離於是逃出家門，而後巧得金花婆婆收留，即與金花婆婆一起住在靈蛇島。某次殷離隨金花婆婆到中土逞凶害人時，邂逅了當時在蝴蝶谷的張無忌。殷離想帶張無忌回靈蛇島與她作伴，她抓住張無忌，卻被張無忌從她手背上狠狠地咬了一口，痛得她哇哇大叫。想不到從此以後，殷離即愛上了這個兇巴巴，卻頗有個性的男孩。

張無忌不願隨殷離至靈蛇島，殷離於是又與金花婆婆回到靈蛇島。而後，殷離開始習練「千蛛萬毒手」，美少女竟練成了大醜女。殷離一邊練功，還一邊想像，將來張無忌跟她在一起，兩人世界何其甜蜜，然而，若是張無忌敢像她老爹殷野王一樣，再娶第二個老婆，她一定要用劇毒的「千蛛萬毒手」，掌劈薄情郎。

經由一天一天的想像，殷離越來越愛她想像出來的張無忌。她心中的張無忌完美無缺，他倆的愛情世界甜甜蜜蜜，真可說是只羨鴛鴦不羨仙。因為幻想中的張無忌太完美，殷離深深愛上了這個「虛擬情人」，使得她在現實中，再也無法愛上任何人。即使多年以後，殷離再遇見化名「曾阿牛」的「真實張無忌」，「真實張無忌」對她溫柔相待，還答允娶她為妻，但殷離依然只愛她頭腦中的「幻想張無忌」。殷離雖不知曾阿牛就是「真實張無忌」，但她認為曾阿牛再好，都比不上她頭腦中的「幻想張無忌」，她也無法從「幻想張無忌」移情別戀曾阿牛。

後來在荒島上，殷離被周芷若暗殺，卻僥倖逃過死劫。當時張無忌以為殷離已死，還為她造墓立碑。張無忌等人離去後，殷離清醒，並從墓中出來。她看見墓碑上的字，這才發現，原來曾阿牛就是張無忌。知道「真實張無忌」就是曾經允諾要娶自己為妻的曾阿牛後，殷離才明白，她真正愛的是她頭腦中的「幻想張無忌」，而不是「真實張無忌」。於是，她離開了「真實張無忌」，繼續尋找她的完美情人「幻想張無忌」。

◆徵狀◆

殷離的內心滿溢著愛，但愛的卻是頭腦中想像的張無忌，即使她與「幻想張無忌」談戀愛，也只是在頭腦中與自己對話。無法與真實的人與愛交流，使得殷離的愛只能悶在心裡，久而久之，殷離可能會罹患心臟病。

◆處方◆

心中已有「完美情人」的殷離，很難再看上別的男人，但她仍渴望與人以愛交流。倘使殷離一直無法遇上心儀的對象，她可以試著養一隻寵物狗，就像鍾靈養閃電貂一般。跟寵物狗在一起，可以讓她的愛適度流動，也能讓她的身心更健康。

張三丰——生命的覺者

◆問診◆

禪宗六祖慧能拜在五祖弘忍門下，某天，慧能聽弘忍講《金剛經》，聽到「應無所住而生其心」，瞬間頓悟，從此安住在平安寧謐的心境中。

所謂的「無所住而生其心」，意思就是不執著於任何外相，六祖慧能因此語而得大解脫。武當派開山始祖張三丰雖非佛教徒，但顯然也體悟了「應無所住而生其心」，也就是無所執著，故而他的人生極為恬淡灑脫。

張三丰是「生命的覺者」，他的人生有四則重要的智慧，一即「無所住而生其心」，也就是他無所執著，二是他沒有絕對的是非對錯標準，也沒有道德框架，三是他能讓情緒自然流動，四是他能創造自己的生命價值，並在價值完成中滿足最深的快樂。

張三丰是成道開悟之人，也就是「覺者」。所謂的「覺者」並不是不會遭遇逆境，也不是不會因為逆境而焦慮、恐懼、悲傷、或痛苦，然而，覺者明白，逆境是無常的，再苦的逆境都會過去，焦慮、恐懼、悲傷、痛苦等負面情緒則像是颳一陣風、下一場雨。風雨過後，必將雨過天青，亦即內心必將回復平靜。

張三丰也會有情緒，但他並不會困在情緒中。當劇烈的負面情緒來襲時，張三丰大多會有兩種反應，一是他會將負面情緒轉為行動的力量，比如俞岱巖遭大力金剛指所傷而癱瘓，張三丰滿腔悲憤，但他並未因此無端洩憤，遷怒他人。那時的張三丰「化悲憤為力量」，在內心憤懣之力的導引下，他竟創造出精彩絕倫的「倚天屠龍二十四字」書法武功，後來張翠山將這套武功展演給謝遜看，武功高手謝遜也歎為觀止。張三丰面對負面情緒的第二個原則是他絕不會壓抑，而是順隨情緒的流動，讓情緒自然發洩出來，比如張翠山夫妻自盡，張無忌又中玄冥神掌，命懸一絲，張三丰哀慟逾恆，但張三丰可不認為「男兒有淚不輕彈」，也不會硬要自己「節哀順變」。一代大師想哭就哭，他老淚縱橫，真情流露的說：「我活到一百歲有什麼用？武當派名震天下又有什麼用？」釋放哀傷之後，他的心又漸漸平靜了。

身為「覺者」的張三丰也不像許多武林正派人士執著於是非對錯，他沒有絕對的是非對錯標準，也沒有道德框架，比如張翠山甘冒武林大不韙，娶天鷹教教主之女殷素素為妻。張翠山原本還擔心張三丰會認為正邪不能兩立，無法接受他倆在一起，想不到張三丰竟告訴他：「正派弟子倘若心術不正，便是邪徒；邪派中人只要一心向善，便是正人君子。」張三丰的話讓張翠山瞬間寬心。此外，張三丰閉關苦修，創造出太極拳與太極劍，他原本希望太極拳與太極劍可以傳諸後世，然而，當他被剛相所傷而嘔血，生命堪憂時，馬上轉念：「武當派、太極拳存不存、傳不傳又有什麼關係？」因為想法不執著，「無所住而生其心」，他的內心輕鬆又自在。

身為武當派創派祖師爺的張三丰還以創造自己的「價值完成」為樂，除了研發太極拳、太極劍等武功，滿足自己的成就感外，他還栽培出七個傑出弟子，即「武當七俠」。張三丰與武當七俠行俠仗義，助人為樂。在利己利人、利益眾生的生活中，張三豐總是心情喜樂，活力充沛。

◆徵狀◆

張三丰直到百歲高齡，依然耳聰目明，身強體健，除了因為他飲食清淡、每天練功及靜坐，有時還閉關修練之外，還因他有著自在、豐盈且靈活的心靈。若從身心靈健康的觀點來看，張三丰大概連小感冒都很難得，而當大限來臨時，他也將無疾而終。

◆處方◆

人們從張三丰身上可以學得一帖「身心靈處方箋」，那就是若想讓心靈飽滿及自在，就必須不執著於任何想法，也不要受道德觀念枷鎖，當內心有負面情緒時，要自然的發洩情緒，或將情緒轉為行動的力量。此外，若想擁有全然的快樂，就必須創造自己的價值，尤其是自利利人的言行，更能讓人感受到無比的價值感與快樂。當人們能有這樣的生活觀時，將會常住在「恩寵狀態」中，身心靈也都將有全然的健康。

謝遜——迷路的靈魂

◆問診◆

歐陽修在「瀧岡阡表」一文中，懷念其父歐陽觀，他說父親當官時，常常半夜還在整理犯人檔案，想為犯人找活路。他父親曾說，如果當真努力過，卻一點活路都沒有，法官與犯人才能都了無遺憾。歐陽觀還感慨，像他這麼努力翻案，手下依然有冤獄，更何況一般官吏只想蒐證讓人定罪，世上怎能沒有許多冤獄？

對於歐陽觀來說，最難定罪的，理當是「死刑」。以當代的觀點來說，一個人若犯罪到非判死不可，應該是已無教化之可能，然而，要判斷一個人是否可還可以教化，想必讓古今法官都傷透了腦筋。

明教金毛獅王謝遜曾在武林中犯下許多大案，雙手沾滿了鮮血，武林中多的是想殺之而後快的人，少林寺還曾舉辦「屠師大會」，意欲公審謝遜，然而，謝遜是否當真罪至非死不可？他是否還有教化的可能？而雖然他殺了許多人，但是否仍屬情有可原？

金毛獅王謝遜彷彿是「迷路的靈魂」，在他的生命中，曾有數十年的時光，就像失心瘋一般，對這個世界充滿了報復心與毀滅欲，他因此殺了許多人，其中當然也有不少無辜之人。若以這個時期的謝遜來看，他確實罪不容誅。然而，這個時期的謝遜似乎是迷路了，在迷路之前，他是明教的有為青年，也是為國為民的豪傑。而在數十年的迷路之後，謝遜返回正途，又成了勸人為善的少林派修行高僧。如果在迷路時，人們就因其罪而殺了他，謝遜就無法再有機會回到正道，也就不可能以他的生命經驗，在出家之後，濟世渡人了。

謝遜字退思，是個文武雙全的才俊，從青年時期起，就表現出優異的天賦。他身裁高大，金髮碧眼，應是有歐洲人的血統。從十歲開始，謝遜就拜投武林高手成崑門下，習得一身武藝。二十三歲時，謝遜加入了明教，因他的一頭金髮，明教中人送了一個「金毛獅王」的外號給他，並將他列為明教「紫白金青」四大法王之一。又因為謝遜的智謀武功均臻於一流，明教教主陽頂天對他青睞有加，決意立其為接班人，將來繼承陽頂天，成為明教教主。

豈料謝遜的命運一夕之間風雲變色，他竟淪為成崑「消滅明教連環計」中的一顆棋子。就在某天晚上，成崑將謝遜的父母妻兒全數暴殺，而後，成崑躲到少林派空見大師門下，他算準了謝遜一定會用殺人嫁禍的手段逼他出來，於是成崑就等著謝遜犯下殺人大案，讓他自己與明教都成為武林公敵，這麼一來，武林中人即可能聯合起來殲滅明教，成崑消滅明教的計謀也就大功告成了。

知徒莫若師，成崑果真是世上最了解謝遜的人，謝遜當真因家人之死而失心瘋。而後，為了逼出成崑，謝遜從遼東到嶺南，不停地殺人放火，留下成崑之名，但成崑紋風不動，硬是不理謝遜，謝遜的怒火因此更加難息。他犯下的血案越來越多，武林中人對他的怒意與敵意也就越來越深，其間謝遜還誤殺了少林派空見大師，落得抱憾終生。

後來謝遜被殷素素射瞎了雙眼，並獨居冰火島多年。在這幾年中，每當他回想前塵往事，思及誤殺空見大師時，總是懊悔不已。後來謝遜回到中土，被囚於少林寺地牢中。因日夜聽聞佛經，謝遜終於頓悟前塵，思過悔改。最後，謝遜與成崑進行了一場決鬥，並了斷了恩怨。塵緣既了，謝遜即拜在渡厄大師門下，精研佛法，成為佛門高僧。

◆徵狀◆

家人全因自己而被成崑殺死，使得謝遜自責不已，而後，為報成崑滅門之仇，謝遜誤殺空見大師，從此陷入了更深的自責。長年自責的謝遜理當會覺得「我不好」、「我很差勁」、「我很糟糕」、「如果沒有我，大家一定更好」，內在的自責將可能顯現為身體的免疫功能失調，謝遜因此有可能罹患自體免疫疾病。

◆處方◆

謝遜成道後，可以其親身經歷，弘法渡人，鼓勵江湖人士放下屠刀，回頭是岸。而謝遜因一時報仇心切，誤傷許多人命，足能讓武林人士反思，對於犯下重案的兇徒，是否都必須以正義之力，以暴制暴，甚至將其殺死？或許多一點善性的開導與教化，就能讓更多如謝遜這般，本性善良，卻一時迷路的靈魂，回歸其善良的本心。

滅絕師太——專制的君王

◆問診◆

義大利作家卡爾維諾（義大利語：Italo Calvino）的小說《一個分成兩半的子爵》（The Cloven Viscoun）中，梅達爾多子爵被一砲打裂成兩半，而後，從頭到腳被劈成兩半的子爵，各擁有人性的善惡兩極。右半邊的「邪惡」固然討人厭，左半邊的「善良」更是招人怨。「善良」的行為看似善意且樂於助人，但強迫別人接受自己的道德觀與正義感，比「邪惡」更讓人受不了。

滅絕師太就像「善良」那半邊的梅達爾多子爵，她也是以「好意」為名，強迫他人要變成自己心中理想的樣子，對她而言，這就是「對你好」。此外，滅絕師太還打著名門正派峨嵋派的旗號，逼迫弟子們都得接受她個人對「正義」的定義，她認為所謂的「正義」，就是「消滅邪惡的明教」，只要世界上沒有明教，這個世界即是美好的世界。

至於明教為什麼邪惡，滅絕師太常說的理由是，她的師兄孤鴻子被明教的楊逍活活氣死，可知明教壞到骨子裡了，故而峨嵋派與明教有不共戴天之仇。但由此只能推測，滅絕與孤鴻子的情誼理當匪淺，否則照這邏輯推論，峨嵋派的祖師婆婆郭襄一門，均因蒙古攻陷襄陽城而殉難，滅絕師太理當認為沒有蒙古人的世界才是美好的世界，她因此該傾全力蕩平大漠，殺盡蒙古人才是，怎會只想指戈光明頂，消滅明教？

暫且不作假設性推論，但滅絕師太確實是以「斬妖除魔」為創造理想世界的手段。此外，滅絕師太還是個「掌控狂」，她希望門人弟子，乃至整個世界，都在她掌控中，成為她想像中「對的人」、「對的世界」。她的弟子紀曉芙愛上明教楊逍，並與楊逍未婚生女，滅絕師太認為紀曉芙愛錯了人，交錯了男朋友。「為了紀曉芙好」，也為了讓紀曉芙成為「對的人」，她一掌打死了紀曉芙。紀曉芙明明死在她掌下，她卻說紀曉芙是被楊逍害死的。

滅絕師太創造理想世界的機會來了，六大門派決定聯手上光明頂，滅了明教。滅絕師太於是帶著倚天劍，來到光明頂，準備大開殺戒，徹底剷除明教。滅絕師太就像個暴君，以殺人為創造理想世界的手段。但滅絕師太的行徑張無忌實在看不下去了，當滅絕師太要殺明教銳金旗旗眾時，張無忌挺身而出，他決定以身相代，受滅絕師太三掌，以換取銳金旗旗眾的性命。雖然滅絕師太的掌力打得張無忌鮮血狂噴，但張無忌總算讓銳金旗數十旗眾逃過死劫。

饒了銳金旗旗眾後，滅絕師太消滅明教的行動仍未停止。接著，六大門派以車輪戰的方式，單挑明教高手，準備將楊逍等明教重要幹部，全殲於光明頂。為了搶救明教群豪，張無忌再度搏命對抗六大門派，力保明教高手們的性命。滅絕師太手持倚天劍，卻還是打不過張無忌，最後只能悻悻然的下光明頂而去。

下光明頂後，滅絕師太一行被趙敏用計擄獲，並被囚禁於萬安寺。心高氣傲的滅絕師太不願受趙敏折辱，也不願為張無忌所救，她決心「以身殉名」。在自盡之前，她告訴周芷若，她生平有兩大心願，一是驅逐韃子，光復漢家山河，二是峨嵋派武功超越少林、武當，成為中原武林第一門派。滅絕師太的理想遠大，但她為了實現理想，總是以暴力的手段，希望經由殺盡她認知中的「壞人」，創造她的理想世界。她認為她的出發點都是「善良」、「正義」與「好意」，卻不知像她這樣，打個「正義」的旗幟，不惜任何手段，要把世界改造成自己理想世界的人，為世界帶來了多少劫難。

◆徵狀◆

滅絕師太是個掌控狂，她老是希望以暴力的手段，將世界改造成理想世界，但她的行動卻一再失敗。她想滅了明教，明教被張無忌搶救下來，她想推翻元朝，卻反而淪為元朝郡主趙敏的階下囚。個性暴躁，卻又無法如願，滅絕師太可能年紀輕輕就罹患了高血壓，而當她遭受打擊時，還可能中風。

◆處方◆

創造美好與理想的世界，本是讓人快樂，並有所成就感的事，但滅絕師太想用暴力的手段，迅速創造理想世界，就讓她與世界形成對立，也讓她越來越暴躁。建議滅絕師太可以向張三丰學學「太極拳」與「太極劍」，試試「慢活人生」，或許「慢慢來，比較快」，用心讓世界感受善意，說不定會比用暴力改造世界，能讓滅絕師太更快達成理想。

黛綺絲——不負責任的母親

◆問診◆

懷舊卡通「小英的故事」說的是少女小英在法籍父親去世後，與印度籍母親一起回法國認祖歸宗的故事。若依傳統的母女關係，母親帶著未成年的小英長途旅行，橫越歐洲，理當是由母親來照顧小英，但故事中的小英母女卻非如此。因為小英天真活潑，處世成熟圓融，也樂於人際交流，個性內向的媽媽極為依賴小英，除了專業攝影之外，生活上的一切多交由小英打理。

小英的媽媽因性格內向與懦弱，所以才會依賴小英。不過，有些母親也極依賴女兒，卻不是因為真正須要女兒照顧，而是因為母親沒有責任感，期望自己做的事，由女兒來承擔責任，或是自己犯了錯，由女兒來收拾後果。對於孝順的女兒來說，這樣的母親簡直是無比沉重的負擔。若有這樣的母親，「天下無不是的父母」這句俗諺就成了嘲諷。

明教紫衫龍王黛綺絲就是一個不負責任的母親，偏偏她的女兒是事親至孝的小昭。黛綺絲犯了明教重罪，自己隱姓埋名、易容改裝避禍，卻把女兒推出來，要女兒想方設法，彌補她犯下的大錯，小昭因此終生活在痛苦中。

要想了解黛綺絲，就得從波斯明教說起。依波斯明教的制度，教中最高領導人是教主，教主座下設有十二寶樹王與風雲三使。教主一職向來都由女性擔任，教中聖典規定，教中必須選出三位高職人士的女兒擔任「聖女」，「聖女」的基本條件是從未有過性關係的「處女」。「聖女」被遴選出來後，必須遊行四方，為明教立功。等原任教主逝世後，再由三名「聖女」中，公推一位出來繼任教主。

「聖女」遊行四方時，必須禁慾，絕不能談戀愛，更不能與男人發生性關係。若是與男人有肌膚之親，破了處女之身，就必須慘受火焚重刑。

黛綺絲是波斯明教三位「聖女」之一，成為「聖女」之後，黛綺絲的任務是到中土明教尋找「乾坤大挪移心法」。來到中土明教的光明頂後，中波混血的黛綺絲因為長相明豔不可方物，霎時之間，明教所有已婚未婚的豪傑都被她的美貌吸引，更有多位豪傑追求她，但黛綺絲謹守戒律，拒絕了所有男人的追求。

豈知姻緣天注定，後來黛綺絲為解教主陽頂天之危，與青年才俊韓千葉在碧水寒潭中進行一場武鬥。想不到不打不相識，經過這場交戰後，黛綺絲竟愛上了韓千葉。而後，黛綺絲破門出教，嫁給了韓千葉，並生下了女兒小昭。然而，雖說擁有了甜蜜的愛情，黛綺絲卻付出了沉重的代價，她知道她犯了波斯明教的天條，一定會遭受嚴懲。於是黛綺絲將自己易容成老太婆金花婆婆，並將女兒送給別人撫養。她隱居靈蛇島，希望「黛綺絲」從此人間蒸發，避過火焚之刑。

奇怪的是，黛綺絲易容為金花婆婆後，不只沒低調的隱姓埋名，還反而高調的常常在武林中出現。她曾經從靈蛇島前來中土，追殺胡青牛夫婦、與滅絕師太比武，後來還想騙取謝遜的屠龍寶刀，武林中人因此都知道有個惡名昭彰的老太婆金花婆婆。

黛綺絲一邊到處逞兇作樂，一邊卻又擔心波斯明教找上門來。完全不想為自己負責的黛綺絲，將瀆波斯明教重罪的責任丟給女兒小昭。她要小昭冒著生命危險，潛進光明頂，想辦法竊取「乾坤大挪移心法」，讓她能對波斯明教交差，並因此免罪。後來小昭愛上了張無忌，張無忌也深愛小昭，他倆原本可以成為一對愛侶，但黛綺絲卻逼小昭代她成為「聖女」，並繼任為波斯明教教主。小昭含淚答應，黛綺絲的重罪於是免了，小昭的一生則從此被她毀了。

◆徵狀◆

黛綺絲為了躲避波斯明教的逮捕，日日戰戰兢兢，只要身邊有風吹草動，她都會懷疑是波斯明教來了。猜疑、緊張與焦慮將可能使得她罹患「迫害妄想症」，她還將因此神經衰弱，或自律神經失調。

◆處方◆

黛綺絲若想讓心情輕鬆舒坦，她必須學會直下承擔自己的生命責任，而非總是逃避。黛綺絲或許可以與殷素素聊聊，殷素素曾間接造成俞岱巖殘廢，但因擔心張翠山發怒，殷素素一直逃避，卻長期承擔心理壓力，直到向俞岱巖坦誠相告，殷素素心中的石頭才落了地。黛綺絲長年逃避波斯明教，卻逃不了心中的自譴自責與恐懼。與其如此，還不如直下承擔，坦承犯錯，再想想有無對策，可以免罪除刑。或許刑罰仍難免，但她的心將較為輕鬆舒坦。

范遙——自殘的目標取向者

◆問診◆

《史記》中有個故事說，齊桓公問管仲有沒有好的接班人選，管仲想不出哪個官員可以接他位置。齊桓公問管仲易牙如何?他告訴管仲：「易牙殺了他兒子，還烹煮給我下菜，忠心一流吧?」管仲搖頭道：「人性都是疼愛自己孩子的，連親生孩兒都捨得宰來吃，哪有可能真心愛你這個國君?」

「目標取向」過度強烈的人，有時為了達成目的，會以激烈手段傷己或傷人，來換取想要的東西，就像易牙殺兒子以搏取國君的晉祿加爵。同樣在《史記》中，〈刺客列傳〉還有殺手豫讓的故事。豫讓本是智伯的家臣，後來智伯為趙襄子所殺，為了報答智伯的知遇之恩，豫讓決定殺趙襄子，為智伯報仇。只要能達成殺死智伯的目標，豫讓不惜任何犧牲，他曾經打掃廁所、身上塗漆裝皮膚病、自毀容貌、假扮乞丐，甚至還吞炭破壞聲帶，不達目的誓不罷休。

明教光明右使范遙跟易牙、豫讓一樣，都是目標取向的人，為了達成目標，任何犧牲都在所不惜。范遙走的是豫讓的老路，豫讓傷害自己，毀容變貌，以求擊殺趙襄子。范遙則是自毀玉面俊貌，以圖潛伏於汝陽王府，刺探軍機。范遙的陰鷙深沉，著實更勝於豫讓。

范遙是明教的光明右使，與光明左使楊逍合稱「逍遙二仙」。「逍遙二仙」均是貌比潘安的美男子，然而，雖然外表俊俏，范遙的感情路卻頗為坎坷，他心儀黛綺絲，明教教主陽頂天夫人也有意為他倆牽紅線，促成一對佳偶。豈知郎有情、妹無意，黛綺絲拒絕了他。讓范遙更受挫的是，不久之後，黛綺絲竟戀上了外貌、武功、成就都不如他的韓千葉。這段情傷的打擊從未隨著時間而淡化，十多年後，范遙見到黛綺絲的女兒小昭，因小昭與黛綺絲的外貌頗為神似，范遙竟霎時驚慌失措，可知黛綺絲始終在范遙心中，無日或忘。

情路受阻後，范遙將全副心力投注於明教的大業。某一天，他意外聽見成崑向玄冥二老說「須當毀了光明頂」，他發現事情非同小可。為了深入打探成崑的陰謀，他決定以身犯險，潛入汝陽王府。

「逍遙二仙」是明教的高階幹部，認識他們，或看過他們的人鐵定不少，若是冒然潛入汝陽王府，很可能被認出來，但范遙仍決定潛進汝陽王府。「目標掛帥」的他，為求達成目的，不計任何手段，他拿起刀來，在自己俊俏的臉上畫了十七八刀，再將頭髮染成西域花剌子模人的紅棕色頭髮，還從此裝成啞巴。而後，他先混到西域，再輾轉被獻入汝陽王府。

范遙堅忍卓絕，為了達成目的，他自毀俊美的容顏，然而，當臥底，探軍機，顯然不是范遙之所長。范遙成功潛入汝陽王府後，明教完全無人知道范遙的行動，也沒人能接應范遙，因此，在范遙潛伏汝陽王府的十多年間，竟從未傳回任何一條機密軍情。

武功高強的范遙，看來也不曾參與汝陽王或王保保的軍事會議。他只是趙敏手下的武士之一，但趙敏似乎也不是非常信任他。趙敏準備生擒六大門派，並囚禁於萬安寺，再嫁禍於明教，如此重大的計畫，范遙竟然渾然不知，也無法預先傳訊於明教，提早作防範。范遙潛藏汝陽王府近二十年，說來只做過一件迴護明教的事，那就是把趙敏刻有「先誅少林，後滅武當，唯我明教，武林稱王」的羅漢像轉過身來，以免傷及明教與少林派的關係。然而，這件事有做比沒做還糟糕，若非楊逍等人機警，再把羅漢像轉過來，得知趙敏將滅武當，而後及時趕往武當山，救了張三丰，武當派將因為范遙一時的好意而舉派覆滅。

◆徵狀◆

潛藏在汝陽王府近二十年，范遙裝成啞巴，近二十年未言語，然而，他的苦心孤詣並未達成任何效果。長年有口難言、有志難伸，情緒積壓在肺部，無法流動，范遙可能會罹患慢性肺病。

◆處方◆

范遙雖然自毀容貌，以身犯險，但他理當是個人英雄主義過重，想獨攬此功，因此未與任何人聯手合作，導致無人可接應他。建議范遙學習團隊合作，讓他的臥底成為明教的計畫性行動，這麼一來，范遙將可以更有效的刺探並傳送軍情。有了團隊互相支持及合作，他的內在將不再那麼苦悶，獲得的成就感也將遠勝於單打獨鬥。

朱元璋——不安的政治人

◆問診◆

楊麗花歌仔戲「朱洪武」中，「臭頭洪武君」朱元璋乃是「文身」，而非「武人」，他從未學過武，也不會騎馬。戲中的朱元璋是個天真憨直的真命天子，他的一張「聖旨嘴」，能讓原本長在地上的花生改長到土裡去。又因為生來就是皇帝命，朱元璋連睡覺都會睡成「天子」的字型。洞澈天機的軍師劉伯溫看出朱元璋必將成為皇帝，因此將他拱出來領導群豪，再尋找徐達等五虎將為他打天下。最後朱元璋終於應天命，開創了大明帝國。

若起朱元璋於明孝陵，看了這齣「朱洪武」，大概會哭笑不得。不過，這齣戲倒是點出了小說朱元璋的不足之處，那就是歌仔戲中的洪武君朱元璋相信天命，他打從內心深信自己必將是真命天子，因此只要善待將領，發展抗元起義，龍庭之位必將是他的。小說朱元璋則不然，在《倚天屠龍記》中，朱元璋為了早日榮登大寶，除了致力於驅逐韃子外，他還得費盡心機，鬥垮張無忌。小說朱元璋陰險狡詐，心機深沉，與歌仔戲中的朱元璋完全是兩個人。

朱元璋是個大醜男，生就一張長臉，滿面黑痣。他從小在皇覺寺出家為僧，但出家只是為求在元朝亂世中有個棲身之所，而非真正成為念經修持的比丘。朱元璋想拚出一番自己的事業，因此他廣結兄弟。在中國歷史上，有兩位平民出身的皇帝，一位是漢高祖劉邦，另一位即是明太祖朱元璋，不過，朱元璋與劉邦的個性全然不同，劉邦較像是講義氣的江湖大哥，因此蕭何、樊噲等兄弟願意跟隨他打天下，朱元璋則是因為處事「快狠準」，深為兄弟們信服，因此徐達、湯和、鄧愈、花雲等人願意追隨朱元璋，在他領導下，進行抗元大業。

朱元璋從投身明教起家，在明教中，他原是洪水旗下的小兵，屬宋國龍鳳皇帝韓林兒麾下。後來因殺敵立功，被拔擢為滁陽王郭子興的左副元帥。郭子興死後，手下將領陳野光叛變，殺了郭子興之子郭天敘及右副元帥張天佑。朱元璋平叛後，自封為吳國公，掌握宋國政權。他手下的湯和、鄧愈始終跟隨他，在元末的反元義軍中，朱元璋的勢力越來越大。

不過，朱元璋的勢力再大，他都還是屬於明教，他的軍隊也只是教主張無忌的一支兵馬，一旦抗元起義成功，推翻元朝政府，朱元璋還是得恭請張無忌坐上龍庭，當大明朝開國皇帝，因此，朱元璋心知肚明，他若想登基為帝，最大的障礙並不是元朝皇帝，也不是敵軍陳友諒，而是他的頂頭上司，明教教主張無忌。

朱元璋對環境常有著強烈的不安全感。他解決不安全感的方式，就是以狠戾的手段，迅速消滅使其不安的原因，不論是在萬安寺殺無辜之人，以防被出賣，或是在反元起義中，命廖永忠於長江翻船，溺死韓林兒，以防韓林兒將來跟他爭皇位，都是為了消除他內心的不安。任何在他預想中，有可能危及他的生命，或可能與他爭奪皇帝之位的人，不論對方是否真有此意，朱元璋都會「先下手為強」，將對方翦除，以讓自己心安。而讓他最不安，也是他認為對他的皇帝之位最有威脅感的，無非就是明教教主張無忌。因此，朱元璋在軍事實力強大，羽翼豐滿後，決定逼宮張無忌，去除這個讓他最不安的人。

朱元璋率兵向張無忌逼宮，要張無忌在「蒙古郡主」與「明教兄弟」之間二選一，再藉李文忠之口對張無忌說，義軍兄弟們都希望張無忌傳朱元璋為明教教主。在朱元璋的逼宮下，張無忌真的辭去教主之位，朱元璋後來也就如願成為大明開國皇帝了。

不過，朱元璋對於張無忌的不安，或許是多餘的，他的逼宮也可能是防衛過當，因為張無忌雖是明教教主，卻未曾真正參與反元起義，跟明教流血流汗的抗元弟兄也沒有「革命情感」，即使朱元璋真的將張無忌送進龍廷當明太祖，只怕不旋踵間又會「陳橋兵變」，沒有人心基礎的張無忌仍然會被推翻，天下還是朱元璋的。

◆徵狀◆

以朱元璋「臥榻之側，豈容他人酣眠」的性格，革命尚未成功，他提防韓林兒與張無忌搶奪革命果實；革命大功告成，他又得提防常遇春與徐達篡他的皇帝之位。每天生活在不安全感之下，朱元璋可能常常失眠，如果不服安眠藥，只怕難以入眠。

◆處方◆

成吉思汗曾經找丘處機當心靈導師，教授養生之道，朱元璋也可以請來張三丰，教他安心之道。若是朱元璋的心能安下來，沒有那麼大的不安全感，他就不會用那麼多心思剷除異己，也就能更專心的治國，這麼一來，大明王朝將更政通人和，國祚也將更綿長。

胡青牛——被束縛的高手

◆問診◆

迪士尼卡通「超人特攻隊」中，超能先生與酷冰俠等超人，在行俠助人時，總會造成民宅或財物的破壞。他們自認在主持正義，卻不斷招來民怨。政府為了平息民怨，成立「超級英雄遷居保護專案」，要他們埋名隱居，別再當超人。迫於現實壓力，超能先生只好隱藏起他的超能力，轉行當保險業務員。無法再展現超能力鏟奸鋤惡，讓超能先生感覺很苦悶，路見不平時他常手癢，卻又什麼都不能做。

一個人若能發揮專業，大展所長，助益他人，自己也將擁有成就感的快樂。然而，若是想以自己的長才助人，卻受限於各種因素，無法展現，那將像超能先生一樣感覺苦悶。

蝶谷醫仙胡青牛也是長才受到束縛的人。胡青牛酷愛醫學，喜歡行醫救人，卻受限於現實的壓力，以及內心的障礙，以致於不能縱情展現醫術，他還因此得到一個「見死不救」的外號，但「見死不救」實非胡青牛所願。對於像他這樣的神醫而言，最快樂的事，莫過於讓每一個病人起死回生，轉疾病為健康。妙手回春，救治每一個病苦之人，正是胡青牛畢生的心願。

胡青牛醫術精湛，內外科均是其所長，在武林人心中，胡青牛即是華陀、扁鵲再世。身屬明教的胡青牛還常常需要治療在武林鬥毆中受傷的病人，因此他對各大門派的劍傷掌傷都有研究，也都有對治的良方，不論受了哪一種傷、中了哪一種毒、生了哪一種病，只要有胡青牛在，一定藥到病除。除了醫術一流外，胡青牛還著書立說，他把畢生行醫的心得寫成《帶脈論》與《子午針灸經》兩書，兩書都是發前人所未發，言前人所未言，震古鑠今之作。

胡青牛除了自己醫術卓越外，對於訓練後進，他也有一套獨特的方法。張無忌就是受胡青牛調教，才能小小年紀就成為神醫。胡青牛栽培張無忌時，先是要他苦讀《黃帝內經》等數量龐大的醫書，而後再要張無忌練習為病人治療，若有問題即跟他討論。有了知識的根柢與實務的訓練，張無忌的醫術非常扎實，因此他可以繼胡青牛之後，成為起沉痾、療重病的神醫。

胡青牛最快樂的事，莫過於懸壺濟世，治病救人，可是有三條外在或內在的繩子綁住了他，讓他無法發揮救人的長才，還落得個「見死不救」的渾號。

第一條繩子是他對人性的不信任。當年胡青牛在苗疆救活了身中金蠶蠱毒的鮮于通，不僅與他結拜兄弟，胡青牛的妹妹胡青羊還跟鮮于通談了場戀愛。豈知後來胡青羊慘遭鮮于通負心拋棄而自盡，胡青牛因而開始懷疑人性。為免再被恩將仇報，胡青牛後來想救人時，理性總會告訴他，別再熱心救人，世上多的是忘恩負義之人。

第二條繩子是黑道的恐嚇。為避免救人之後有所爭議，胡青牛立下規矩，只醫治明教教徒，非明教教徒絕不救治。因為這條規矩，他當年拒絕治療金花婆婆的丈夫銀葉先生，銀葉先生而後病重死去。金花婆婆因此撂下狠話，如果讓她發現胡青牛救治任何一個非明教中人，她一定馬上殺了他。

第三條繩子是他無理取鬧的妻子。「醫仙」胡青牛的老婆竟是「毒仙」王難姑，那麼，太座王難姑下的毒，胡青牛究竟是要治還是不治？治不好是侮辱自己，治好則是侮辱太座。王難姑與胡青牛都是明教中人，胡青牛確信王難姑絕不會對明教中人施毒，這也是胡青牛立下規矩，只治明教中人的原因之一。

◆徵狀◆

每當有奇病怪症出現在胡青牛面前，胡青牛都會萌生治療的衝動，然而，因為那三條繩子，胡青牛的雙手被綁了起來，他必須壓抑衝動，無法做自己最愛的醫療工作，這樣的束縛讓胡青牛感覺鬱悶。長年的壓抑衝動將使得胡青牛內在的熱情無法燃燒，久而久之，胡青牛可能會得「消渴症」，也就是糖尿病。

◆處方◆

胡青牛最大的快樂是行醫救人，但現實卻對他的醫療造成威脅。「山不轉路轉」，胡青牛不妨效法袁承志，到海外另起爐灶，開創他的醫療事業。或許只要離開中原武林，就沒有病人是不是明教徒的爭議，胡青牛也就能解開身上的三條繩子，從此樂在他的醫療專業，也讓更多病患擁有健康。

明教——群體事件的範例

◆問診◆

賽斯（Seth）在《個人與群體事件的本質》中說：「群體事件的當事者，並不是意外地被捲入的，每一個人在深層意識上都參與了一手，而整體地形成了共同的命運。」又說：「我們每一個人以思想與情感的無形能量，促使一件又一件的群體事件在現實生活中發生。」賽斯的意思是說，這個世界上的每一件事，都不是無端形成的，每個事件的發生，都是參與其中的人共同創造出來的。

在元朝年間，明教經歷了陽頂天、後陽頂天、張無忌及朱元璋四個時期。在陽頂天時期，群豪聚義光明頂，明教聲勢強大；陽頂天失蹤後，明教進入後陽頂天時期，此時的明教四分五裂，群魔亂舞，引起公憤，武林中人更將明教視為「魔教」，既敵視，又唾棄；到了張無忌時期，明教經過重新整合，又團結了起來，並與六大門派化敵為友；而後到朱元璋時期，明教的發展重心轉為抗元起義，著重武林發展的周顛等人因此失勢，他們恨不得扭斷朱元璋的脖子。

表面上看來，明教群豪似乎是因為教主的領導風格不同，才做出相應的言行，但實情並非如此，而是該反過來說，是因為群豪內在信念的共同創造，才會出現不同風格的教主，以及不同的實相。

從陽頂天、張無忌到朱元璋，每一任明教教主都是教徒們集體信念創造的結果，教主負有導引教內能量的最大責任，若是教中高手們的創造力無法被妥善引導，內在蓄積的能量將越來越多，教內的轉型就是必然的結果。

且由陽頂天時期說起，陽頂天是「大哥」型的教主，他以其個人魅力，將當時武林中的諸多高手，如楊逍、范遙等人，全都吸納進明教，這個時期的明教聲勢極為浩大。然而，高手眾多，衍生出來的問題，就是誰也不服誰。當時的明教有「左右光明使」、「四大法王」、「五散人」，每個人都武功與智謀兼備，誰都不聽誰領導，內在衝突的力量因此與日俱增。直到陽頂天忽然失蹤，衝突的力量瞬間爆發，明教從此四分五裂，群豪各自離開光明頂，發展各自的事功。

陽頂天失蹤後，明教進入後陽頂天時期，此時的明教彷若「八仙過海，各顯神通」，昔日的結義兄弟們分道揚鑣，各創各的事業，楊逍忙著江湖爭鬥，范遙潛進汝陽王府，謝遜搶奪屠龍刀，殷天正自創天鷹教，說不得發動抗元起義。然而，每個豪傑雖都各有成就，卻都無法成大功。此時群豪的內在又開始期待明教可以整合起來，兄弟們再一起轟轟烈烈幹一場，成就武林的偉業。

「六大派圍攻光明頂」看似是六大門派發起的消滅明教行動，但從內在來看，也是明教群豪的集體創造，才會吸引六大門派一起上光明頂。由於六大門派幾乎滅了明教，讓明教群豪整合全教的期盼更為殷切，此時恰好張無忌橫空出世，並以高明的武功解了明教之圍，群豪因此奉張無忌為教主，明教也從此進入了張無忌時期。

張無忌雖然成功整合並團結了明教，但他的溫和作風卻讓明教的豐沛能量無法展現，明教教眾們的創造力與爆發力需要可以發揮之處，於是明教又從張無忌時期轉入朱元璋時期。

從張無忌時期轉入朱元璋時期，明教的風格完全轉型，即從「武林教派」轉變為「革命團體」。朱元璋治軍嚴明，而投身軍旅，驅蒙報國，正是那時明教青年的集體信念，抗元起義亦符合時代潮流，因此明教從張無忌時期轉入朱元璋時期，可說是順應潮流，水到渠成。

◆徵狀◆

在明教不同時期的衍變中，有些豪傑審時度勢，應時而為，如彭瑩玉，在陽頂天時期，他是光明頂上的五散人；後陽頂天時期，他成了與周子旺一起革命的英雄；張無忌時期，他回到光明頂重拾教務；朱元璋時期，他再度置身革命洪流。也有些豪傑因為明教的變化而感覺不安，如韋一笑，他因對後陽頂天時期心灰意冷，故而長期為寒毒所苦；還有些豪傑會為了時勢而緊張，如朱元璋，他因擔心革命果實會奉送給張無忌，因而陷於恐懼中。

◆處方◆

明教是悲天憫人的宗教，教歌云：「焚我殘軀，熊熊聖火。生亦何歡，死亦何苦？為善除惡，惟光明故。喜樂悲愁，皆歸塵土。萬事為民，不為私我。憐我世人，憂患實多！憐我世人，憂患實多！」這首教歌投射出來的，就是人間無盡的苦難。建議明教教歌可改為：「光我神軀，熊熊聖火。生亦至歡，死亦至樂。行善為樂，惟光明故。喜樂悲愁，皆自內我。萬事為民，亦悅私我。敬我世人，智愛俱多！敬我世人，智愛俱多！」若常唱這樣的教歌，明教教風必將更為圓融和樂，教徒也將更為歡喜自在。

喬峰——民族觀念的犧牲者

◆問診◆

藍博洲的著作《幌馬車之歌》講述的是台灣五〇年代白色恐怖時期，遭槍決的基隆中學校長鍾浩東的故事。生長於臺灣的鍾浩東，認為自己是中國人，在對日抗戰期間，他熱血沸騰地前往中國大陸，準備加入抗日行列，豈知卻在中國被當成日本間諜而遭囚禁，幾乎慘遭不測。鍾浩東自認是忠誠的「中國人」，卻在中國被懷疑是「日本間諜」，並對其敵視，讓鍾浩東身陷困境。

俗語說「物以類聚，人以群分」，人們往往會因為種族、民族、宗教或政治立場等等因素，形成對立的族群，互相攻擊，比如張無忌的時代有明教與名門正派的對立，韋小寶的時代有擁唐派與擁桂派的對立，喬峰的時代則有宋人與遼人的對立。

喬峰從小在宋國長大，民族情感強烈，他以「與宋滅遼」為畢生職志，然而，在他當丐幫幫主時，竟被指出他是遼人的後裔，而後喬峰即陷入了跟鍾浩東類似的困境，他自認是宋人，但全武林都將他視為遼人，又因當時宋遼兩國對峙，武林人因此都將他當成敵人而仇視。這樣的狀態讓喬峰陷入了混亂與掙扎，因為一直以來，他都堅信他的天職就是滅遼，卻想不到原來自己就是遼人，他無法接受，也不知如何自處，最後只能落寞地前往他原本一心一意對抗的遼國。

喬峰之所以會落入如此命運，關鍵並不在於他是在宋國長大的遼人，而是被玄慈與汪劍通這兩位有強烈疑心病的武林領袖所害。當年少林方丈玄慈與丐幫幫主汪劍通聽說有遼國高手意欲前來宋國盜取少林寺秘笈，以為軍中教習之用，他倆於是帶領多位武林好手，前往雁門關埋伏，見到遼國武人就砍殺。不料他們所害之人，正是促成宋遼和平的蕭遠山及其夫人。蕭遠山留下遺孤喬峰，玄慈與汪劍通於是將喬峰帶回宋國撫養。

為了彌補殺害蕭遠山夫妻的罪過，玄慈與汪劍通延請少林高僧教導喬峰武藝。待喬峰長大，武功練成時，汪劍通再以三大難題、七大功勞考驗喬峰。確定喬峰的武功與心志可堪重用之後，汪劍通才將丐幫幫主之位授與喬峰。然而，喬峰接了幫主之位，玄慈與汪劍通卻又放心不下，他倆既懷疑喬峰有著遼人的豺狼心性，又擔心喬峰若是哪天得知宋人害死其父母，可能會以血洗血，報仇雪恨。於是，汪劍通留下一份遺命給丐幫副幫主馬大元，要他日後若發現喬峰親遼叛宋，須聯合丐幫諸高手制伏喬峰，以免喬峰傾滅丐幫。這份遺命後來落入馬大元遺孀康敏手中，康敏即以這份汪劍通遺命策動全冠清，逼喬峰辭去幫主之位。

全冠清向丐幫幫眾揭露喬峰是遼人，丐幫群豪原本還半信半疑，而後，當年參與雁門關事件的趙錢孫與智光大師等人又出面證實，眾人才確信喬峰當真是遼人，然而，趙錢孫等人又堅不吐露當年帶領群雄前往雁門關的「帶頭大哥」究竟是誰。

得知自己是遼人後，為免爭議，喬峰辭去了丐幫幫主。但喬峰仍無法接受他竟是自己最仇視且鄙視的遼人，他恨當年那個「帶頭大哥」，因為就是他把自己的人生操弄得狼狽不堪，卻又無法得知「帶頭大哥」究竟是誰。喬峰於是開始追索「帶頭大哥」的真面目，豈料因他報仇心切，竟遭馬夫人康敏愚弄，還因此誤殺了愛侶阿朱，落得終身遺憾。

現實逼得喬峰不得不承認，他真的就是遼人，但這麼一來，喬峰陷入了內心的衝突矛盾，因為遼國生他，大宋養他，他曾為了保護大宋，殺了多位遼國將領，也曾為了自己的遼人血統，在聚賢莊屠戮宋人。習慣善惡二元思考的喬峰，心裡不斷掙扎，如果對立的宋遼雙方有善惡之別，那麼，究竟是宋善遼惡，還是遼善宋惡？他又到底是該親宋仇遼，亦或親遼仇宋？。

在喬峰的思考仍陷於矛盾，也無法找到自己的定位時，遼國皇帝耶律洪基見他武功與領導能力卓越，不僅封他為遼國南院大王，還逼他當平南大元帥，令他南下征宋。喬峰身陷天人交戰中，他心想，征宋，他對不起從小栽培他的宋國，不征宋，他無法面對他的父母之邦遼國，不論他怎麼做都是錯的。他無從選擇，最後只能自盡，離開這個讓他無所適從的世界。

◆徵狀◆

蕭峰很愛喝酒，幾乎到了酗酒的程度。酗酒的原因之一，就在於他心中總有說不出的苦悶，故而藉著酒醉，忘掉煩惱與憂愁。不知道該為宋或為遼的喬峰，為宋是錯，為遼也不對。曾經殺過父母之邦的遼國大將，讓他懊惱，殺死多位宋國豪傑，也讓他自責。走不出鬱悶煩憂迷障的喬峰，可能會罹患憂鬱症。

◆處方◆

走不出宋遼關係迷思的喬峰，如果仍無法放下善惡二元對立觀，不妨先將宋遼孰善孰惡的思慮擺一邊。喬峰可以學學洪七公，著眼於武林正義，而非民族仇恨，只當鏟奸除惡的武林俠士，不當殺敵報國的民族英雄，這麼一來，喬峰仍可以在為善除惡中滿足英雄感，卻不必再為遼人與宋人的善惡問題傷腦筋，他的內在也就不會那麼憂鬱了。

虛竹——戒律的譏諷者

◆問診◆

有個科學實驗是這麼做的：科學家們將一群猩猩關入籠子裡，再放進一根香蕉，若有猩猩來拿香蕉，就以強力水柱向所有猩猩噴射。為了不受水柱噴射所苦，從此以後，只要有猩猩再去拿香蕉，那隻猩猩必定會遭其他猩猩圍毆。

經過一段時間後，即使不再噴水，若有猩猩拿取放進來的香蕉，那隻猩猩還是會被同伴們圍毆。此時抓出幾隻猩猩，再換入新猩猩，再拿香蕉給新加入的猩猩。當新的猩猩要拿香蕉時，馬上會被舊猩猩痛扁，新的猩猩也就不敢拿了。再經過一段時間，第一批猩猩全數換出，再加入幾隻第三批猩猩。結果，當第三批猩猩要拿香蕉時，仍會被第二批猩猩痛毆，然而，第二批猩猩並不明白，為什麼不能拿香蕉，牠們只是以第一批猩猩的行為模式為自己的行為模式。這個實驗的結論是：「這就是傳統。」

許多傳統禁忌或戒律就像這個猩猩實驗的結論，也就是後人往往不知前人為何會訂下禁忌或戒律，卻仍須遵守，只要不遵守，就會遭受外在的懲罰或內在的譴責。然而，就像俗話說的「規矩，就是用來讓人打破的。」禁忌與戒律既讓某些人感覺束縛，總會有人起而挑戰。小和尚虛竹雖然無意挑戰戒律，卻在機緣巧合中破了許多戒律。

虛竹原是少林寺和尚，謹守佛教「殺盜淫妄酒」五戒，亦即以殺生、偷盜、邪淫、妄語、及飲酒為大罪。然而，虛竹守了多年戒律，卻不知為何有此戒律，而當他的生命機遇轉彎時，竟然不斷犯戒。

虛竹的人生轉折就由破解「珍瓏棋局」開始，某天，他來到蘇星河擺下「珍瓏棋局」之處，當時段延慶正被棋局所迷而走火入魔。為了解救段延慶之危，虛竹閉著眼睛，下了一子，竟就此解開了無人可解的棋局。虛竹因此成了逍遙派的「神選之人」，逍遙派掌門無崖子將其七十餘年的深厚功力，全數灌給了他。

得到無崖子的功力，只是虛竹傳奇人生的開始。自無崖子處得傳「北冥真氣」後，虛竹又習得天山童姥的「天山六陽掌」及「生死符」施解之法。接下來，虛竹目睹了一場奇特的決鬥，那就是九十六歲的天山童姥與八十來歲的李秋水，竟為了半世紀前的感情糾葛，決意生死相搏。在這場高齡老太婆的戰鬥中，兩女經由虛竹比拚內力，竟都將其畢生功力灌注於虛竹體內，虛竹因此一身擁有無崖子、天山童姥與李秋水三人的內力。他在短短時間內，由武功不入流的少林小和尚，搖身一變，成了內力渾厚的武林頂尖高手。

虛竹的內力與武功由少林派轉為逍遙派，但少林派曾經要他遵守的戒律，仍牢牢釘在他心中。在闖蕩江湖的時日中，他不想犯戒，卻不斷犯戒，首先是阿紫害他喝了雞湯、吃了肥肉，犯了「殺生」之戒；而後，童姥要他拿松球射人，他意外射死了不平道人，亦即犯了「殺生」之戒中，最嚴重的「殺人」大罪；接著，童姥誘使他在西夏皇宮的冰庫中與夢姑顛鸞倒鳳，因而犯了「淫」戒；再後來，他與段譽結拜，在一時豪情下，喝了酒，又犯了「飲酒」之戒。虛竹從小謹守的佛教「殺、盜、淫、妄、酒」五戒，竟在短短時間內就犯了三戒。

虛竹並不明白佛教的戒律所由何來，只是依師父之命守戒。犯戒後，他自責不已，後來回到少林寺，他也坦承犯了戒，並願意接受懲處。但諷刺的是，執行懲罰，以端正僧人德行的緣根，竟是個品行比虛竹還差的和尚。更諷刺的是，在虛竹受懲期間，少林寺方丈玄慈竟意外被揭露，原來他是虛竹的父親。當年也是和尚的玄慈，居然跟葉二娘上床，還使得葉二娘懷孕。看來僧人們都高喊守戒，但不只小和尚守不住戒，高僧也無法謹守。可知戒律於僧人而言，就只是束縛，許多僧人並不是發自內心守戒，而是因為擔心犯戒會受懲罰，才不得不守戒。至於前輩僧人為何定下戒律，戒律對修為有何助益，似乎已無人明白了。

◆徵狀◆

虛竹後來成了逍遙派掌門，武功也臻於一流，但他曾被灌輸的戒律觀念，並未隨著離開少林寺，轉入逍遙派而消失。成為逍遙派掌門的虛竹仍常自我譴責，他常常覺得自己不夠好，批評自己，更會因為老是破戒，無法符合師父們的期待而心情苦悶，也因此常喝酒解悶，久而久之，虛竹可能會得肝病。

◆處方◆

戒律的本意是要讓人莫將生活複雜化，沒有殺盜淫妄酒，內心較輕鬆，也較喜悅自在。但後代僧人若不知戒律的本意，可能會將戒律視為束縛，因此必須小心翼翼提醒自己別犯戒，更會為了犯戒而自我譴責。這麼一來，戒律就成了僧人的枷鎖，而非修為的助力。虛竹若能看到戒律的本意，他就能寬恕自己，因為他之所以犯戒，不是為人所迫，就是生理需求。當他能寬恕自己時，心情將較為輕鬆，也將對其他修為者更有同理心。若有弟子隨他修為，亦將較為自在。

段譽——因物愛人的癡兒

◆問診◆

阿拉伯文學名著《一千零一夜》中，有則故事說，古代波斯有位銀匠在朋友家見到一幅美人圖，圖中的美女嫵媚窈窕，姿色美麗。銀匠為了畫中美女神魂顛倒，日益消瘦，幾乎都要沒命了。銀匠的朋友來探視他，他告訴朋友，他想看看畫師所畫的那位美女。朋友詢問畫師，才知畫師畫的是印度克什米爾城一位宰相的歌姬。銀匠得知後，立刻前往克什米爾城，而後巧為用計，竟真的得到那位美女。

《一千零一夜》的銀匠愛上畫像中的美女，並依畫像尋得畫中人。段譽也是愛上了神仙姊姊玉像，進而狂戀酷似玉像的王語嫣。

段譽是大理皇太弟段正淳的兒子，因為皇帝伯父段正明沒有子嗣，段譽因此是大理段家的唯一血脈，日後定將繼承帝位，成為大理皇帝。

原本可以在大理皇室安安穩穩成長的段譽，因為受不了父親逼他學武而逃出皇宮，來到武林中。不過，闖蕩武林時，他依然有著皇家世子的風流之氣。段譽在武林中最先認識的美女是鍾靈，他與鍾靈和神農幫幫主司空玄有所衝突，雙雙被司空玄埋入土中，只露出頭。但在如此危險之時，段譽見到鍾靈粉頰紅潤，竟還往鍾靈臉上吻去，吻得鍾靈小鹿亂撞。而後，段譽又認識了木婉清，並與木婉清一起被南海鱷神困在山上。木婉清害怕受到南海鱷神侮辱，拉下長年戴著的面幕，讓段譽見到她的容顏，而後對南海鱷神說，段譽是第一個見到她面容的男人，她要嫁給段譽為妻，段譽而後也朝木婉清嘴唇上親吻。

被段譽親吻後，鍾靈與木婉清的心，都交給了段譽，但段譽顯然並未對二女動情。後來段譽在無量山石洞中見到神仙姊姊玉像，驚為天人。他對神仙姊姊玉像的迷戀，更甚於鍾靈與木婉清兩個活生生的佳人。而後，段譽在姑蘇見到王語嫣，發現王語嫣竟與神仙姊姊玉像長得一模一樣，從此無可救藥的迷戀上王語嫣。

王語嫣愛的是表哥慕容復，她多次對段譽說出她對慕容復的心儀，但段譽仍對王語嫣神魂顛倒，並死纏爛打的粘著王語嫣。只要看到王語嫣，段譽就魂不守舍的跟在她身邊，任她差遣，當她的工具人、馬子狗，甚至為她去死都在所不惜，但王語嫣的心依然沒被段譽打動。

轉機終於來了，在西夏貼出公主招親的榜文後，慕容復決定前去應選駙馬，而若要當駙馬，當然就不能娶表妹王語嫣為妻。為了擺脫與表妹的感情糾葛，慕容復竟眼睜睜的看著王語嫣跳井而未施救，如此一來，王語嫣對慕容復也心冷了。此時段譽恰好也在井底，王語嫣於是移情別戀，愛上了段譽。

表面上看來，段譽似乎精誠所至禁，金石為開，在他苦苦追求之後，終於贏得了王語嫣的芳心，王子與佳人從此有了浪漫的結局。然而，實情並非如此，就在王語嫣對段譽表達情意之後，段譽那公子哥兒的脾氣全都回來了，他開始回想，在追求王語嫣的過程中，他斯文掃地，醜態畢露，王語嫣卻沒將他半點放在心上，直到王語嫣被慕容復拋棄，才不得已情歸於他。段譽越想越感覺王語嫣的醜惡，於是做出結論，他之所以會愛上王語嫣，根本是「心魔作祟」。他認為他真正愛上的是神仙姐姐玉像，而非王語嫣，只因王語嫣的長相酷似玉像，他才美化了王語嫣，並狂戀王語嫣。現在他清醒了，再看王語嫣，感覺她就只是個平凡之極的女子罷了。

原本在段譽心中有著崇高地位的王語嫣，自此之後，地位蕩然無存。後來王語嫣說要離開大理，段譽也就毫不挽留，任她自去了。

◆徵狀◆

段譽後來娶了木婉清、鍾靈、及銀川公主的侍女曉蕾為妻，而後順利登基為帝。后妃環繞的他，大概不曾再對誰有過對王語嫣的浪漫愛情。當上皇帝的段譽不再有愛情的滋潤，個性或許會越來越陽剛，處事越來越乾綱獨斷，也難以再溫柔待人。因為不再與人以愛深情交流，久而久之，段譽可能會罹患心臟病。

◆處方◆

木婉清、鍾靈、與曉蕾等人都不是段譽深愛過的女人，隨著段譽登基為帝，木婉清等人只怕也會與段譽越離越遠。段譽若要尋回曾有的溫柔，可能要與兒女及孫兒好好相處。或許只要再抱起孫子，跟孫子玩在一起，享受含飴弄孫之情，就能再喚醒段譽曾有的那顆溫柔的心。

慕容復——聽話的好孩子

◆問診◆

賽珍珠（Pearl Sydenstricker Buck）小說《兒子們》中，富農王龍的兒子王虎不願繼承父親的田地為農，前往南方投軍，於奇襲土匪後獲得自己的地盤，當起了徵稅練兵的軍閥。王虎的目標是成為省軍閥，在教育兒子時，他也不斷以軍事思想教導兒子，希望兒子將來繼承他的軍閥志業，擴充地盤，當大軍閥。豈料他兒子後來竟到國民政府的陸軍學校求學，並加入國民軍，北伐老子。

「克紹箕裘」一語是稱頌兒子能繼承父親的事業，然而，父親與兒子的天賦、資質、興趣與性格往往都不相同，有些父親殷殷期盼兒子能繼續自己的事業，甚至青出於藍，更勝於藍，兒子卻不願以父親的志業為志業，比如《兒子們》中的王龍三代，爸爸是農民、兒子是軍閥，孫子是革命軍。每一代都期待下一代「克紹箕裘」，下一代卻都另闢蹊徑。不過，也有些孩子從小被父親要求，非繼承父親的志業不可。為了符合父親的期待，有些孩子即使萬般不願意，仍可能為了滿足父親，將父親未竟的事業扛起來，慕容復就是這樣的孩子。

慕容復的父親慕容博一生以「興復大燕國」為職志，奮鬥不懈，他要兒子慕容復繼承他的志業。慕容復的個性明明不適合走政治，革命建國並不是他的興趣，但他仍希望符合父親的期待。慕容復常常想，只要能當上皇帝，就算對父親有了交代，他也就是父親心中的「好孩子」，因此他不擇手段，就是要當上皇帝。最後因為當不成皇帝，壓力過大，竟導致精神分裂。

慕容復從小就是非常用功的孩子，許多武林人學武時，都是選擇一門或兩門功夫精進，學成後即可與人一爭高下，比如喬峰擅長「降龍十八掌」、段譽精通「凌波微步」，但慕容復不同，慕容博教導慕容復時，為了讓他博知武學，逼他廣學各門各派武功。跟大多數俠士武人比起來，慕容復的武學養成過程，可說極其辛苦。然而，為了當父親心中的乖寶寶，好兒子，慕容復盡可能的學，又因為他學武的天賦甚佳，因此，年未而立，慕容復已是武林中名氣響噹噹的高手。

依慕容家的傳統，學武就是為了興復大燕國，慕容博對慕容復最深的期待，也是要他成為大燕國中興復國的開國皇帝。不論慕容復願不願意，他都必須繼承這個祖傳志業。為了達成父親的期待，慕容復雖對復國沒興趣，仍希望自己當上皇帝。

慕容復明明不想復國，卻還是被逼得走上復國之路，他心中盤算，不論任何手段，只要當上皇帝，就是對慕容家列祖列宗交差了。他對復國大業並沒有全盤規劃，也不知怎麼規劃。而慕容博派在慕容復身邊，輔佐慕容復復國的四大家臣，竟都不是張良或諸葛亮之類的謀士，而是包不同與風波惡之流的武夫。四大家臣大多愛逞口舌之快，喜好打架，四處得罪人。慕容復自己也有公子哥兒的傲氣，老想以武功壓倒他人。

自古以來，革命建國者都知道「一飯三吐哺、一沐三握髮」，盡全力禮賢下士、吸納人才，才能順利進行革命大業。只有慕容復的革命團隊是到處得罪人，四處製造仇家，這使得他起心革命多年後，不只完全沒有擴大革命地盤，還不斷窄化自己的人際圈，更不曾有任何謀士良才投奔他。

慕容復並未建立軍隊，也難以造反建國。他只想當皇帝，卻不想辛苦革命，他心裡常想，若能抄捷徑，或作弊，就當上皇帝，即算是對父親有交代。於是他先是到西夏應選駙馬，他盤算若是能當上西夏駙馬，或許西夏能發兵幫他復國，他也就當皇帝了，但此計因他未選上駙馬而告終。而後，他又想拜段延慶為義父，他心想，段延慶若能當大理皇帝，他承繼帝位，再將「大理」國號改為「大燕」，也算興復燕國了，但此計的用心太明顯，他人一看即知，因而仍失敗收場。

慕容復想成為父親心中的好孩子，希望能當皇帝給父親看，卻總是當不成皇帝，最後壓力過大，竟導致精神分裂。一代武功高手，落得淒涼的下場。

◆徵狀◆

慕容復對於復國並沒有太大的興趣，他只是想當皇帝，向父親證明自己真的是好孩子。長年做自己不想做的事，慕容復的內心想必很苦悶，而不論他怎麼努力，都當不了皇帝。他認為自己讓父親失望，這將讓他更苦悶。長年的苦悶鬱結在肝，慕容復若非罹患精神分裂，很可能會得慢性肝病。

◆處方◆

慕容復可以找郭襄聊一聊，郭襄的父母姊弟都忙著堅守襄陽、力抗蒙古，但郭襄可沒興趣「克紹箕裘」，她四處雲遊尋覓楊過，只想跟楊過談談心。郭襄後來放下家傳的抗蒙事業，自去開創峨嵋派。想當孝子，讓父親歡喜的慕容復，最好先學會「愛自己」。既然復國非己所願，何必委屈自己，完成父親的心願?如果父親鍾愛復國，就讓父親自己去復國吧!兒子無法為父親的夢想而活，學習愛自己、做自己，慕容復才能過快樂的人生。

王語嫣——青春的執迷者

◆問診◆

唐太宗辭世後，多位嬪妃被分配到感業寺出家，武媚娘也在行列之中。唐太宗的兒子高宗李治視察感業寺時，武媚娘讓李治心頭小鹿亂撞。出家為尼的武媚娘當時不只脂粉未施，還頂著個大光頭，顏值理當不若新進宮闈的年輕嬪妃，更何況武媚娘還曾是李治爸爸的女人，但武媚娘依然深深吸引著李治。武媚娘對李治的吸引力，就在於她的自信與智慧。

「神仙姊姊」王語嫣是青春與顏值的迷戀者，她不像武媚娘，明白女人最大的吸引力並不在外貌，而在氣質與自信。王語嫣一心只想追求「凍齡」與「逆齡」，她希望恆保青春，永遠美麗，因此，只要多了一絲白髮或一道皺紋，都讓她膽顫心驚，心情低落。

「變老恐懼」可不只王語嫣獨然，古今中外許多女人與男人也都擔心「變老」，可知「變老」是人們的集體焦慮。人們對於「老」的想法，簡單來說，就是「老＝沒用＝身體變差＝容貌變醜＝沒有生產價值＝智力退化＝討人厭＝沒人要」。又因為人同此心，因此當代各大百貨公司的一樓，幾乎都是化妝品專櫃，可知「凍齡」與「逆齡」產品的銷售市場多麼可觀。

人們都清楚，變老是不可逆的過程，今天的容顏一定老於昨天，但即使如此，許多人仍想緊緊抓住青春，讓自己永遠凍齡。在那沒有膠原蛋白、沒有Q10、沒有維他命C可內服外用的北宋時代，王語嫣也希望青春不老，美麗永駐。從小說中的描述看來，或許人們會覺得王語嫣膚淺，然而，就算是認為王語嫣膚淺的人，大多也希望被讚美「你看起來好年輕」、「你看起來都沒變，跟十年前都一樣」、「我怎麼覺得你越來越年輕，你是怎麼保養的？」

王語嫣深深地愛戀著她的表哥慕容復，她一直相信自己將來一定情歸慕容復。慕容復是大燕國後裔，畢生以興復大燕國為職志。在王語嫣心中，慕容復除了身懷絕世武功外，更是有理想、有抱負的男人。為了成為慕容復的賢內助，在復國的道路上，助慕容復一臂之力，王語嫣熟讀各門各派的武學經典，期盼有朝一日能以所學，襄助慕容復更上一層樓。

慕容復雖也喜歡王語嫣，但於他而言，復國大業遠比愛情重要。只要可以復國，慕容復願意拋棄所有，更別說是表妹王語嫣了。因此，西夏國貼出招選駙馬的榜文後，為求應選西夏駙馬，慕容復幾乎毫不猶豫，就拋棄了愛慕他多年的王語嫣。

王語嫣被心愛的慕容復拋棄，大理世子段譽卻對她心儀不已，可惜王語嫣的心裡已經住著慕容復，不論段譽再怎麼獻殷勤，王語嫣都絲毫不動心。直到王語嫣確定慕容復對她負心，她也完全死心後，為了在溺水時抓住一枝浮木，她才改與段譽在一起。不過，即使在此時，段譽在她心中的分量，還是比不上辜負她的慕容復。

或許段譽也察覺出王語嫣並不是真心愛他，跟王語嫣在一起時，段譽仍感覺得到王語嫣心裡依然想著慕容復，因此漸漸疏遠了王語嫣。此時的王語嫣揣想，慕容復曾經對她那麼好，現在卻不要她；段譽曾經深愛她，現在卻冷淡的對待她，一定是因為她變老，不再年輕貌美了，兩個男人才會前熱後冷，都不再愛她。

於是，王語嫣開始想讓自己「凍齡」與「逆齡」，她希望自己永遠保持年輕時的高顏值。聽說雲南某處有「不老長春谷」，王語嫣於是央求段譽帶她前往，結果卻失望而回。而後，她又聽說有部回春秘笈在無量山玉洞中，因此又與段譽前往無量山玉洞。在玉洞中，她遍尋不著秘笈，即使推倒了神仙姊姊玉像，仍毫無所獲。王語嫣這才明白，原來「青春永駐」只是一句華而不實的語句。

◆徵狀◆

為了長保高顏值，王語嫣盡可使用各種保養品，然而，最根本的保養仍在於心。快樂的心讓人年輕，焦慮的心讓人年老。若是王語嫣常因變老而有莫名的焦慮，她除了會感覺身體有點沉重外，也會因焦慮而眉頭深鎖，看起來就會更老。可知真正催人老的，並不見得是歲月，而更是焦慮與苦悶。

◆處方◆

若想讓外貌青春永駐，就要保持喜悅快樂的心。「凍齡」與「逆齡」的秘法從來不在「不老長春谷」，而是在「不老長春之心」。所謂的「不老長春之心」，就是常常快樂，尤其是擁有成就感的快樂。當心快樂時，身體就有了滋養的泉源，外貌將因此看起來更年輕，顏值也就隨之升高了。

阿朱——技藝的墨守者

◆問診◆

電影「天下無賊」中，王博與王麗是一對鴛鴦竊賊。在行竊多年後，王麗認識了一位善良的老實人傻根，她決定與王博在火車上保護傻根，不讓黎叔為首的竊盜集團偷去傻根的六萬元。不過，當慣了竊賊的王麗，保護傻根的手法依然是竊賊的手法，她不尋求警察協助，而是「以賊制賊，以賊抗賊」。在一路的火車旅程中，黎叔偷走六萬元，王博再偷回來，雙方鬥智鬥法，結果王博連性命都搭了上去，但傻根完全不知雙方正在為他相鬥。最後傻根發現六萬元仍好端端在他行囊中，他因此得到一個結論，那就是「天下無賊」。

俗語說「三句話不離本行」，亦即有些人的思考邏輯總是離不開他的職業或專業，那就好像「天下無賊」的王麗，明明可請警察保護可能被搶劫的人，她卻繞不出竊賊的思維，決定以竊賊的手法保護傻根。慕容家的阿朱也跟王麗相似，阿朱擅長易容術，易容術曾讓她避過某些災難，解決某些問題，這使得阿朱不論遇到什麼問題，都想以易容術來處理，然而，易容術並非解決問題的萬靈丹，阿朱最後竟因易容術而死。

阿朱的易容術並非學自某個師父，而是自己摸索出來的。她從小就喜歡用麵粉泥巴，將自己打扮成別人，而且還越裝越像，最後居然成為「易容大師」。不論她易容成誰，都易容得唯肖唯妙。最神奇的是，阿朱的易容不只是妝扮成對方的相貌，連對方的身高、體態、步態、發音、言談、舉止，也都跟本尊一模一樣，簡而言之，阿朱完全變成了對方的複製人，即使是對方的家人朋友見到阿朱，也難以分辨阿朱與他易容的對象究竟誰是本尊。

不過，不論易容得再怎麼像，有個罩門是阿朱始終突破不了的，那就是阿朱不可能擁有對方的武功與內力，但武林是個刀尖上舔鮮血的世界，武林中人與朋友敵人之間，往往一言不合，就會出手過招，阿朱若在易容後與人過招，以她的武功與內力，馬上就會露餡破功。然而，阿朱還是屢次以易容後的相貌會見武功絕頂高手，也常常因此置自己於險境。

阿朱首次登場，即是以易容後的容貌亮相，她連續易容為僕人老黃、管家孫三、及慕容老夫人，藉此逗弄鳩摩智。但鳩摩智是老江湖，怎能被阿朱愚弄？於是他出手要與阿朱過招，阿朱立即洩了底。

而後，阿朱又扮起喬峰，與「假慕容復」段譽同去解救丐幫幫眾，這次易容卻弄巧成拙，她讓丐幫叫化子們心生誤會，以為北喬峰與南慕容早已暗中勾結。接著，阿朱易容成小和尚虛清，到少林寺偷盜《易筋經》。然而，到武學聖地少林寺偷書是何等大膽的行為，在這次偷書行動中，阿朱被玄慈的「大力金剛拳」打得差點死去，幸而喬峰帶她去求薛神醫救治，才僥倖逃得一死。

而後，與喬峰成為愛侶的阿朱，為幫喬峰套問出帶頭大哥的姓名，易容為白世鏡，想從馬夫人康敏口中問出帶頭大哥是誰，卻被康敏發現她是易容的「假白世鏡」，並誤導她帶頭大哥就是段正淳。

為了救情郎喬峰，不願喬峰在殺死段正淳後，遭大理段氏報仇，阿朱易容為段正淳與喬峰相約。喬峰誤以為她是真正的段正淳，一掌將她打得花落人亡。表面上看來，阿朱似乎真的保護了喬峰，因為喬峰打死了她，再經她相勸，就不會再找段正淳報仇，也就不會陷入被大理段家追殺的危險。但阿朱卻沒想到，喬峰在打死了她之後，即終身活在罪咎中，自譴自責，再也不曾快樂過。

易容術是阿朱的拿手絕活，阿朱屢次把易容術當作解決問題的萬靈丹，卻一再讓自己陷入險境或窘境。沒有其他專長的她，從未從失敗中學到教訓，每當又有問題出現時，她還是會以易容術來解決。最後阿朱竟因易容術而死，或許她從沒想過，除了易容術之外，許多問題都還有更好的解決方法。

◆徵狀◆

阿朱屢次在易容之後與武林頂尖高手交手，雖說阿朱藝高人膽大，但以阿朱的武功層次，只怕在頂尖高手面前，仍難免內心緊張、心跳加速、腎上腺素分泌增加。一再讓自己以身犯險，也常常處在緊張中，阿朱可能會罹患胃炎或胃潰瘍。

◆處方◆

阿朱若想處事更有彈性，就必須跳脫「易容術」思維，才不會在遇到任何問題時，都只能想到以易容術解決。她可以跟姊妹淘阿碧學學音樂，或跟她家公子慕容復學學文學或武功。總而言之，學習的層面越多，視野越寬廣，思想越活絡，面對困難時，可以想到的解決方法越多，也就不會再只有「易容術」一個選項了。

段正淳——以愛養愛的情人

◆問診◆

根據研究，一再偷情或外遇的男人並見得是認為家中的老婆不夠美，或不夠好，還有兩性專家指稱，偷情的男人大多不覺得偷情的對象比自家老婆更有吸引力。那麼，為什麼男人會想偷情或外遇呢？根據統計，可能的原因有三：一是跟原本的伴侶在一起久了，覺得另一個女人有新鮮感，二是偷情能滿足男人的征服慾，三是偷情能讓男人感覺刺激與快感。

有些兩性專家認為，偷情或外遇其實是基於性格，也就是說，會偷情的男人就會一再偷情，會外遇的男人就會一再外遇，偷情跟外遇都會成為「慣犯」。這樣的說法套用在段正淳身上，可說極為吻合。

段正淳是大理國鎮南王，也是大理國皇帝段正明的弟弟，他娶了擺夷族美女刀白鳳為妃。表面上看來，段正淳是個堅持「一夫一妻」的好男人，在北宋時代，身為鎮南王的段正淳，就算真要多納幾個側室，理當也無人非議，但段正淳除鎮南王妃刀白鳳外，並未另娶任何側妃。不過，段正淳雖未再明媒正娶側室，卻多次外遇，也有多位情人。

段正淳是大理皇帝段正明的弟弟，在北宋時代，大理國與北方的大宋邦交良好。大宋與北方的遼國及西方的西夏對峙，大理則無強大的鄰國威脅，段正明兄弟因此只需著眼於內政，即可治理好大理。段正淳輔佐皇兄段正明，但段正明是勤政的好皇帝，不須段正淳多費心思，段正淳因此得以有許多時間從事私人活動。所謂的私人活動，也包括他跟多位美女的偷情。

段正淳除了是大理國鎮南王，他還練成了「一陽指」絕技，也常以「一陽指」遊走江湖。他偷情的對象全是江湖女子，亦即甘寶寶、秦紅棉、阮星竹、王夫人、及康敏等人，這幾位江湖女子全都重情重義，深愛段正淳，也都願意為段正淳生下孩子，但段正淳並無法跟任何一位女子長相廝守。甘寶寶懷了段正淳的孩子後，「帶球」嫁給鍾萬仇，生下鍾靈；秦紅棉則是生下了木婉清，並獨自撫養木婉清長大；阮星竹懷孕後，擔心當未婚媽媽會被父親打死，因而偷偷生下阿朱跟阿紫姊妹，再送給別人；王夫人則可能是給老公戴綠帽，與段正淳生下王語嫣；康敏雖未幫段正淳生下一男半女，但也深愛段正淳。美女們愛段正淳，段正淳也報以真愛，他對這幾個女子，並不是抱著「玩玩」的心態，而是真心的愛她們。

段正淳確實是花心、不專情的，他有多個情人。但真要說他不專情，他在與每個情人相處的當下，又都是專情的，眼裡心裡都只有對方。也就因為如此，每個女子都自認她才是段正淳的最愛，其他女子都只是勾引「段郎」的狐狸精。

段正淳談戀愛確實有一套，他那張嘴總能說得女人內心軟甜甜，讓女人把心跟身體都交給他，想跟他一生一世在一起。他為每個女人都取了暱稱，他叫刀白鳳「鳳凰兒」、叫甘寶寶「親親寶寶」、叫王夫人「阿蘿」、叫康敏「小康」，只要他一喚暱稱，女人們的心就軟了。段正淳也很會營造浪漫感覺，比如他身上隨時帶著與康敏談戀愛時的舊手帕，他也曾親密的傳授秦紅棉「五羅輕煙掌」，刀白鳳因為是他的第一個戀人，因此他將她娶回家，成為鎮南王妃。每個女人跟段正淳在一起時，都感覺她是全世界最幸福的女人，但也因為如此，當她們發現自己只是段正淳的「之一」，而非「唯一」時，都會醋勁大發，恨不得殺了其他女人。

段正淳確實是偷情與外遇的慣犯，他視愛情為「能量補給」，但若跟同一個戀人在一起久了，他會覺得膩，因此必須不斷更換戀人，才能保持新鮮感，也才能持續補給能量。也或許就是因為他在愛情中得到滋養，所以他處理政務與習練武功時，總有滿滿的幹勁與精力。

不過，段正淳雖然很會營造戀愛氣氛，卻不太懂得怎麼處理情人的情緒，每當與情人相處久了，對方有些情緒出來時，他就馬上離開，再去尋找另一位情人。這樣的愛情模式讓他的情人們對他又愛又恨，對他的其他情人則是充滿恨意與怒意，因而他的情人們彼此之間互相仇視，還往往會為了他而廝殺。

◆徵狀◆

每個情人都是段正淳的心頭肉，他愛每個情人，想照顧每個情人，卻也知道無法面面俱到。當他離開情人時，想到情人還得獨自撫養他的孩子，難免會有歉疚感，因此下次見面時，他會用更多的溫情來彌補對方，這也使得對方越陷越深。在纏綿悱惻之後，想不出安頓情人的良方，還總是掛心遠方的情人，使得段正淳常有著隱隱的焦慮與不安，久而久之，他可能會因焦慮而罹患胃食道逆流。

◆處方◆

段正淳與他的情人們都在愛情中得到滋養，但在滋養之後，會因愛情而萌生佔有慾，也會導致情人間的醋海生波。建議段正淳將生命的力量拉回自己，從內在修為培養自己的能量。或許段正淳的心先安定了，他的情人們也會漸漸安定下來，他與情人間的感情就會昇華為另一種層次的互相護持與滋養之情，而不再總是為了佔有而殺得你死我活。

慕容博——寄希望於孩子的父親

◆問診◆

「望子成龍，望女成鳳」是許多父母的共同期望，在當今少子化的社會，父母往往會更期待子女成為人中龍鳳，因此，從孩子上學開始，父母可能會幫孩子安排各式各樣的補習，希望孩子贏在起跑點上。父母還可能要求孩子考上父母理想中的一流大學，求得父母理想中的一流職業。然而，父母的期待與要求並不見得與孩子的想法一樣。

當父母與孩子的想法不同時，許多父母都會對孩子說「我都是為你好」，逼孩子就範，此外，有些父母還會以製造孩子的罪惡感、自虐逼迫孩子、對孩子欲擒故縱、或向孩子施暴等方式，逼孩子照自己的期待方向走。美國心理學博士蘇珊說，這樣的行為稱為「情緒勒索」（emotional blackmail）。

慕容博就是常向兒子慕容復「情緒勒索」，逼兒子照自己的期待發展，要兒子完成他的理想的父親。

慕容博的願望是興復大燕國，在自己復國無望後，他要求唯一的兒子慕容復必須繼承復國大業。不論慕容復願不願意，他都強迫慕容復接受。慕容復是個乖孩子，為了不讓父親失望，他將父親的願望扛起來，希望有朝一日當上皇帝，向父親證明自己是有用的孩子。然而，興復燕國並非慕容復的志願，造反也非慕容復所長。不過，若是慕容復想放棄復國大業，慕容博就會出面斥責他，對他再次「情緒勒索」，這使得慕容復承受極大的壓力，最後竟因此精神分裂。

慕容博是大燕國的後裔，慕容家的祠堂擺滿了慕容皝、慕容恪、慕容垂、慕容龍城等列祖列宗的神位。慕容博傳承祖先志業，以「興復大燕」為人生目標。然而，慕容博對於復國並沒太大興趣，但為了表示他是慕容家的孝子賢孫，雖然他沒有任何實際行動，口頭上仍常常高喊「興復大燕」。而就在他有了兒子慕容復之後，他也就將復國大業轉嫁給兒子了。

慕容博並無意於復國，但他仍須讓家臣們認為他一心一意要興復燕國。慕容博慣用的方法就是讓大家感覺他還在準備，而他所謂的準備，就是必須練成絕世武功，將來才能一舉殲敵，成功復國。但武功的學習是無窮無盡的，慕容博先習練各門各派武功，後來又到少林寺竊取七十二絕技秘笈回來練習，這一練就練了數十年。因為他始終認為自己尚未練就絕世武功，也就是還沒準備好，因此無法復國。故而復國於他而言，總是遙遙無期。

慕容博為復國做過的唯一一件事，就是謊稱遼國武人要來少林寺劫奪秘笈，使得少林寺方丈玄慈帶領江湖好漢到雁門關與遼國武人武鬥。表面上看來，慕容博似乎要引起天下大亂，以乘機復國，但他並未組織自己的軍隊，就算天下亂到極點，他也不可能趁機據地稱王。可知挑起遼宋武人鬥爭，只是慕容博的障眼法，他只不過是要讓家臣們誤以為他仍在積極復國罷了。

挑起宋遼間的武人爭鬥後，慕容博終於找到不必再復國的合理藉口，他聲稱他怕玄慈等人找他算帳，於是佯稱自己已死，這麼一來，他也就不必再復國了。不過，雖然慕容博自己不想復國，但他可沒放棄祖傳的復國夢，他轉而要求兒子慕容復要致力於復國。自己百般推拖，逃避復國唯恐不及的慕容博，要求兒子可是極為嚴厲。或許他盤算的是，兒子若能成功復國，登基為帝，他就是太上皇，對列祖列宗也就有交代了。

慕容復也無意復國，但因為被慕容博要求，只好投入復國大業。身為公子哥兒的慕容復喜歡與人過招，賣弄武功，對復國則毫無規劃。在少林寺大會戰時，慕容復敗於蕭峰手下時，意圖自盡。此時慕容博突然現身，並嚴詞教訓慕容復，慕容博對慕容復說的第一句話就是：「你有兒子沒有？」言下之意似乎是，如果你有兒子，就可以像我一樣，把復國的責任丟給兒子，不然的話，你就得認命，乖乖進行復國大業。

◆徵狀◆

慕容博自己逃避復國，將復國的希望寄託在兒子慕容復身上，他對慕容復極為嚴厲，從小即嚴格訓練慕容復，要他練成絕世武功，完成慕容家世代相傳的復國夢想。但慕容復也無意於復國，因此對復國毫無建樹。見到慕容復像扶不起的阿斗，復國心切的慕容博可能會氣到罹患高血壓。慕容復後來因壓力過大，竟導致精神分裂，將人生希望完全寄託於兒子的慕容博，可能會因過度失落與無力感而中風。

◆處方◆

慕容博必須明白「你的孩子不是你的孩子」、「父母無法實現的夢想，不要要求孩子來完成」、「讓孩子做自己」，如果慕容博真的不愛復國，何妨就在自己手上終結慕容家的復國夢。而若是他能放慕容復自由，不把自己的復國夢強壓在兒子身上，以慕容復的學武資質與用功，必將開創自己的一番天地。這麼一來，慕容復既能快快樂樂過一生，也能以傑出的表現光宗耀祖！

玄慈——充滿恐懼的宗教人

◆問診◆

佛經《付法藏因緣傳》中說，佛教高僧龍樹菩薩少年時，與他的三位朋友想要追求美色，縱情於色慾，於是一起去學隱身術。學得隱身術後，四人即潛入王宮的後宮，姦淫宮女，並導致多位宮女懷孕。國王得知宮女莫名其妙懷孕後，大為震怒。某位大臣告訴國王，會發生這樣的事，必是因為有人使用法術。國王於是派遣武士，在四人可能潛進皇宮之處，朝著空中揮刀。結果，龍樹的三位朋友竟都被砍下人頭。經過此事之後，龍樹覺悟淫事惡事不可為。他幡然悔悟，潛心學佛，最後成為一代高僧，著有《大智度論》等書。

龍樹菩薩在學佛後，脫胎換骨，不復少年時的惡行淫行，最後成為證得果位的菩薩。但同樣是學佛，也有人只是將佛寺當作行惡行淫之後的庇託之處，彷佛有了惡行淫行之後，只要唸佛，就可以減少罪惡。玄慈就是這樣的僧人。

《心經》有言：「遠離顛倒夢想，究竟涅槃。」玄慈是少林寺方丈，也常宣講「究竟涅槃」之道，相信信徒們聽聞玄慈開釋佛法，也多能歡喜信受，破疑除迷，然而，玄慈自己卻有著許多

「顛倒夢想」，即使學佛多年，他依然執迷不悟。

玄慈的內心充滿莫名的恐懼感，恐懼感並未隨著他精湛的佛學而消融。慕容博知道玄慈的罩門，因此欺騙他，說契丹武士將集體進犯少林寺，奪取武學秘笈，以為軍中教習之用。玄慈聞言，恐懼心起，內在一片慌亂，瞬間失去判斷力，他馬上聯合丐幫幫主汪劍通及智光大師等人，到雁門關埋伏，只要見到遼國武士經過雁門關，立即殘殺，以防對方就是將到少林寺進犯的惡徒。玄慈「寧可錯殺一百，不可放過一人」，見人就殺，暴虐殘忍之極。

玄慈從未冷靜思考，慕容博的謊言根本漏洞百出。依慕容博所言，遼國是派幾位武士前來少林寺奪經，可知來襲人數遠不若少林寺武功高強的高僧。以少林寺的武藝水平之高，遼國武人豈能劫奪任何一頁經書？因此，對於慕容博所傳訊息，玄慈大可「八風吹不動，端坐紫金蓮」，一笑置之。而若是遼人的武功遠高於少林寺，區區一二十人就可挑了少林全寺武僧，那麼，少林寺所謂的絕技，也不過就是些華而不實的武功，遼人還不如以自己的武功在軍中教習即可，何必再劫奪少林寺徒有虛名的武功秘笈？若真如此，玄慈又何必死守這些遠遠低於遼國武功層次的秘笈？可知無論如何，玄慈都沒有到雁門關伏擊遼國武士的必要。

學佛多年的玄慈，理當可以冷靜思考，以智慧破除迷障，但他顯然不是如此。稍經慕容博煽動，他就像無頭蒼蠅般，前往雁門關，見人就殺，少林方丈的行為竟彷似渾人南海鱷神。胡亂殺人，尤其誤害了促成遼宋和平的蕭遠山後，玄慈發現鑄下了大錯。為求贖罪，他將蕭遠山的兒子喬峰帶回宋國撫養，他自己則回到少林寺，經由念經頌佛，消除罪惡感。然而，念經頌佛並無法改變他的心性，玄慈依然有著強烈的恐懼感。在栽培喬峰的過程中，他一邊請玄苦大師教喬峰高明武藝，一邊又去信汪劍通，希望汪劍通不要授喬峰丐幫幫主之位。或許玄慈最擔心的，就是喬峰知道當年雁門關事件害他父母的真兇後，會來找他報仇，但玄慈的信後來竟害慘了喬峰。

喬峰而後被揭露是遼國後裔，並因此辭去丐幫幫主之位。得知當年他的父母是被「帶頭大哥」為首的宋國武人所害後，喬峰一心要追出「帶頭大哥」究竟是何人。在喬峰追索「帶頭大哥」的過程中，當年參與雁門關事件的豪傑一一死去，但身為帶頭大哥的玄慈，因心中充滿恐懼感，不敢面對現實，又怕聲名掃地，故而堅不吐實，絕不出面承認自己就是當年的「帶頭大哥」。

玄慈的醜行還不只到雁門關胡亂殺人這一樁，他還有淫行，當年他到葉二娘家裡為葉二娘的父親治病，葉二娘家貧，給不出銀子，說她願以身體報答玄慈，玄慈竟也同意，於是就跟葉二娘上床了。跟葉二娘有了肌膚之親後，玄慈恐懼若被人知，將有礙他高僧的形象，因此數十年絕口不提，或許他還常在寺中向弟子宣講戒淫之道。玄慈內心充滿恐懼感、罪惡感與痛苦，卻未經由佛法改變自己。他不敢面對曾犯下的錯，只希望學佛念佛可以消解他心中的恐懼感、罪惡感與痛苦。

◆徵狀◆

玄慈是一代高僧，或許他曾經宣講佛法，渡化許多人，但他卻無法渡化自己，讓自己到大智慧的彼岸。常年心懷恐懼的玄慈，可能會因恐懼的能量而導致腎臟病變。

◆處方◆

學佛多年的玄慈，並不是用佛法來轉化自己，而是以佛法來逃避心中的恐懼，並藉由念佛來消弭心中的罪惡。玄慈若真想破除恐懼感，就必須直下承擔，承認自己犯下的錯，再面對可能隨之而來的風暴與懲罰。或許他將失去方丈的頭銜與高僧的地位，卻將因此擁有心安，這也才是真正的修為之道。

李秋水——試夫的傻女人

◆問診◆

民間戲曲〈大劈棺〉，亦名「莊子試妻」，這個故事說的是，夫妻關係和諧的莊子，某天忽然想試試妻子是否對自己永遠忠貞。身具法力的莊子於是先喬裝罹病身亡，停棺大廳時，他再化身為一位楚國王孫前來弔唁，並對莊子的遺孀百般示好，挑逗她的感情。當莊子的妻子開始對楚國王孫動心時，楚國王孫竟突發急病，並說只有吃了腦髓才能治病。為了拯救情郎，莊子的妻子決定劈棺，取亡夫莊子的腦髓供楚國王孫食用。就在此時，躺在棺木中的莊子竟活轉過來，並指責她的妻子水性楊花、移情別戀、未忠於亡夫，莊子的妻子因此羞愧自盡。

莊子「試妻」試出了人命，原本好好一個家庭，因為他的猜疑心，竟導致家破人亡。可知伴侶之間可不能隨便「試妻」或「試夫」，一旦以這遊戲考驗或戲耍對方，將可能弄巧成拙，導致雙方離異。

以「試伴侶」來考驗對方是不是真的愛自己的，可不只莊子，李秋水也是如此，當李秋水感覺愛侶無崖子對自己冷淡時，想試試對方是不是還愛自己，於是故意在無崖子面前跟別的男人調情，想激發無崖子的佔有慾，卻不料引起無崖子的厭惡，兩人的關係因此更為冷淡。

李秋水與無崖子相識時，無崖子已經有了伴侶，即同門師姊天山童姥。李秋水戀上無崖子後，無崖子也劈腿愛上了李秋水。個性高傲的李秋水可不願當小三，她決定將無崖子爭過來當自己的情人，於是，十八歲的李秋水與二十六歲的童姥為了無崖子爭鬥了起來。然而，若以兩人的姿色相較，李秋水可說有壓倒性的勝利，因為李秋水才十八歲，肌膚的水嫩勝於二十六歲的童姥；而且李秋水身材高佻，童姥則因練「天長地久不老長春功」而變成五短身材；此外，李秋水說起話來嗲聲嗲氣，讓男人聞之軟酥酥，不像童姥說話粗聲粗氣。因此，無崖子隨即拋棄了舊愛童姥，與新歡李秋水情意綿綿。

從小三扶正後，李秋水與無崖子從此在無量山劍湖之畔雙宿雙飛，過著幸福快樂的生活。落寞的童姥則遠走天山，成為靈鷲宮主人。

李秋水與無崖子甜甜蜜蜜的住在無量山，他倆一起練劍，優美的身影投影於無量玉壁，被無量劍門人視為「仙影」。為了爭睹他倆的「仙影」，無量劍東西宗還進行比武較量，勝者才能觀看玉壁。而後，李秋水生下了愛的結晶李青蘿。

李秋水原本以為，他跟無崖子會白頭偕老，相愛一生。豈知就在無崖子見到李秋水的妹妹後，整顆心即被李秋水的妹妹佔滿了。從此以後，無崖子心心念念都是李秋水的妹妹，他口中喚著李秋水的名字，手裡卻雕著「秋水之妹」的玉像，還常對著玉像發呆。

李秋水不知愛人已經悄悄移情別戀了，她只感覺無崖子對自己越來越冷淡，於是，李秋水決定展開「試夫」行動，以喚回無崖子的愛情。她找來幾個年輕俊美的小鮮肉，故意在無崖子面前跟小鮮肉們親熱調情，想刺激出無崖子的佔有慾。然而，對李秋水的感情已變淡的無崖子，見到李秋水水性楊花的無恥行為，只覺更加厭惡，兩人的裂痕也越來越深。

跟小鮮肉打情罵俏無法挽回無崖子的心，李秋水而後竟決定以更強烈的「試夫」行動來考驗無崖子，她跟無崖子的弟子丁春秋談起戀愛，想讓無崖子吃醋。想不到丁春秋為佔有李秋水，竟出手將李秋水的前男友，也就是無崖子擊落山崖。這麼一來，李秋水與無崖子的感情即完全破裂，再無轉圜之地了。

而後，李秋水與丁春秋離開了無量山，李秋水隨即與丁春秋分手，並嫁給了西夏皇帝，成為王妃。雖說成了西夏王妃，但李秋水的心中依然只有一個無崖子。不過，她知道無崖子對她誤解甚深，永難化解，兩人絕不可能再回到當年了。

◆徵狀◆

李秋水渴望無崖子的愛，當她懷疑無崖子變心時，以「試夫」來向無崖子討愛，卻想不到無崖子因此更厭惡她。從此以後，即使李秋水望穿秋水，也望不回無崖子的愛了。失去愛情的李秋水常常感覺落寞與失落，長此以往，她可能會罹患卵巢疾病。

◆處方◆

有句話說「愛自己，自有人愛」，李秋水在伴侶對自己冷淡後，想方設法要讓伴侶回頭，卻反將伴侶越推越遠。建議李秋水先學習「愛自己」、「成長自己」，將自己提升為更有魅力的女人。或許在她成長自己之後，會散發出更成熟的魅力，而後，不只無崖子可能會再次愛上她，還將有更多男人為她傾倒。

南海鱷神——追求排名的渾人

◆問診◆

印度電影「三個傻瓜」（3 Idiots）中，男主角藍丘考上了帝國理工學院，學院院長維爾博士是個凡事都要追求第一的人，他曾告訴學生們：「誰是第一個登上月球的人？大家都知道是阿姆斯壯，那誰是第二個呢？別浪費時間了，沒人會記得第二名是誰？」

一心想追求第一的，可不是只有維爾博士，南海鱷神也總在追求「第一」，他想追求的「第一」，是「天下第一惡人」。只要能成為天下最壞的一個人，要他做什麼壞事他都願意，不論姦淫擄掠、燒殺搶劫，他樣樣都肯幹。南海鱷神是小說中創造的渾人，但現實生活中像南海鱷神這麼重視排名的人也不在少數，比如許多學生家長看孩子的成績時，都只看排名，他們大多希望孩子能得第一名。

關於陷入「排名迷思」，總愛追求「第一」的人，村上春樹在其小說《海邊的卡夫卡》中，有段嘲諷的說詞是：「英文字母G會因為自己在F之後而生氣嗎？書上的68頁會因為排在67頁後面而挑起革命嗎？」是的，字母G跟68頁都不會生氣，人卻可能因為排名不如人而憤怒、焦慮或失落。

南海鱷神是個渾人，他的本心或者沒那麼壞，但因他的拜把子兄弟段延慶、葉二娘、及雲中鶴都是惡人，他也就跟兄弟們一起做惡。這四兄弟將做惡的程度做出排名，從第一名到第四名分別為「惡貫滿盈」、「無惡不作」、「凶神惡煞」與「窮凶極惡」。南海鱷神與葉二娘為惡的程度在伯仲之間，但葉二娘在「四大惡人」中排名第二，南海鱷神則是排名第三，南海鱷神因此極為不服，他非要超越葉二娘，成為武林公認的第二惡人不可。

為了讓自己成為排行第二的惡人，南海鱷神刻意為惡，他完全不需任何理由，即可殺人放火。他想幹盡壞事，讓別人相信他就是壞到骨子裡的大惡人。鍾萬仇家的僮僕進喜兒喊他為「三老爺」，又說他是「大大的好人，不是惡人」，惹得他暴怒，他竟扭斷了進喜兒的脖子。他就是要大家相信，他真的是個大壞蛋。

除了無法容許葉二娘的惡人排名超過他外，南海鱷神也很討厭有任何人輩分高於他，因此，他拜段譽為師後，段譽說鍾靈是他的師娘，南海鱷神心想，這還得了，鍾靈是高他一輩的師娘，那麼，鍾靈的父親鍾萬仇豈不就高他兩輩？是可忍，孰不可忍，他因此說，他非殺了鍾萬仇不可。

殺人雖然可惡，但南海鱷神的本心並不見得是惡的。說來南海鱷神只是渾人，而非惡人，只要能說服南海鱷神不為惡，甚至為善，南海鱷神也可不當惡人。比如南海鱷神欲殺木婉清時，段譽以其便給的口才，說服南海鱷神他是個不會傷害受傷者的人，南海鱷神也就放過了木婉清。後來南海鱷神敗給了段譽的「凌波微步」，依約拜段譽為師，南海鱷神雖然心中不服，但既拜師，他也就真奉段譽為師了。為全師徒之道，鍾靈遭雲中鶴擄劫時，南海鱷神為了保護「小師娘」，不惜與他的惡人四弟雲中鶴廝殺；段譽鍾愛的王語嫣求死時，雲中鶴為拉住王語焉而差點兒墜崖，南海鱷神亦為救他二人而幾乎跌落山谷；後來段延慶要南海鱷神殺死段譽，南海鱷神為了保護師父，寧可違背段延慶的命令，竟因此被段延慶舉杖刺死。

南海鱷神執著於惡人的排名，他不敢與段延慶爭第一，只想跟葉二娘爭奪「天下第二惡人」之位，這個執念讓他無端殺人，也讓人恐懼及厭惡。然而，若是他當年結義的兄弟是喬峰、虛竹、段譽，以他好勝的個性，可能也會與兄弟們爭奪「天下第一大俠」、「天下第一好人」的美名，那麼，武林中就多了個行俠仗義的大俠。可知於南海鱷神這樣，不知自己生命方向的渾人而言，交往的朋友、結義的兄弟、參與的幫派，對他的人生都有著莫大的影響。

◆徵狀◆

南海鱷神很容易被激怒，只要有人說他不夠「惡」，或表示輩分比他高，他都會暴怒，這樣的性格可能會導致他罹患高血壓。

◆處方◆

南海鱷神就像俗話說的「近朱者赤，近墨者黑」，他跟哪一類人在一起，就會跟那一類人做同樣的事，還會希望成為其中的佼佼者。因此，若是段譽能善導南海鱷神，讓他加入丐幫之類的正派組織，說不定南海鱷神也會脫穎而出，成為行俠仗義的豪傑。這麼一來，丐幫將會多一位武功高強的長老，武林也將多一位濟世救人的大俠。

丁春秋——造神運動的癖好者

◆問診◆

儒家道統中有一系列世代聖人，以「堯舜禹湯」為首。「堯舜」是儒家傳頌千古的聖人，孟子盛讚「伊尹耕於有莘之野，而樂堯舜之道焉」，可知堯舜的人格與政績均可說臻於完美。然而，柏楊在《可怕掘墓人》一書中，卻根據《竹書紀年》等書考據，認為堯帝伊祁放勳時代是大旱大水之年，舜帝姚重華則是可怕的權奸，他殺盡堯帝身旁忠良，並流放堯帝，使之死於監獄，他再經鬥爭而奪得王位。

不論歷史真相為何，「堯舜」都經過儒家美化，也就是儒家以「造神運動」造出來的「聖人」。但會「造神」的可不只儒家，中國古代也常常對皇帝「造神」，許多皇帝都被說成是真龍或天神降世，比如《史記》中說，漢高祖劉邦的母親某天在野外休息打盹，夢中見到了神仙，而後，劉邦的父親前來，竟見到天空有蛟龍騰躍，回家之後，劉邦之母即懷孕了，可知劉邦是「真龍降世」。此外，也有古書提到，宋太祖趙匡胤出生時，趙家被一股紅光籠罩，左鄰右舍還以為趙家發生了火災，卻原來是趙匡胤降世了。趙匡胤出生時，身上有股奇異的香氣，因此他的乳名叫「香孩兒」。

「真龍」劉邦跟「香孩兒」趙匡胤的傳奇故事，都是人們為了「造神」，編造出來的神話，但「造神」可不是專屬於皇帝的。星宿老仙丁春秋也是「造神運動」的癖好者，他喜歡被弟子的歌功頌德、捧上雲霄，讓自己當「神」。

《天龍》丁春秋、《笑傲》東方不敗與《鹿鼎》洪安通是金庸筆下的三位「造神達人」，他們都熱衷於「造神」，喜愛被吹捧為神人，別人越是將他們頌揚成神，他們就越有力量。

丁春秋拜無崖子為師，無崖子琴棋書畫、文學武功，無所不能，他收了兩名弟子，大弟子蘇星河就跟師父一樣，琴棋書畫、文學武功，全都想學，二弟子丁春秋則只專攻武功一門。蘇星河的學習五花八門，卻也駁雜不純，丁春秋則只一門深入，因此武功凌駕於蘇星河之上。

丁春秋除了武功高強外，顏值也極高，師父無崖子與愛侶李秋水感情失和後，李秋水竟劈腿丁春秋，兩人於是成了情侶。而後，丁春秋與李秋水聯手，將無崖子打落山谷。

與李秋水成為情侶後，嗜武如命的丁春秋坐享了李秋水從各門各派蒐羅回來，珍藏於「瑯嬛玉洞」的武功秘笈。不過，雖然擁有了無數的秘笈，丁春秋最想學得的，仍是無崖子的絕學。他向師兄蘇星河追問師父武功秘本的下落，蘇星河騙他在星宿海。為求學得高明武功，丁春秋隨即遠走星宿海。

而後，丁春秋在星宿海開創了「星宿派」，他自稱「星宿老仙」，但因他善於使毒，又會以「化功大法」化人功力，武林中人因此稱他為「星宿老怪」。他的「星宿派」獨具一格，別的門派都希望一門和樂，「星宿派」則是鼓勵門人之間彼此比武械鬥，武功最高的人即是大師兄，大師兄可以任意處置師弟師妹。「星宿派」這道門規使得丁春秋的門人弟子都必須彼此較勁，卻也因此都有著不弱的武功。

丁春秋熱衷「造神運動」，他愛聽別人吹捧他，越多人吹捧，他越來勁，武功也越高強。不論他走到哪兒，門人都會奏起喧天的鑼鼓。只要他現身，就彷彿天神降臨。他的門人還編了一首「星宿老仙頌」，傳唱歌頌他。沐浴在門人弟子的頌揚聲中，丁春秋感覺自己真的是天下第一高手，彷彿來自十方的能量全都灌注到他身上，他的功力也瞬間加倍了。

◆徵狀◆

「造神運動」雖能加強丁春秋的功力，卻也讓他看不清，誤以為自己是天下無敵的高手。後來丁春秋在少林寺跟虛竹過招，被虛竹以生死符鎮住。曾經志得意滿的他，瞬間淪為少林寺的囚徒。從呼風喚雨的「神」，淪落為狼狽不堪的「人」，丁春秋可能會信心全失，並感覺充滿無力感，久而久之，他可能會罹患攝護腺肥大等疾病。

◆處方◆

受「生死符」所制，武功全失後，丁春秋從高高在上的「神」，淪為平凡之極的「人」。不再是「神」的丁春秋，或許可以到包惜弱身邊，跟著包惜弱餵養小雞小鴨、包紮受傷的小貓小狗，進而學會愛人、助人、行善濟人。當他能以「愛」關懷人、幫助人時，自己的內心也會有滿滿的愛與感動。他將在「人性」中看到「神性」，也會明白自己真的是「神人」，亦即充滿了「神性」的人。

康敏——需要不斷被愛的女人

◆問診◆

電影「美女與野獸」（Beauty and the Beast）中，亞當王子在城堡中舉辦舞會。眾人狂歡時，一位女乞丐也進了城堡來，她要求在城堡借宿一宵，但王子看她又老又醜，便拒絕了她。王子的拒絕引起了女乞丐的憤怒，她瞬間回復真面目，原來她是個女巫。在盛怒之下，女巫把王子變成野獸，又將城堡中的人全都變成各式各樣的家具。她還在城堡中放了一朵魔法玫瑰，並告訴王子，如果在玫瑰花瓣全數掉落前，沒有人真心愛上他，他就會永遠成為野獸，再也變不回王子。幸而後來因緣巧合，美女貝兒來到城堡中，愛上了王子，王子才解除魔咒，從野獸回復成王子。

女巫下了咒語，將王子變成野獸，若想解除魔咒，必須有人愛上王子。女巫的用意是要告訴王子，只有被愛，王子才是有價值的、完整的、圓滿的。康敏的想法與女巫雷同，康敏的價值感也建立在被愛上，她需要男人愛她，以滿足她的價值感。如果她看上的男人對她不屑一顧，或是她的情人又劈腿別的女人，都會讓她自尊心受損、價值感低落。於是她會起心要毀掉那個男人，也就因為如此，她成了蛇蠍女，喬峰的一生被他毀了，段正淳也差點死在她手裡。

康敏從小就是愛恨極為強烈的女孩，她曾說，她從小就愛漂亮的花衣服。某一年，她父親答允她在臘月時，將家裡的雞羊賣掉，買一套新衣裳給她。豈知某天夜裡，野狼竟前來偷襲，將雞羊全給咬死。這麼一來，她的新衣裳就泡湯了。心情失落的康敏不堪美夢落空，要求父親拚了老命，也要把狼趕走，留下雞羊，讓她買新衣裳。父親為了趕狼，受了一身傷，康敏完全不在乎，她難過的只是期待以久的新衣服就這麼沒了。而當她確定自己已無法添購新衣服後，她轉而嫉妒隔壁江家擁有新衣服的姊姊，於是她偷偷潛進江家，將江家姊姊的新衣新褲剪得稀爛。總而言之，康敏的人生觀就是：「我想要的，就一定要有，如果我得不到，別人也休想擁有。」

長大後的康敏出落成姿色出眾的美女，不過，自信心不足的她，必須不斷有男人愛她，對她獻殷勤，她才能得到價值感，並感覺自己圓滿與完整。為了讓更多男人愛她，康敏到處放電，而以她過人的姿色，講話又嗲聲嗲氣，只要放電，哪個男人受得了？因此，就連大理國王爺段正淳也愛上了她，成為她的裙下之臣。

然而，並不是每個男人都喜歡看美女，也不是每個男人都愛她這型的女人，即使她是萬人迷，大多數男人看到她，都會忍不住多看她一眼，甚至渴望一親芳澤，但還是有人對她沒興趣，就比如喬峰。

康敏初識喬峰時，她已經嫁馬大元為妻，但身為人妻的她，仍希望別的男人愛她。當她看到英挺雄偉的丐幫幫主喬峰時，就渴望喬峰迷上她，因此她對喬峰放電，企圖勾引喬峰，想不到喬峰連看都不看她一眼，更別說成為她的「小王」了。既然得不到喬峰，她決定摧毀喬峰，就在此時，她意外得到喬峰是契丹人的證據，於是她以美色誘惑丐幫長老全冠清上床，再聳恿全冠清當眾揭發喬峰是契丹人，並煽動丐幫長老們一起反喬峰。

倒楣的喬峰完全不知道他竟只是因為沒有用色瞇瞇的眼神看康敏，無法滿足康敏的征服慾與價值感，就從呼風喚雨的丐幫幫主淪落為灰頭土臉的落水狗。康敏對愛的不滿足與渴求，竟扭轉了喬峰的一生。

◆徵狀◆

康敏很習慣用身體來擺佈男人，為了扳倒喬峰，她竟跟全冠清、白世鏡、及徐長老三個男人上床，但跟這些她不愛的男人上床，她或許會覺得自己更「賤」、更沒價值感，也更渴望丐幫幫主喬峰愛上她、肯定她，但喬峰始終看不上她，她因此恨極了喬峰。長年的價值感低落將使得康敏心中總有股悶氣，久而久之，她可能會常常無來由的暴躁，也可能因為負面情緒而導致腸胃功能失調。

◆處方◆

康敏若想跳脫依靠男人來滿足價值感的人生，她可以經由學習，成長自己及充實自己。當她有了才華之後，她將擁有自信，也會更愛自己。那時的她將不再那麼須要男人來滿足她的價值感，而若是她談起戀愛，也將與所愛之人以愛相滋養，而不會再索求對方的愛來肯定自己。

游坦之——自卑的醜男

◆問診◆

迪士尼卡通「鐘樓怪人」（The Hunchback of Notre Dame）中，畸形兒加西莫多（Quasimodo）從小被關在巴黎聖母院，寂寞的他仍保有善良的心。加西莫多在慶典中邂逅了吉普賽美女愛斯梅達（Esmeralda），並幫助她進入鐘樓避難。在愛斯梅達落難，即將被處決時，加西莫多為了救她而豁出生命。隨著劇情發展，觀眾感受到的，越來越不是加西莫多醜陋的外表，而是他的善良、勇敢與正義感。

加西莫多不以自己的醜陋為醜陋，他以善良的心幫助他人，於是人們見到的就是他的善良，而不是他的醜陋。可知一個人會被他人感受到的最明顯特質，往往也就是他自己最在意的特質。若是加西莫多最在乎的是他的醜陋，並努力掩飾自己的醜陋，或嫉妒他人的俊美，觀眾們也將越來越發感覺他真的很醜陋。人的心思雖說放在心裡，卻是藏不住的，心思總會像心電感應般傳送出去，即使刻意隱藏在內心，他人還是能感知到。

游坦之的個性很自卑，尤其在他見到心中的女神阿紫之後，自卑的感覺更強烈，後來阿紫將他毀了容，雖說游坦之而後學得了高明武功，並出任丐幫幫主，但游坦之並未以高明的武功或幫主的地位來展現自信，而是不斷擔心瞎眼的阿紫會發現他是個毀容的醜男，因此他總是刻意隱藏自己的醜陋。但即使他隱藏醜陋，仍隱藏不住自卑，他的行為往往會因為自卑而猥瑣，阿紫也因此始終瞧他不起。

游坦之出身名門，他是聚賢裝的少莊主，父親是游氏雙雄之一的游駒。雖說游坦之並不是貪鬥好色的紈絝子弟，但是他好逸惡勞，懶得學習。游坦之一不愛學文，二不愛學武，渾渾噩噩活到十八歲，原本還以為可以當「靠爸族」，在父親的庇蔭下過一生，豈知在聚賢莊的一場惡鬥中，游駒被喬峰奪去圓盾，因而自刎，游坦之的母親隨後撞柱身亡。瞬間失去怙恃的游坦之，從此成了飄零孤兒，浪跡江湖。

而後，游坦之被契丹人捕獲，並被帶到遼國。他在遼國見到了害死父母的蕭峰，內心恐懼不已，但他鼓起勇氣，拿出石灰包想擲瞎蕭峰雙眼，卻未能成功。阿紫當時即已看穿他那一見到蕭峰就害怕的性格。

游坦之在遼國見到阿紫，驚為天人，他將阿紫視為女神，為了讓女神開心，他願意任由阿紫玩弄，想不到他的女神竟像變態狂一般，既將他當作活人風箏，放起「人鳶」，又常常以鞭笞他、作賤他取樂。但不論阿紫怎麼凌虐他，游坦之都逆來順受，自卑的游坦之以為順從對方的心意，就是討好對方最好的方式，豈知阿紫得寸進尺，他越是討好阿紫，阿紫越是變本加厲，後來竟在他臉上套上鐵面罩。

被套上鐵頭罩後，游坦之更加自卑，他明白這麼一來，她跟女神的距離更加遙遠，他也就更配不上女神了。但他的苦難還沒結束，套上鐵頭罩後，阿紫繼續凌虐他，彷彿想要明白他能討好自己到什麼程度。阿紫以神木王鼎練功時，命他以自己的鮮血餵食毒蜈蚣，游坦之明知這樣一定會死，但為了讓阿紫開心，他仍全力配合阿紫，讓毒蜈蚣咬他。僥倖未死後，阿紫竟要他再餵食劇毒的冰蠶，游坦之知道這下必死無疑了，但他只希望女神永遠記得他，於是又以自己的鮮血餵食冰蠶。

游坦之餵食冰蠶後，昏死過去，阿紫就把他當垃圾丟了。想不到醒來後，為了解冰蠶之毒，他竟意外練就《欲三摩地斷行成就神足經》，成為武功絕頂高手。而後，游坦之與失明的阿紫重逢，他除去了鐵頭罩，又當上丐幫幫主。雖說在失明的阿紫面前，游坦之的俊美與醜陋根本不重要，更何況他還有絕頂武功及丐幫幫主的頭銜，但他依然自卑與猥瑣，也因此阿紫依然看不起他。他想當阿紫的護花使者，但他的自卑使得他對自己的武功也信心不足，後來還被蕭峰踢斷雙腿。而當阿紫見到蕭峰後，她更心儀自信且豪邁的蕭峰，於是馬上拋下游坦之，跟隨蕭峰而去。

◆徵狀◆

為了討好心中的女神，游坦之後來捐出他的雙眼，移植給阿紫，阿紫因此得以復明，但他也明白，阿紫見到醜陋又失明的自己，只有更加嫌棄。果不其然，阿紫復明後，隨即回到蕭峰身邊，這使得游坦之更為自卑。長年的自卑將影響游坦之的體態，或許游坦之會越來越駝背。

◆處方◆

游坦之需要建立自信心，他可以拿本冊子，細細寫下個人的優點，比如疼女人、天性善良等等。發現自己的優點，可以提振他的自信心。此外，他也可以每天高喊：「我很棒，也很有價值，我的存在一定能自利利人，我是個活在恩寵中的人！」這些語句將增強他的自信心。而當他有自信之後，他的做為將更能展現他的實力，也更容易成功。或許在不久之後，他就能遇見真正欣賞他的「真命天女」。

無名老僧——永遠相信人性的覺者

◆問診◆

電影「馴龍高手」（How to Train Your Dragon）中，位於維京世界的博克島（Berk Island）常遭惡龍襲擊。小嗝嗝（Hicuup）在博克島長大，他從小就聽父執輩說，所有的龍都是可惡的，一見到龍就要殺，父執輩也準備將小嗝嗝訓練成「屠龍高手」。但就在某一天，小嗝嗝見到一頭受傷的龍「夜煞」（Night Fury），跟夜煞相處後，小嗝嗝發現龍並沒有攻擊人的兇殘本性，而是因為人總想屠龍，龍才會見到人就攻擊。小嗝嗝與夜煞成了好友，只要他溫柔的撫摸夜煞，夜煞就會乖乖與他共處。小嗝嗝而後發現，所有的龍都是如此。於是，沒有成為「屠龍高手」的他，成了可以馴服所有龍的「馴龍高手」。

有句話說：「所有的攻擊，都是一種求救。」當一個人陷入受害者情結，或充滿無力感時，即可能像博克島的龍，對人發動攻擊。不過，攻擊的人不見得都有著兇殘的本性，有些人或許是想發洩怒意，也有些人是把攻擊當作防衛，這樣的人發動攻擊是基於內在的無助，對於他們來說，攻擊只是為了求救。如果有人能看出他們無助的心，並安住他們的心，或許他們就不會再攻擊他人，還可能化暴戾為祥和，成為善良的人。少林寺無名老僧就是能讓人安心的人，如果小喝喝是「馴龍高手」，無名老僧就可稱為「馴人高手」或「安心高手」。

無名老僧是洞徹人性的覺者，他眼中的武林惡人，大多不是無可救藥的兇殘之人，而是因為一時迷失，才會殺人傷人的迷途者。因此，只要安住他們的心，再將他們導回正途，即使是惡貫滿盈之人，也可能幡然悔悟，或者還可能成為行俠仗義的俠士。無名老僧平時不會開壇講法，他只是靜靜等待時機，一旦機緣成熟，他才會應時點化迷途之人。蕭遠山與慕容博都是因為他的點化，才將內心的火坑化成白蓮池。

人往往執迷於名利武功、愛恨情仇，因此難以了生脫死。無名老僧知曉只有走進內在修為，才可能究竟解脫。他因此必須等待時機，將人們引導上修為之路。他知道蕭遠山與慕容博的本心都不惡，只是蕭遠山被殺妻奪子之仇淹沒了理智，慕容博則是被復國稱帝的念頭沖昏了頭，因此他倆才會攻擊他人，成為武林中的惡人。只要能讓他二人明白，他們所做的一切都是被復仇之火及復國之念吞沒，才會多行不義，兩人就可能從無邊的苦海跳出來，踏上修佛成道之路。

無名老僧長年駐守藏經閣，蕭遠山初到藏經閣時，偷了本《無相劫指譜》。無名老僧知道蕭遠山貪戀武功，為了讓蕭遠山接觸佛法，他在蕭遠山慣常取書之處，擺了一本《法華經》，蕭遠山卻棄佛法如敝屣。慕容博最先偷的一部書是《拈花指法》，兩人只想竊取武學秘笈，對佛學經典不屑一顧，但無名老僧知道，武功練得再高，都無法讓人內心平安，可是當此二人執著於練武時，就算向他倆宣講佛法，仍將流於徒勞，因此他就任憑兩人偷經學功。他準備等到時機成熟，再向二人講法開示，引導他二人走向究竟解脫之路。

等到數十年後，機緣終於成熟了，兩人因為強練少林七十二絕技，導至身體病痛難忍，寧可一死了之。身體是心靈的一面鏡子，病痛映照出蕭遠山無法釋懷的殺妻奪子大恨，以及慕容復無法復國的長年鬱悶。他倆苦於病痛，無懼一死，無名老僧於是先拍死慕容博，讓慕容博知道世間功業終歸一場空，蕭遠山也瞬間頓悟仇恨惟心造，而後，他再拍死蕭遠山，片刻之後，再將兩人救活。兩人從生到死，再由死重生，終於領悟了「王霸雄圖，血海深恨，盡歸塵土」，洞徹世間萬法空無本相，而後即雙雙放下外緣，遁入空門，潛心修佛。

從此以後，世上少了兩個殺人越貨的惡人，多了兩位濟世渡人的高僧。

◆徵狀◆

無名老僧佛法高深，他知道身體只是心靈的映照，因此，疾病來臨時，除了治病，更須轉心。長年在少林寺修為的他，練功與靜心必然都是他生活的一部分，因此他理當到了耄耋之齡，依然耳聰目明，身強體壯。此外，佛法精湛的他，常常講經說法，自利利他，生命的力量必然飽滿，身體也將長保健康。

◆處方◆

祈願無名老僧多多開壇說法，讓世人明白，外在的逞兇爭勝，求名取利，並無法讓人真正安心。若想真正安心，就必須修習佛法等真理。以無名老僧的佛法之精湛，若能向世人開示綸音佛語，必能幫助許多人離苦得樂，平安自在，娑婆世界也將化為極樂淨土。

令狐冲——委屈求全的大好人

◆問診◆

蕭麗紅的小說《千江有水千江月》中，女主角貞觀的大家族裡，有位人人公認的好人，那就是貞觀的大妗。大妗也愛美，但她絕不把頭髮燙卷，讓自己看起更年輕，因為她要求自己蓄留直髮，將來才能將頭髮剪下來，給阿嬤當假髮的鬃。大妗的先生，亦即大舅，受日本人徵召入伍，到日本當兵多年，音訊全無。大妗為大舅許願祈福，如果大舅能平安歸來，她願意出家為尼。後來大舅回來了，還帶著他在日本結縭的新歡。見到先生有了新的愛人，大妗不止毫無怨言，還祝福他倆白頭偕老，她自己則到碧雲寺出家還願。

這位大妗是傳統「溫良恭儉讓」的婦女，也是大家喜歡的好人。然而，雖然人人都喜歡好人，但是好人未必喜歡自己，也未必快樂。某些別人眼中的好人，是因為內在缺乏價值感，才努力表現出好人的樣子。希望藉由委屈自己、犧牲自己，來討好別人，得到別人的肯定，以滿足自己的價值感與存在感。貞觀的大妗是這樣的好人，令狐冲也是如此。

令狐冲的內心有著濃厚的自卑感，他雖然有著高顏值及高強的武功，但他依然自我價值感低落，尤其是被女朋友岳靈珊拋棄後，他更是徹底否定自己。他認為自己「不夠好」，命賤不值錢，還不如拿自己的一條命來換別人的命，因此他多次捨身助人。雖然他因而成為人人喜歡的好人與大俠，但他的內心不只不快樂，還常常是失落的。

令狐冲有一張蜜糖嘴，男人跟他在一起，會被捧得輕飄飄，女人跟她在一起，會被哄得軟綿綿。他跟田伯光談起劍術，說田伯光的劍法是天下第十四，使得田伯光大樂。對於女人，他就更有一套了，他總能把小師妹岳靈珊哄得很開心，因此他在思過崖上懺悔思過時，岳靈珊願意每天爬山路，為他送餐。他也能把聖姑任盈盈說得蜜甜甜，使得任盈盈為保他一命，竟自願到少林寺當女囚。

天性活潑靈活，說話歡喜自在的令狐冲，卻拜進了「君子劍」岳不群門下，岳不群講究的是儒家的非禮勿視、非禮勿聽、非禮無言、非禮勿動，言行都需謹守禮法、一板一眼。令狐冲許多機智的言語、活潑的行動，都讓岳不群覺得很輕佻。比如他對田伯光說，天下有三毒，尼姑砒霜青竹蛇，其中尤以尼姑最毒。他的用意是要救受困於田伯光的尼姑儀琳，但聽在岳不群耳裡，就是覺得他褻瀆尼姑。然而，令狐冲實在學不來岳不群那翩翩君子的樣子，因此他常覺得自己不夠好。後來他見到言行也頗有君子劍之風的林平之，他的女友岳靈珊又愛上林平之，讓他更否認自己，覺得自己很差勁。

令狐冲到金刀王家時，與有錢的王家相比，他認為自己只是個是窮光蛋。後來他被岳不群掃地出門，成為無家可歸的流浪漢，自信心與價值感更是蕩然無存。他從此徹底否認自己，覺得自己只是個師父與女友都不要的「無行浪子」。

生活的失意使得令狐冲非常自卑，他相信世上即使沒有他，也不會有什麼不同。而既然自己毫無價值，不如犧牲自己的生命來成全別人。因此他曾經以自己的鮮血餵老不死，也曾為救田伯光而自刺小腿，後來在嵩山比劍時，為了故意輸給前女友岳靈珊，他甚至還讓長劍將自己釘在地上。他是大家眼中的大好人，總是為別人著想，即使委屈自己、犧牲自己，也在所不惜。大家都喜歡他，卻沒人看到他流淌在心中的自卑淚水。

令狐冲對於愛情與婚姻，也是百般討好，他常常委屈自己，只求搏得情人一笑。他追求岳靈珊時，凡事都順從她，只盼她被自己的至誠感動。後來他與任盈盈談戀愛，一開始是為了感謝任盈盈的恩義，而後即以愛情相報。即使在男女關係中，令狐冲也不改大好人的性格。他認為的夫妻之道是：「不能任意放縱，她高我也高，她低我也低，這才說得上和諧合拍。」也就是說，他認為他必須完全配合老婆，才是一個好老公，家庭也才能和諧。

◆徵狀◆

令狐沖很愛喝酒，或許就是因為他老在委屈自己，成全別人，他的苦悶沒人能懂，他的自卑也沒人看得見，因此他只能泡在酒裡，喝酒解悶，藉酒澆愁。然而，酒能讓他暫時忘掉煩惱，卻無法解除他內心不斷累積的苦悶，苦悶的情緒會讓他常有「腹有塊壘」的感覺，久而久之，他的大腸可能會出現病灶。

◆處方◆

令狐沖若想過得健康快樂，就得學會不管他人的眼光與評價，做自己喜歡做的事。學習「做自己」，一開始可能會讓在意他人眼光的他，覺得自己很「自私」，然而，「自私」正是為了「自愛」。當他能從做自己喜歡的事中肯定自己的價值時，內心必將充滿歡喜，歡喜的感覺會讓他樂於分享自己、利益他人，這時他就不再是「自私」，而是「利他」的。而當他的「自私」就是「利他」，也就是「愛自己」與「愛別人」合一時，他將再次成為大好人，但不同以往的是，那時的他將是快樂的大好人。

任盈盈——導引能量的音樂治療師

◆問診◆

電影「海角七號」中，主唱阿嘉在台北發展樂團失敗，回到故鄉恆春；警察勞馬原本任職霹靂小組，妻子因受不了他長年處在生死邊緣的壓力，故而不告而別，他遍尋妻子不著，極為煩悶；機車「黑手」（維修員）水蛙暗戀機車行老闆娘，卻也知道他的暗戀並不會有結果；小米酒「馬拉桑」的推銷員馬拉桑，日以繼夜的推銷產品，迫於業績壓力，逢人就得打躬作揖。阿嘉、勞馬、水蛙、馬拉桑各有各的苦悶，他們合組成一個樂團，一起練歌。演唱會那天晚上，他們一起用真性情唱出「無樂不作」與「國境之南」兩首歌，內在的苦悶得到了抒發，聽眾們也在歌聲中得到了療癒，這就是音樂的神奇力量。

音樂可以安頓人的心靈，調整人的能量，還能療癒內心的痛苦，及醫治身體的疾病。日月神教聖姑任盈盈即是「音樂治療」高手。

令狐冲初遇任盈盈時，因為體內真氣流竄，連一代名醫平一指都束手無策，認為他必死無疑。想不到針砭藥石都無法治療的重症，卻被任盈盈的音樂療癒了。治療令狐冲時，任盈盈先以音樂催眠令狐沖，讓他煩躁的心靜下來，並沉沉睡去，而後，再以音樂導引令狐沖紊亂的能量。經過音樂的疏導與調理後，令狐沖體內的真氣慢慢融合，因而漸漸回復了健康。

為了讓令狐沖完全療癒，任盈盈除了彈奏音樂，導引令狐沖的能量外，她知道令狐沖若能學會彈奏音樂，讓自己沉浸在美妙的音樂中，治療效果將加倍。因此，她先為令狐沖演奏〈清心普善咒〉，再教導令狐沖彈奏此曲，讓令狐沖隨時可以聆音自療。

身為音樂治療師的任盈盈，在治療令狐沖時，聽聞令狐沖對岳靈珊一片真情，卻因岳靈珊劈腿而慘被拋棄，她對令狐沖起了愛憐之心，心裡開始縈繞著令狐沖，隨著每一次的音樂治療，她的愛苗也漸漸滋長。

從未談過戀愛的任盈盈，每次看到令狐沖，都覺得內心砰砰然，有著異樣的感覺，而當令狐沖離去後，她的頭腦中總是盤旋著令狐沖。於是，在跟朋友聊天時，她常會談起令狐沖。朋友們看到她談起令狐沖時的表情與聲音，都明白她已經愛上了令狐沖。於是，八卦不逕而走，日月神教群豪門都很好奇，能讓聖姑看上的男人，究竟是什麼長相？又是什麼性格？於是在五霸岡上，群豪們都來爭睹令狐沖的廬山真面目，但令狐沖仍渾然不知任盈盈心儀他。群豪的大動作讓任盈盈感覺自己像個「花痴」，因而從害羞轉為生氣。

而後，任盈盈對令狐冲發出了「追殺令」，說誰殺了令狐冲，重重有賞。消息傳到令狐冲耳裡，他還以為任盈盈討厭他。豈知任盈盈不只不是討厭他，還是愛慕他。放出要追殺他的消息，除了要破除自己的「花痴」形象外，更是要逼得令狐冲無處可去，只能乖乖待在自己身邊。

果真「女追男，隔層紗」，任盈盈投以真愛，令狐冲也報以真情。後來任盈盈為了救令狐冲，竟到少林寺當女囚，令狐冲得知後，即率領群豪，大張旗鼓、浩浩蕩蕩上少林寺要接回任盈盈。令狐冲的大動作不只是要昭告武林，他倆已經是生死相許的愛侶，更是要讓全武林都知道，是他令狐冲苦追任盈盈，而不是任盈盈「倒追、倒貼」他令狐冲，任盈盈可不是單戀他的「花痴」。於是，從少林寺歸來後，兩人就真的「在一起」了。

跟令狐冲成為情侶後，任盈盈知道令狐冲並未忘記前女友岳靈珊，但她從不阻止令狐冲想岳靈珊，或談岳靈珊，甚至令狐冲若想襄助岳靈珊，任盈盈也會成全他。任盈盈對自己充滿自信，她知道時間會沖淡一切，跟她在一起之後，令狐冲一定會漸漸忘掉岳靈珊，情傷也將慢慢療癒。果真如任盈盈所料，令狐冲最後走出了被岳靈珊拋棄的傷痛，與任盈盈結為連理，兩人成了人人稱羨的佳偶。

◆徵狀◆

任盈盈與令狐冲成為情侶後，兩人琴簫合鳴，笑傲江湖，羡煞武林人。不過，在與令狐冲成為愛侶前，任盈盈在日月神教雖是聖姑，但日月神教向問天等高階幹部都是武功絕頂、智謀一流的男人，任盈盈只怕很難創造出超越他們的事功。後來任盈盈行走江湖，江湖也是唯力是視、男人為主的陽剛環境。任盈盈若常想與男人爭高下，她可能會苦於經痛等女性疾病。她的身體會告訴她，別再與男人一爭雌雄了，再怎麼爭，妳都是雌，不是雄，既然如此，何妨當個富有創造力的女人，讓自己的身心更健康。

◆處方◆

若想當個富有創造力的女人，任盈盈可以深入學習「音樂治療法」，彈奏更多美妙的音樂。以她的音樂功力，若跟令狐冲合奏〈笑傲江湖之曲〉等樂曲，必將療癒及感動許多武林人的心靈。相信經由他倆音樂的感染，武林將更祥和，也更喜悅。

岳靈珊——遇人不淑的妻子

◆問診◆

電影「藝伎回憶錄」（Memoirs of a Geisha）中，章子怡飾演的小百合從小被賣入京都的風化場所祇園。不堪痛苦與孤獨的小百合，決心逃離祇園，卻於此時巧遇渡邊謙飾演的「會長」。被會長溫柔體貼的對待後，小百合暗暗愛慕會長。而後，她決定努力成為紅牌藝伎，以得到會長的愛情。在邁向紅牌藝伎的過程中，小百合熬過了藝伎間的明爭暗鬥、被天價拍賣初夜、以及二次世界大戰的烽火。數年後，她真的成了最紅的藝伎，並重遇當年愛慕的會長，也如願成了會長的女人。為了這個心儀的男人，小百合用盡了她的青春與努力。

「易得無價寶，難得有情郎」，為了得到一個男人的愛情，願意付出所有，這可不唯小百合獨然，岳靈珊也是如此。岳靈珊愛上林平之，以為遇到了真命天子。而後，她嫁給了林平之。岳靈珊以為，只要她做個「好妻子」，林平之就會以真愛相待，她此後的人生即可生活在甜蜜的家庭中。

然而，事與願違，林平之在娶岳靈珊為妻之後，並無法安於家居生活，他一心只想報復當年殺害他父母的兇手，岳靈珊的父親岳不群也是他認定的仇人之一，因此他連帶仇視岳靈珊。林平之並未將他對岳靈珊的仇視說出口，只是對岳靈珊冷漠相待，岳靈珊以為林平之不再愛她了，於是一再自省「我到底哪裡做得不好？」並更努力的討好林平之，力圖挽回兩人的感情。豈知她越討好林平之，林平之越覺得厭煩，也越排斥她。最後，林平之竟下手殺了岳靈珊。

在認識林平之之前，岳靈珊本有男朋友，那就是她的大師兄令狐冲。令狐冲對她可說是千般疼愛、萬般呵護。兩人熱戀之時，還曾創造出只有心有靈犀的情侶才能運使的「冲靈劍法」，那時的他倆應該都覺得彼此就是此生的伴侶了。

豈料在令狐冲上思過崖思過，無法陪伴岳靈珊時，林平之投入了華山派，成為岳靈珊的師弟。身為師姊的岳靈珊每天教林平之練劍，常聽他說起失去父母的傷痛，以及立志學成劍法的決心，岳靈珊因此對他愛憐不已，也萌生了照顧他的念頭。於是，岳靈珊漸漸愛上了林平之，不久之後，她就拋棄了令狐冲，改與林平之交往了。

岳靈珊有著濃濃的母性，她照顧失意的林平之，進而愛上了林平之。雖然她知道令狐冲很疼她，也很愛她，但她更渴望照顧她愛的男人。此外，令狐冲一切都順著她，林平之則常常拂逆她，讓她老是想著怎麼搞定林平之。於是，岳靈珊的心漸漸被林平之攻陷了，她先是劈腿林平之，一段時日之後，即決定跟令狐沖分手，令狐沖也就成了「前男友」。

周旋在男友令狐沖與新歡林平之之間，岳靈珊不是沒有掙扎過，她還因此發過一次燒。但她後來發現，即使依偎在令狐沖身旁，他心裡想的還是林平之。她決定跟著心走，於是就跟令狐沖分手，改與林平之交往。

岳靈珊原本期待她跟林平之會甜甜蜜蜜過一生，她完全沒預料到，林平之在結婚之前，就已經為了《辟邪劍譜》而與她的父親岳不群有了心結。結婚之後，林平之與岳不群更是勢同水火。岳靈珊夾在翁婿之間，內心非常煎熬，她想說服林平之，她爸爸岳不群是君子，沒有林平之想的那麼壞，林平之卻因此把她當作是跟她爸一夥的。打從新婚之夜起，林平之連碰都不碰她，更別說上床。但為怕岳不群懷疑他倆感情不睦，岳靈珊還是在岳不群面前，裝出閨房甜蜜幸福的模樣。但即使她百般討好，林平之依然討厭她。而越是察覺林平之厭惡她，岳靈珊越要低聲下氣，希望林平之愛她。她越委屈相求，林平之越瞧她不起，最後，她深深愛戀的林平之竟然一劍殺死了她。

◆徵狀◆

岳靈珊結婚後，漸漸發現林平之有家暴傾向，一開始是言語暴力，後來竟變成肢體暴力，但她為求家庭和諧，忍耐林平之的家暴，還希望可以改變林平之。林平之有暴力傾向，岳靈珊見到林平之時，難免都會有恐懼感與防衛心。恐懼與防衛的能量將蓄積於她的乳房，久而久之，岳靈珊可能會罹患乳房疾病。

◆處方◆

面對有家暴傾向，甚至可能殺害家人的林平之，如果在現代，岳靈珊必須申請「保護令」，若是在古代，岳靈珊最好向朋友求援，找個可以暫時避難之處，讓雙方冷靜一陣子。不過，岳靈珊顯然認為家醜不可外揚，因此她努力掩蓋林平之的家暴言行，企圖護持林平之的好形象，豈料林平之的家暴竟變本加厲。而當岳靈珊發現她無法改變林平之的性格，這段感情也難以轉圜之時，或許她最該做的，就是下定決心，離婚！

林平之——痛苦的復仇者

◆問診◆

問大家一個問題：如果你發現你家失火了，失火的原因是有人縱火，那麼，你會先追縱火的人？還是先滅火？

相信十之八九的人都會回答「先滅火」，然而，這個問題真正要問的是，如果你認為某個人侵犯你，使得你憤怒、難過、傷心、焦慮、或痛苦，那麼，你是會先找那個造成你痛苦的人算帳？還是先面對痛苦，並解決痛苦？

若是這麼問，或許有些人的答案就與前一個問題相反了。不過，不論你心中的答案如何，林平之一定是先找放火的人，也就是造成他痛苦的人算帳，而且他的算帳方式不只以牙還牙、以眼還眼，他還要造成對方十倍的痛苦，才會覺得心滿意足。林平之的人生完全被復仇之火吞沒，他的所作所為都是為了復仇。

林平之是福威鏢局的少鏢頭，福威鏢局是走鏢業的南霸天，從林平之的曾祖父林遠圖創立福威鏢局以來，經過四代經營，規模越來越大，除了福建總局外，從廣西到河北九省都有分局。林平之的父親林震南還準備繼續擴展鏢局事業，於四川設下分局。生為福威鏢局的少鏢頭，林平之從小就養尊處優，備受寵愛。

然而，林家的噩運來了，傳聞林家有著可以威震天下的《辟邪劍譜》，青城派掌門余滄海覬覦這部劍譜，於是派遣弟子前來福建，準備強取豪奪《辟邪劍譜》。豈知陰錯陽差。林平之竟在一次衝突中，殺了余滄海的兒子。於是，在余滄海率領下，福威鏢局慘被滅門，林震南夫妻則被余滄海及隨後而來的木高峰虐待而死。林平之一夕之間由富家少爺淪落為無家可歸，飄零江湖的落魄少年。

林平之的人生可說是被余滄海毀了，他認為余滄海與木高峰害了他，從此以後，他的心中充滿了「受害者情結」。他想報仇，但此時的他武功還勝不了余滄海。他渴望學習更高明的武功，將余滄海斃於劍下。

而後，林平之拜岳不群為師，投入華山派門下。岳不群的獨生愛女岳靈珊愛上了他，但岳靈珊的愛並未消解林平之的「受害者情結」，他心中仍充滿了對余滄海與木高峰的恨意，因此他夜以繼日，不斷練功，只求早日練成華山劍法，報殺父殺母大仇。

舊的仇人未去，新的仇人又來，在林平之還沒找余滄海報仇之前，他驚覺師父岳不群會收他進華山派，竟也是因為覬覦他林家的《辟邪劍譜》。他從父親林震南的遺言，推敲摸索出祖傳

《辟邪劍譜》所在，但《辟邪劍譜》旋即被岳不群奪走，並據為己有。他尊敬的師父竟也想害他，林平之心中的「受害者情結」因此更加強烈，他決定練就他林家祖傳的「辟邪劍法」，報殺父殺母及竊占秘笈之仇。

強烈的「受害者情結」讓林平之感覺每個人都想害他，若是有人對他好，那也是因為有所圖謀。他懷疑妻子岳靈珊只是岳不群派到他身邊來，探知《辟邪劍譜》所在的臥底，因此他也討厭岳靈珊。他懷疑每一個人、抗拒每一個人、厭惡每一個人。心中充滿了「恨」的他，每天念茲在茲的，就是報仇雪恨。

後來林平之自岳不群手上拿回了《辟邪劍譜》，為了報仇，他揮劍自宮，練成了辟邪劍法。而後，「受害者」搖身一變，成了名正言順的「加害者」，他要殺死每一個曾經害過他的人，而且不能一劍殺死對方，他要虐殺，讓對方痛苦而死。

他先以殘忍的手段殺了青城派弟子，而後再以「辟邪劍法」虐殺余滄海與木高峰，想不到在殺木高峰之時，他竟被木高峰身上的毒液毒瞎了雙眼。殺了余滄海與木高峰後，他雖得到報仇的快感，但心中的「受害者情結」仍未消融，他繼續懷恨害過他的人，其中巨惡當屬岳不群，於是他又殺了岳不群的愛女，也是他的結髮妻子岳靈珊。最後，令狐冲眼見再不勒束林平之，他將繼續危害武林，於是將他關入梅莊地牢。瞎眼的林平之從此不見天日，只能在地牢中，被內心的「受害者情結」與仇恨吞沒及折磨。

◆徵狀◆

林平之的「受害者情結」使得他認為人人都要害他，他因此厭惡、排斥或仇恨每一個人，就連他妻子岳靈珊的前男友令狐冲也成了他仇恨之人。他必須提防每一個人，因此，每一個來到他面前的人，他都感覺對方不好意。他的性格極為敏感，內在的敏感將顯現成身體的過敏，林平之因此可能會罹患過敏性鼻炎、氣喘等過敏性疾病，他的身體也可能常常長濕疹。

◆處方◆

關入黑牢只能避免林平之加害武林，若令狐冲有心改變林平之，可以將他交給少林寺，讓他聆聽佛法，消融心中的「受害者情結」，並得到內心的平安喜樂。或許林平之會在學佛後發現，當他眼明時，心是瞎的，而當他眼瞎後，心卻是明的，他的心將漸漸安頓下來，也能明白人間的愛與感動。

儀琳——夢境中的恐懼者

◆問診◆

妻木夫聰主演，三島由紀夫原著的電影「春之雪」中，少男松枝清顯心儀同為貴族的少女綾倉聰子，但礙於男性的自持，清顯不只不敢向聰子示愛，還編造他去嫖妓的故事，故意惹聰子的厭。後來聰子被許配給治典殿下，清顯發覺他即將失去聰子，才展開猛烈追求。電影中的清顯有本「夢日記」，記載每天做的夢，他常夢見聰子躺在棺木中，棺中還飛出蝴蝶。可知清顯表面上裝做不在乎聰子，但在潛意識中，早在恐懼聰子的離去，因此才會常做聰子離去或死亡的夢。

俗話說：「日有所思，夜有所夢」，不過，夢中影像並不見得會跟醒時世界的影像完全一樣，許多夢中影像都有所改裝。這就像清顯擔心聰子，但他夢見的並不是聰子離去，而是聰子死後躺在棺木中，並化成蝴蝶飛去。如果人們都可以像清顯這般，每天早上起來後，立刻將剛做過的夢寫在「夢日記」中，即可以看見更多自己的想法，並更深入的了解自己。

儀琳也常會做「恐懼夢」，雖說她不像清顯會寫「夢日記」，但經由覺知夢境，儀琳還是可以更明白自己潛意識的想法。

儀琳出生在一個頗奇特的家庭，她的母親是個美貌尼姑，父親為了追求母親，不惜剃光頭，出家當假和尚，法號為「不戒和尚」。不戒和尚後來真的追到了美貌尼姑，還生下了儀琳。但儀琳的母親或許是產後憂鬱，生下儀琳不久後就失蹤了。無法獨力撫養儀琳的不戒和尚將儀琳送進恆山派，儀琳就在恆山派長大。

恆山派信奉佛教，以「殺盜淫妄酒」為戒，寺中師父定靜、定閒、定逸三位師太都未婚。儀琳拜定逸師太為師，從小就是比丘尼。在佛寺長大的儀琳理當一生都會在佛門，不會有男女情愛。然而，隨著青春期來臨，玉女懷春，小尼姑儀琳也思凡了，她愛慕著顏值高、武功強、說話風趣幽默、對她溫柔體貼的華山派師兄令狐冲。

就在那一天，武林中知名的淫賊田伯光擄劫了儀琳。在儀琳萬分危急，幾乎要失身時，令狐冲突然現身救了儀琳。雖然令狐冲武功不若田伯光，但為了救儀琳，令狐冲用計約田伯光「坐鬥」，將田伯光定在酒館中，讓儀琳得以安全離開。但令狐冲卻因此被田伯光刺得一身傷，而後又被青城派羅人傑當胸刺了一劍，性命垂危。

這世界上能有幾個男人，願意為自己而死？儀琳的一顆少女芳心，從此交給了令狐冲。

然而，愛上了令狐冲，儀琳卻又告訴自己，出家女尼不能談戀愛，於是她的情感跟理智產生了衝突。每當她想念令狐冲，渴望跟令狐冲成為情侶時，她總會告訴自己：「我是尼姑，這樣想是不對的。」然而，壓抑的想法並不會消失，這些想法化成了她的夢境。她常會夢見自己變成公主，跟心愛的令狐冲漫步在雲端，定逸師太則拿著劍從後面追殺她，斥責她不守清規戒律。在這個夢中，「公主」代表她的情感，「定逸師太」則代表她的理智，定逸師太追殺公主，即是理智壓抑情感。夢境本想導引她去釋放情感，但儀琳在清醒之後，仍保持理智思考，也繼續壓抑情感。

因為儀琳總告訴自己，身為女尼的她不能談戀愛，故而她只能暗戀令狐冲，不敢告白。不過，好男人是很難寂寞的，在令狐冲與岳靈珊的愛情出現裂痕時，儀琳未乘機向令狐冲示愛，任盈盈旋即成了令狐冲的新女友。後來令狐冲出任恆山派掌門，儀琳本也可以乘近水樓台之便，黏著令狐冲，並向他告白，但她還是不敢輕易流露感情。她從未向令狐冲示愛，只是暗暗想著令狐冲，暗戀的痛苦讓她吃不下也睡不著，瘦到形銷骨立。她的父親不戒和尚心疼她，希望令狐冲至少讓她當「小三」或「二奶」，但不論令狐冲同不同意，儀琳根本背不起「小三」的罵名，故而無法同意不戒和尚的說法。因為突破不了理智設下的防線，儀琳終究只能長伴青燈古佛，寂寞過一生。

◆徵狀◆

青春期的儀琳有許多少女情事，卻只能偶爾向她母親假扮的啞婆婆傾訴，也得不到任何回應。想愛又不敢愛的儀琳，說不定臉上的青春痘會如雨後春筍般冒出來。青春痘代表的，正是她想隱藏的愛情渴望。

◆處方◆

常常做夢，夢境又常是惡夢的儀琳，最好準備一本「夢日記」，記下自己的夢。她將在夢中看到自己以理智隱藏、忽略或壓抑的想法與情感。而若是她能適度放下理智，順隨情感來生活，或許可以讓理智與情感更平衡，身心也將更健康。

任我行——無頭蒼蠅政治人

◆問診◆

史學家唐德剛在《袁氏當國》一書中，對孫中山有其獨特的評價。他說身為民主哲人的孫中山，在袁世凱稱帝時期，竟將國民黨改造成無條件擁護獨裁領袖的極權政黨「中華革命黨」。唐德剛斷言，倘若孫中山真以獨裁得天下，他勢必也將以獨裁治天下，那麼，他的歷史地位就會與蔣介石或毛澤東類似。然而，可說幸運的是，孫中山才剛開始獨裁，就因病去世。雖說他壽命不長，令人婉惜，卻也因他壽命不長，還來不及獨裁即殞命，因此他的歷史定位就是民主聖賢孫中山。

領導是一門智慧，也是一門學問，領導者必須為人信服，才能成功帶領團體，開創事功。以孫中山對民主的深入思考與長期擘畫，當他領導國民黨，遭遇革命挫折時，竟還倒過頭來，放棄民主，轉而向他推翻的「滿清政府」借用獨裁方法。不過，不論民主或獨裁，孫中山至少都還有心領導國民黨，開創革命的新局。

任我行也是領導者，他兩度出任日月神教教主，不過，以領導者來說，他可比孫中山差得遠了，任我行的心中既無民主，也無獨裁，他只是想要穩居教主之位，掌控日月神教教眾，至於何謂

「領導」，只怕他渾然不知。身為日月神教教主的他，可說是無頭蒼蠅，他完全不知道怎麼當教主，也不知怎麼領導教眾。他只知道用暴力跟毒品掌控教眾，逼教眾聽他的。他第一次當教主，就是因為領導無方被推翻，而後被囚禁在梅莊地牢十多年。想不到從地牢逃脫後，他復辟成功，回鍋當教主，領導方式竟跟第一次當教主一模一樣，無頭蒼蠅仍是無頭蒼蠅，教眾也還是苦不堪言。

日月神教不是佛教、道教、基督教等等正統宗教，若照現代的定義來說，日月神教只是一門邪教，而且是完全沒有宗教教義的邪教。身為教主的任我行既不是心靈導師，也不是傳法師父，他只是全教武功最高強的一個人。又因教主在神秘層面上，並無過人之長，教眾因此不可能經由教主得到宗教經驗的狂喜，也不可能集體感恩教主、讚美教主。

身為教主的任我行，只是因為武功過人，才坐上教主之位。但武功高強的他，並無領導教眾的長才。他從不知道怎麼讓教眾心悅誠服的追隨他，也沒興趣學習怎麼領導教眾，但他又想穩居教主之位，於是他就以武功跟毒品掌控教眾。他的「吸星大法」可以吸人內力，若有教眾膽敢違逆他，只要他運使「吸星大法」，對方必然一命嗚呼。此外，任我行還逼教眾服食他的獨門毒藥「三尸腦神丹」，服此丹藥後，必須按時服用他的解藥，否則就會遭受尸蟲鑽腦之苦。教眾為求解藥，只能聽他號令，任他宰割。

以武功與毒品控制教徒的任我行難以讓教眾信服，為防教眾反他，任我行必須更深入的練功，也因此荒廢了教務。於是，就像明朝天啟皇帝整天忙著玩木工，朝廷都被宦官魏忠賢把持了，天啟皇帝還渾然不覺。任我行也是如此，當他全心投入練功時，日月神教的重要幹部已經被光明右使東方不敗一個又一個換掉了，任我行竟全然不知。最後，東方不敗推翻了他，將他關到梅莊黑牢，並繼他之後成為教主。

東方不敗跟任我行如出一轍，也是個完全不懂領導，不知如何收服人心，只知道以武功與毒品控制教眾的無頭蒼蠅。於是，向問天決意再推翻東方不敗，他到梅莊迎回任我行，並合力殺死東方不敗。而後，任我行再次出掌日月神教，成為教主。。

第二次登上教主之位的任我行，不只完全沒有記取上次失敗的教訓，依然以武功與毒品掌控教眾，他還將東方不敗失去人心的治教手法照單全收。教眾晉見他時，都得像東方不敗時代一樣，高呼「聖教主文成武德，仁義英明，中興聖教，澤被蒼生，千秋萬載，一統江湖。」教眾的恐懼、憤怒、與不滿因此又從他登上教主之位那天起，不斷累積。

任我行曾說起武林中有他佩服的三個半高手，其中他最佩服的是以謀略扳倒他的東方不敗，另外兩個半則是武功高強的方證大師、風清揚及冲虛道長。從這三個半人可以推知，任我行心心念念要當日月神教教主，但他在乎的只是以謀略奪取教主之位，及以武功控制教眾。至於怎麼領導教眾，讓教眾心悅誠服跟隨他。即使再當一次教主，他還是完全不懂，也依然是一隻茫然的「無頭蒼蠅」。

◆徵狀◆

任我行無法讓教眾信服，因而會不斷遭遇教眾的反抗。掌控心強，個性又暴躁的他可能會罹患高血壓，而若是他發現自己真的無力處理反抗的力量，他將可能在血壓飆高後中風，並從此癱瘓。

◆處方◆

如果任我行真的有心當好教主，建議他將佩服的三個半高人，改為康熙皇帝、丐幫幫主喬峰、明教教主張無忌，及半個紅花會總舵主陳家洛。若是他能效法這些成功的領導者，信任部屬能力、維護部屬權益，他的部屬將以忠誠與努力回饋他。而當教中人人心悅誠服，各司其職時，身為教主的他，即使不用武功跟毒品控制教眾，教眾依然會赤忱擁戴他，他也就成為成功的領導者了。

左冷禪——組織合併的推動者

◆問診◆

東周時代的中國就像現在的歐洲，諸國林立。但東周諸國又不像歐洲，數千年都維持諸國分立，而是在秦朝就合併為一個中央集權的大一統國家。關於東周諸國之所以合併為一個國家，歷史學家黃仁宇在《中國大歷史》一書中提出他的看法，他認為東周諸國的合併，一來是因為諸國均沿「十五英寸雨量線」對抗北方遊牧民族，若能合併成一個國家，戰略上會更有協調性與機動性，二來是因為在黃河與季節風的影響下，中國常發生水災旱災，若是各國合併成一個國家，在中央政府的協調下，不同地區將更可互相支援，可知大一統的國家比分立的諸國更有利於資源的分配。

國家、組織、或幫派間的合併，會牽扯許多內在或外在的因素，當合併比分立更有利時，就像東周諸國合併為大一統的秦國，雖說也經過戰爭，卻是人心共望，水到渠成。而若兩國間並無合併的期待，卻以武力硬將兩國合併，那將有可能像英國以槍砲彈藥征服印度，但過不了幾十年，印度又脫離英國而獨立。

嵩山派掌門左冷禪非常積極的策劃五嶽劍派的合併，然而，並不是五嶽每一派都贊成合併，左冷禪因此認為，即便是以武力或智謀機巧，逼使五嶽各派同意併派都在所不惜，但這個方略卻讓恆山等派更抗拒併派。最後，併派竟流於爭權奪利，五嶽劍派也未因併派而團結和諧。

左冷禪是個充滿理想的人，他的併派構想確實有其可行性。在併派之前，五嶽劍派是互相結盟的五個門派。雖說「五嶽劍派，同氣連枝」，但五嶽劍派各有其掌門，誰也不服誰，而且各有其利害考量，若真一派有事，另外四派並沒有非支援不可的義務。此外，五派的門人弟子之間若有衝突齟齬，各派師長往往都力挺自家門人弟子，長此以往，五派必將漸行漸遠，也就難以再「同氣連枝」了。

身為五嶽劍派盟主的左冷禪經過苦思之後，認為若要徹底解決這些問題，唯有將「五嶽劍派」五個門派合併為一個「五嶽派」，並由一個掌門來領導與管理。這麼一來，五嶽派就可以化解幫派間的歧見，並團結一致，對抗魔教。左冷禪的構思確實很美好，也有可行性，但他忽略了五嶽劍派均有強烈的門戶之見與地域屬性。如果不先破除門派間的狹見，硬將五派合併成一派，那也只不過是勉強將五派當五顆粽子般綁在一起。將來雖沒有了五嶽各派，五嶽派中還是會有至少五個派系，且派系間互相爭權奪利，五嶽派仍難以團結同心。

關於「併派」，左冷禪有其自私的考量，他盤算的是，他本來就是「五嶽劍派」盟主，若是「五嶽劍派」合併成「五嶽派」，他理當可以順理成章成為「五嶽派」掌門。然而，「盟主」跟「掌門」可是天差地別的，「盟主」雖可干涉他派事務，卻沒有決定權，「掌門」則是五嶽派的總主管，可以決定五嶽派的一切事務。恆山等派為維護派內自主權，極力抗拒併派，但左冷禪非完成併派的理想不可，他於是決定訴諸武力與權謀，強迫各派合併。

左冷禪先是想拿下華山派，他派成不憂到華山派，意欲奪取岳不群的掌門之位，想不到成不憂竟意外被桃谷六仙撕成四片。而後，岳不群依然穩座掌門之位，但岳不群與左冷禪之間的嫌隙已經產生。

接著，左冷禪又想以智謀收編恆山派，他派嵩山派高手喬裝魔教魔頭，擄劫及攻擊恆山派師徒，想讓恆山派在恐懼感下，主動歸附嵩山派，並同意併派。豈料令狐冲假扮的吳將軍救了恆山派師徒，並揭穿左冷禪陰謀，這麼一來，恆山派更抗拒併派，也更不願意接受左冷禪的領導。

奪取華山派掌門及恐嚇恆山派師徒先後失敗後，左冷禪乾脆將五派一起請上嵩山，強迫五派同意併為一派，並比武決定「五嶽派」掌門。想不到左冷禪機關算盡，卻沒算到岳不群已經練成了比他更高明的武功「辟邪劍法」。結果五嶽劍派是合併了，左冷禪的理想也達成了，但出任

「五嶽派」掌門的卻是岳不群，而非左冷禪。

◆徵狀◆

左冷禪個性急躁，做事急於求成，他可能會罹患甲狀腺亢進，並有頸部腫大、眼球突出、心悸、盜汗等相關症狀。

◆處方◆

左冷禪充滿理想，為了達成理想，他不擇手段，殺人傷人害人都在所不惜。然而，再好的目的，都不能將手段合理化。左冷禪若真想實現併派的理想，他或許該學學張無忌，以俠義之心，多幫五嶽各派排憂解難，慢慢變成大家內心倚賴的老大哥。這麼一來，或許不需他提議，五派就會主動公推他為「五嶽派」掌門。這樣的併派方式或許比武力併派來得慢，卻是更踏實的併派之路。有句話說：「慢慢來，比較快。」左冷禪或許可將這句話奉為圭臬！

岳不群——刻意塑造形象的君子

◆問診◆

禪宗有個故事說，俱胝和尚深諳禪理，每當有人向俱胝和尚問禪理時，俱胝和尚都伸出一隻手指，意即一切禪理都在此一指之中。俱胝和尚的小徒弟學會了他的方法，某一天，俱胝和尚不在寺中，有人來問禪理，小徒弟也仿照俱胝和尚，伸出一隻手指。俱胝和尚知道這件事之後，把「不懂禪理，徒知伸指」的小徒弟手指切斷。就在小徒弟負痛離開時，俱胝和尚忽然大喝小徒弟，並且對他伸出一隻手指，小徒弟回頭一看，瞬間頓悟了禪理。

俱胝和尚的小徒弟不懂禪理，只是鸚鵡學舌的模仿俱胝和尚伸出手指，就以為可以成為教導他人的禪師。岳不群也是如此，岳不群熟讀論語孟子、大學中庸、程朱理學等儒家典籍，他表現出儒家的「君子」言行，並自號「君子劍」，武林中人也都認為他就是謙謙君子。然而，他就像只會伸手指的俱胝和尚小徒弟，只有表面上的言行是「君子」，骨子裡的他卻是搶劫偷盜、殺人害人、奪取五嶽派掌門的小人。被識破真面目後，岳不群也就成了公認的「偽君子」。

岳不群十分刻意營造他的「君子」形象，恆山派定逸師太等人也都認為他是真正的君子。以

「君子」自居的他要求弟子們也都要有「君子」的言行，他的大弟子令狐冲因為生性活潑、言詞便給，岳不群便認為他油嘴滑舌、巧言令色，沒有君子的莊重感。令狐冲曾為救儀琳，戲謔尼姑是「天下三毒的第一毒」，又說青城派的武功是「屁股向後平沙落雁式」，加上令狐冲又與魔教曲非煙有所來往，岳不群因此處罰令狐冲到思過崖上思過。以「君子」自居的岳不群，希望令狐冲也能言語守禮、行為持重，但令狐冲實在做不到。

自認是「君子」的岳不群，嚴守「君子」與「小人」，也就是「正」與「邪」的分界。所謂的「正」與「邪」，於江湖而言，「正」是五嶽劍派，「邪」是魔教；於華山派而言，「正」是岳不群所屬的「氣宗」，「邪」則是「劍宗」。岳不群堅持正邪不兩立，令狐冲則未像他這般，嚴守「正」與「邪」、「君子」與「小人」的界線，他既在五霸崗與魔教豪傑把酒言歡，又向劍宗高手風清揚學習劍法，岳不群因此大怒，並將令狐冲逐出師門。

如果岳不群真能慎始慎終，堅守自己的「君子」形象，即使有人批評他食古不化，他依然會是武林中人敬重的「君子劍」。然而，岳不群也面對了他的考驗，考驗之一是江湖傳言林家「福威鏢局」藏有「辟邪劍法」，若能得而練之，將能擁有無敵於天下的劍術，考驗之二是五嶽劍派盟主左冷禪意欲將五嶽劍派合併為五嶽派，五嶽劍派中武功最高強的人，將可為五嶽派掌門。面對「辟邪劍法」與「五嶽派掌門」的誘惑，岳不群表面上還想裝成無欲無求的君子，內在的欲望卻熾盛無已，他既想要「辟邪劍法」，也渴望「五嶽派掌門」大位。

於是，岳不群分裂了，他白天是謹守禮教的君子，晚上則成了不知廉恥的小人，在他看似「正」的外表下，隱藏著無量的「邪」心。他唾棄劍宗，訓誡弟子們要以練氣為根基，自己卻垂涎高明劍術「辟邪劍法」。他敵視殺人害人的「魔教」，自己則成了一心要殺人害人的「魔」。他使用機謀詐術，成功偷得「辟邪劍法」，並在練就「辟邪劍法」後，奪取了「五嶽派掌門」。但從此以後，武林中人都看清了他的真面目，他不再是自己標榜的「君子」，而是人人望之生厭的「偽君子」。

坐上「五嶽派掌門」之位後，岳不群還曾力圖保住他的「君子」形象。此時的他認為，只要將看透他「小人」真面目的人都殺死，他就依然是大家心目中的「君子」，於是他想殺掉對他看得最透徹的令狐冲與任盈盈。豈知功敗垂成，他不只沒殺死令狐冲與任盈盈，還被任盈盈逼食「三尸腦神丹」，成了任盈盈以毒品控制的奴隸。從此以後，原本光鮮高潔的君子劍，淪落為狼狽不堪的落魄小人。

◆徵狀◆

岳不群常常人前人後兩張臉，在他人面前，他必須裝出謙和守禮的君子形象，一旦離開人群，回到自己的內心，他就像卸了妝，回復成一肚子壞水的小人。常常都得偽裝自己，裝出跟自己內心截然相反形象的岳不群，久而久之，可能會顏面神經麻痺，導致他表情扭曲及僵硬。

◆處方◆

岳不群的痛苦就在於魚與熊掌，無法得兼，他既想像定逸師太等人，擁有正義的形象，又希望自己能像木高峰之流，恣意強取豪奪自己想要的東西，於是他就用「定逸師太的外表」來掩蓋「木高峰的內心」。然而，騙得了別人，騙不了自己。想來岳不群也活得很辛苦，如果可以的話，建議岳不群跟著心走，魚與熊掌擇一而取，看是要當「真君子」，還是「真小人」，就是別當「偽君子」。簡單的做自己，心靈將較為單純輕鬆。

東方不敗——不敢見光的同性戀者

◆問診◆

李安電影「斷背山」（Brokeback Mountain）中，艾尼斯（Ennis）與傑克（Jake）兩人一起到斷背山牧羊。在山上相處一段時日後，兩人發現自己愛上了對方，也明白了自己的同性戀傾向。然而，兩人都知道同性戀並不被社會接受，因此在下山之後，各自娶妻生子。忍受幾年與異性的婚姻後，兩人又開始約會。陷在不能見光的同志之愛中，讓他倆的人生充滿了孤寂與痛苦。

根據古史描述，中國的漢文帝、日本的上杉謙信、及希臘的亞歷山大帝等人，都是雙性戀者，他們愛女人，也愛男人；跟女人做愛，也跟男人上床；既是異性戀者，也是同性戀者，然而，愛上男人的漢文帝等人並未引起非議。古人說男人喜歡男人是愛上「孌童」，但「孌童」並無鄙夷之意，今人則將男人愛上男人說成是「同性戀」，「同性戀」是現代許多人不能接受，甚至排斥的。根據古書的說法，漢哀帝寵愛董賢，兩人同塌而眠，翌日早晨，漢哀帝先醒來，董賢還在睡，為怕吵醒董賢，漢哀帝輕輕割斷自己的衣袖，因而留下「斷袖之癖」的典故。漢哀帝並未因同性戀而招致罵名，許多現代人卻因是同性戀而不為人諒解，還有些人因自己愛上同性而感覺罪惡，或將同性戀視為不可見光的可恥秘密，這就像「斷背山」的艾尼斯與傑克不敢讓人知道自己是同性戀者，黑木崖上的東方不敗與楊蓮亭也極力隱藏他倆是同性戀的事實。

東方不敗原本是日月神教風雷堂副香主，因智謀與武功兼具，教主任我行極為賞識他，還不斷拔擢他，最後東方不敗當上日月神教光明右使，也是教主任我行一人之下的「第二把手」。然而，即使受過任我行的提拔，東方不敗仍看不慣任我行的作風，於是他暗暗在教中部屬自己的人馬。等到時機成熟，東方不敗立即起而造反，他生擒任我行，並將任我行關到西湖湖底梅莊黑牢。

東方不敗是任我行在武林中最佩服一個人，他的謀略與膽識都高人一等。推翻任我行後，他繼任為教主。為了管理日月神教，東方不敗除了延續任我行以武功及毒品掌控教眾的策略外，還要求教眾見到他必須高呼：「教主文成武德，仁義英明，中興聖教，澤被蒼生，千秋萬載，一統江湖。」經由精神洗腦鞏固他的教主之位。

東方不敗雖推翻了任我行，但他對故主依然有情，他未殺害任我行，只是將他關到梅莊黑牢，他還著意善待任我行的女兒任盈盈，連任盈盈都覺得東方不敗對她的禮遇，比她父親還多。

智謀與武功都一流的東方不敗，竟苦於性向與愛情。東方不敗原本或許是雙性戀者，為了符合社會觀感，他只敢愛女人，也娶了七個愛妾。後來他揮劍自宮，練成《葵花寶典》。沒有男性荷爾蒙睪固酮之後，他變成了完全的同性戀者。渴望跟男人在一起的他，將七個愛妾全殺了。而後，他愛上楊蓮亭，並追求楊蓮亭，最後與楊蓮亭成為一對同性戀人。

東方不敗愛上楊蓮亭，在同性戀情中，東方不敗在床上是「0號哥」，楊蓮亭則是「1號弟」。東方不敗愛戀楊蓮亭，他怕楊蓮亭變心，極力討好楊蓮亭，願把自己的所有都給楊蓮亭，連教主之位他都決定送給楊蓮亭。他找來一個跟自己相貌神似的人假冒教主，再讓楊蓮亭實際掌理幫務，也就是當教主。為了得到楊蓮亭的愛，東方不敗還裝扮成女人，他噴香水、化濃妝、學刺繡，希望楊蓮亭肯定他，愛上他，永遠不變心。

東方不敗雖有膽識與武功，卻仍無法跳脫傳統價值觀，他不敢向日月神教及武林宣告他已經「出櫃」了，只能躲在黑木崖的密室中，等楊蓮亭回來，跟他談情説愛，陪他過每一天。

◆徵狀◆

東方不敗是「Gay」，卻不敢承認自己是「Gay」。他否定自己的性向，因為怕被他人發現，他只能躲起來，遠離人群。長年的自我否定將可能使得他罹患「後天免疫不全症候群」，也就是

「AIDS愛滋病」。

◆處方◆

東方不敗若前衛點，他大可宣告自己「出櫃」了，愛人是楊蓮亭。當他承認自己是同性戀，認同自己的性向時，心情必將較為輕鬆。而若是他繼續領導日月神教，領導風格也將更為柔性。假以時日，他還可以組成同性戀者的「彩虹家庭」。那麼，日月神教不只將讓人耳目一新，還會有更大的包容性與更多的同理心。

曲洋、劉正風——悲壯的音樂家

◆問診◆

《列子》中有個故事說，俞伯牙精通音律，琴藝高超。某一天，俞伯牙彈起一首詠嘆高山的曲調，樵夫鍾子期聽到後，對他說：「這首曲子的音律很雄偉，就像高聳入雲的泰山！」而後，俞伯牙又彈了一首讚頌流水的曲調，鍾子期聽了，對俞伯牙說：「這首曲子的音律就像是波濤滾滾的流水！」俞伯牙聞言，忍不住對鍾子期說：「你真是我的知音！」

兩人相約第二年再見面。到第二年時，俞伯牙前往相會之處，卻等不到鍾子期。他問了鍾子期的父親，才知道鍾子期已於半年前去世。內心傷痛的俞伯牙於是到鍾子期的墳前撫琴一首，而後即將琴摔碎，並立誓終生不再彈琴。俞伯牙知道，他此生再也不可能遇見鍾子期這樣的知音了。

兩個人因音樂而成為知音，前有俞伯牙、鍾子期，後有曲洋、劉正風。曲洋與劉正風，一個身屬魔教，一個出身名門正派衡山派，他倆本當是一見面就揮刀相向的敵人，卻因愛好音樂，結為莫逆之交。每當他們一人彈琴，一人吹簫，琴簫合鳴時，什麼正邪之別，善惡之分，都被拋到了九霄雲外，彷彿世間就只有美妙的音樂。

曲洋與劉正風都明白，此生知音就唯有彼此，他們誰也離不開誰。然而，他倆分屬魔教與衡山派，魔教中人遏止曲洋與劉正風來往，五嶽劍派亦不准劉正風與曲洋結交。無法離開彼此的兩人，魔教既要殺他們，五嶽劍派也容不下他們，最後，在嵩山派追殺下，兩人竟為了最愛的音樂獻出生命。

曲洋、劉正風興趣相投，都酷愛音樂。曲洋擅長七絃琴，劉正風的專長則是吹簫，兩人琴簫和鳴，彈奏出許多優美的音樂。喜好音樂的兩人，總想彈奏更多名曲。曲洋聽聞古時有首曲子叫〈廣陵散〉，還聽說西晉音樂家嵇康臨刑前，曾撫琴自嘆：「廣陵散從此絕矣！」他非常渴望彈奏此曲，也不信此曲真的會自嵇康而絕，他心想，嵇康既是西晉人，那麼，西晉之前必當有此曲譜。於是，為了尋找這首曲子，他竟連盜二十九座西晉之前的古墓，最後終於在蔡邕的墓中找到了〈廣陵散〉曲譜。

找到〈廣陵散〉後，曲劉二人不只依譜彈奏，還別出心裁，將〈廣陵散〉改編成〈笑傲江湖之曲〉。〈廣陵散〉的曲意蘊涵了聶政刺韓王的故事，經由曲劉二人的琴簫，彈奏出了聶政刺韓王故事中，聶政報知己嚴仲子之恩、聶政殺韓相俠累後自殺、及聶政姊姊聶榮哀弟而亡等段落，每一段都有不同的氣勢與不同的情感，最後則以年年皆有俠士俠女笑傲江湖終結。全曲平和中正，極其典雅。

曲洋與劉正風是彼此的知音，但不論魔教或五嶽劍派中人，都不相信他倆會純粹為了音樂而來往。人們難免揣測，他倆是藉音樂之名，進行正邪間的勾結，於是，魔教與五嶽劍派都禁止他倆繼續結交。

為了音樂，劉正風願意放棄經營多年的武林事業與名聲，他當著五嶽劍派門人之前「金盆洗手」，正式宣告退出武林，並轉而投效朝廷，當個小小的參將。然而，五嶽劍派盟主左冷禪不願遂其所願，他派出嵩山派的太保們，殺了劉正風的妻兒弟子，再追殺曲洋與劉正風。最後，曲洋、劉正風二人因受傷太重，在琴簫合奏〈笑傲江湖之曲〉後，雙雙氣絕身亡。

曲劉二人此生尋覓到了知音，彈奏了許多名曲，即使最後因音樂而死，仍都感覺此生無憾。

◆徵狀◆

曲洋、劉正風均愛好音樂，兩人分屬魔教與衡山派，魔教與五嶽劍派均不准他倆與對方來往，還為此要追殺他們，兩人因而都處在恐懼中。長期的恐懼將可能導致兩人罹患腎結石等腎臟疾病。

◆處方◆

音樂很單純，江湖卻太複雜，處身江湖中，曲劉二人連想好好彈奏一首曲子，都得膽戰心驚。而既然他倆為了音樂，毫不眷戀江湖，那何不徹底離開江湖是非圈，前去那沒有魔教與五嶽劍派的歐洲。若能安住在音樂之都維也納，他倆說不定還能認識貝多芬或莫札特，更能結交許多喜歡音樂的知己，彈奏許多膾炙人口的樂曲。

平一指——以掌控生命自居的醫者

◆問診◆

《侯文詠極短篇》一書中，醫師作家侯文詠說了個兩位醫師打賭的故事：面對某位中風病危的患者，主治醫師認為病患一定會死，住院醫師則相信他絕對能讓病患活下去，兩人決定以半個月的薪水為賭注，賭病人的死活。為了贏得賭金，住院醫師卯足了勁，將所知所學悉數用在病人身上。結果病人真的活下來了，卻成了仰賴呼吸器維生的植物人，後續的龐大照護費用拖垮了家屬。面對無奈的病人家屬，住院醫師開始懊惱，為什麼當時要不計一切，救活病患？

賽斯（Seth）曾由心靈的觀點告訴人們：「最好的開心手術，也救不活無心要活的病人。」身體是心靈的一面鏡子，決定一個人能不能活下去，以及能不能從疾病回復成健康的，並不是肉體，而是心靈。一個醫師若沒有這樣的認知，他可能會以為從肉體著手，就能療癒一切疾病，於是，就像侯文詠筆下這位住院醫師一樣，他費盡苦心救活了一個病患，但病患並非打從內心想活，結果，病患雖然沒死，卻成了必須終生臥床的植物人。「殺人名醫」平一指也是這樣的醫師，他以為自己醫術精湛，治得好任何重病，再嚴重的病患到了他面前，都能起死回生。平一指不明白生病的真正原因是在「心」，故而治療令狐冲時，他踢到了鐵板，因而產生了強烈的挫敗感，他更因此而自殺。

平一指醫術高明，確實有起沉痾，療重病的醫療專業能力。他非常以自己的醫術自豪，又因為他相信不論哪一種重疾到他手裡，都能藥到病除，因此他發出「醫一人，殺一人。殺一人，醫一人。醫人殺人一樣多，賺錢蝕本都不做」的豪語，也就是說，他什麼病都治得好，但被他治好的人必須聽他號令去殺人，他因此得了個「殺人名醫」的外號。也就因為有這樣的自信，前來求平一指醫治的病人，都是打從內心想活的人，他們將活下來的希望投射到平一指身上，平一指於是成了他們的神，治療起來事半功倍。這也讓平一指越來越相信，他是無病不能治的神醫。

越是相信自己能從物質層面的肉體療癒一切疾病，平一指就離疾病真正的本源，也就是「心」越遠，他不懂得「身體是心靈的一面鏡子」、「疾病是內在衝突在身體的顯現」、「疾病源自內在能量的扭曲」，每當看到疾病時，他總是思考如何從肉體來治療，卻從不知療癒的本源在於「心」。

平一指確實醫術一流，桃實仙受劍傷後，找他醫治，他除了以精湛的手法為桃實仙進行手術，療癒劍傷創口外，還以深厚的內力拍打桃實先的百會穴，為他灌注能量。經他治療之後，原本奄奄一息的桃實先，轉瞬間即回復成活蹦亂跳的健康之人。

令狐冲受傷後，任盈盈輾轉請託平一指為令狐冲治療，平一指本也信心滿滿，自認他絕不會負任盈盈所託。醫術高明的他，精準的診斷出令狐冲體內有七種真氣、服過大補藥、曾大量失血，又曾喝過五仙教藥酒。至於治療令狐冲，平一指可就真束手無策了，因為令狐冲不像他以前的病患，求診是為了渴望活下來。在被女友岳靈珊拋棄，又被師父岳不群厭惡後，令狐冲早就不想活了。而令狐冲體內七道紊亂的真氣，正是他混亂心靈的顯現。平一指不懂「疾病」的根源在於「心」，如果想讓令狐冲健康的活下來，就必須先安頓他混亂的心靈，並激發他求生的欲望，單是想從肉體治好令狐冲，將流於徒勞無功。救不了令狐冲，平一指認為「神醫」的招牌已經被自己毀了，因而陷入憂鬱。而後，走不出失敗痛苦的他，竟因此殺了自己。

◆徵狀◆

平一指若能真正了解疾病的本源在心靈，他就會明白，治療疾病時，心靈為本，肉體為末。只有打從心靈想活，及想健康的人，醫學才能從肉體的層面將他治癒。平一指執著於從肉體治病，「心靈」從不在他的醫療考量之內。又因為從肉體治癒過太多病患，平一指沉迷於「神醫」

的光環，渾然不知身體只是心靈的映照，治「病」的根本乃是治「心」。無法療癒令狐沖，平一指自認對任盈盈無法交代，他又不知怎麼讓自己的醫術超越以往，於是陷入了無邊的懊惱、無助、焦慮、憂鬱與痛苦。或許在平一指自殺之前，已經被憂鬱症折磨了一段時日。

◆處方◆

平一指若想讓醫術上一層樓，就必須學習身心靈醫學。經過學習，他將發現「身體本來就是健康的」、「身體是心靈的一面鏡子」、「疾病是邁向健康的過程」。學會身心靈醫學後，他將在治療令狐沖體內真氣的同時，對令狐沖進行心理諮商，陪伴令狐沖走過情傷的痛苦，並讓令狐沖重新燃起生命的力量。這麼一來，他將更順利的療癒令狐沖，也將成為真正的一代神醫。

江湖——亂世中的武林眾生相

◆問診◆

令狐冲時代的江湖，就像兩條湍急的河流，一條是名門正派的五嶽劍派之河，另一條則是邪魔歪道的日月神教之河，兩條河最後匯流在一起。處在河水的急流中，五嶽劍派門人及日月神教教徒等多數江湖人物，都像是河中的魚蝦，無法跳離，只能感慨「人在江湖，身不由己」。不過，在刀光劍影、波詭雲譎的江湖中，可以見到幾類特別亮眼的人物。若以動物來比喻各種人物，他們分別是：

第一類——鱷魚、河馬：鱷魚與河馬生性兇狠，在急流中待機而動，只要有機會就張開大口咬噬其他動物。左冷禪就是五嶽劍派之河中的一條鱷魚，為了橫行於五嶽劍派之河，左冷禪處心積慮要除去所有他眼中的對手，他先派勞德諾到華山臥底，再將衡山派劉正風滅門，又擄劫恆山派門人，文攻武嚇，就是要逼使華山派、衡山派與恆山派都歸附他，任他宰制。左冷禪本來以為他的計謀萬無一失，他必將成為五嶽劍派之河中獨霸的一條鱷魚，卻沒料到在他志得意滿時，身畔竟潛藏著另一隻大鱷魚岳不群。岳不群冷不防的張開大口，咬得左冷禪傷痕累累，他因此只能黯然退出五嶽劍派的爭霸。

而在日月神教這條河流中，原本橫行著東方不敗這條河馬，後來又出現了精通「吸星大法」的兇狠河馬任我行，除掉了東方不敗，從此獨霸日月神教。五嶽劍派之河與日月神教之河的魚蝦都預期，當兩河匯流時，鱷魚與河馬必將有一場大廝殺，想不到在兩河尚未匯流前，五嶽劍派之河中，鱷魚咬鱷魚，咬到鱷魚一隻不剩；日月神教之河中，河馬殺河馬，殺到河馬一隻不留。當兩河匯流時，五嶽劍派最有實力的令狐冲，與日月神教新任教主任盈盈，為武林帶來了一片祥和喜悅的新景象。原本被鱷魚與河馬翻攪撕咬，因而濁汙且血腥的兩條河流，竟在匯流之後，成為一條潔淨且泛著和樂之氣的大河。

第二類——困在河中石頭上的老虎：有些江湖人物雖有武功，卻跳不出河水，也爭不過兇殘的鱷魚，他們活像是被困在河中石頭上的老虎。莫大先生就是這樣的人，在五嶽劍派大廝殺時，他既無法辭掉衡山派掌門，武功與智謀也鬥不過左冷禪與岳不群兩人。他這頭老虎只能在石頭上棲居，但求不被鱷魚吃掉就好。

第三類——鱒魚：河流往前行，鱒魚逆著游，不願與鱷魚及河馬合流。曲洋、劉正風就是兩隻小鱒魚，他們只想逆河流而上，回到心靈單純的原鄉，沉醉在美妙的音樂中。但鱷魚及河馬看著逆流的鱒魚，怎麼看怎麼不順眼。兩條鱒魚雖盡量避開鱷魚及河馬，最後依然葬身在鱷魚的血盆大口中。

第四類──依附在巨獸身邊的小魚：處身爾虞我詐的江湖，武功智謀若不夠高強，依附某個可信賴的人，也能得到庇護與安全感。嫁給了岳不群的寧中則，就彷彿是依附在巨獸身邊的小魚。寧中則本以為岳不群是個可以託付終身的良人，豈知她所依附的，竟是頭吃人的巨鱷。看著岳不群用盡心機，傷人害人，寧中則痛苦難過無已，最後竟因自傷識人不明而自殺。

第五類──戲水的猴子：有些江湖人物就像猴子，常常快快樂樂的跳進河中戲水。他們對鱷魚沒有威脅，鱷魚也懶得理他們。桃谷六仙與不戒和尚都像是常會跳進河流，為河流帶來歡樂的猴子。

第六類──河狸：有些江湖人物就像河狸，不論魚蝦怎麼游，鱷魚、河馬怎麼逞凶鬥狠，他們就是在河中，以木頭搭建水壩。祖千秋、平一指都像是河狸，他們處身江湖，卻對江湖廝殺完全沒興趣，他們熱愛的是品酒與醫術，後來各成了品酒與醫術專家。

第七類──救難犬：有些江湖人物就像救難犬，一旦發現河流中有動物受傷或面臨危險，他馬上奮不顧身，下河施救。令狐冲就是一頭救難犬，他拯救過五嶽劍派的華山派師父師娘與師兄弟，也曾化身吳將軍拯救恆山派師徒，還曾拯救過日月神教的向問天。河流中的救難犬即是江湖中充滿俠義之情的「俠士」。

◆徵狀◆

處在沉悶的江湖河流中，出頭危險，沉潛也未必安全，不論鱷魚、河馬、老虎、鱒魚、救難犬或魚蝦，都會感覺苦悶。苦悶的情緒將使得傳染病漫延，或許江湖中會爆發流行性感冒的大流行。

◆處方◆

江湖是群體共同創造出來的，鱷魚、河馬、老虎、鱒魚、救難犬與魚蝦就彷彿是一個人的不同面向，每個人都可以在他人身上看見一部分的自己。一個人若是能在闖蕩江湖時，以他人為鏡子，從他人的言行照見自己各式各樣的想法與感受，他將越來越認識自己，也將越來越有智慧。

韋小寶（I）——廣結善緣的人際高手

◆問診◆

漫威（Marvel）電影「美國隊長3：英雄內戰」（Captain America: Civil War）的故事說，超級英雄鋼鐵人（Iron Man）及美國隊長（（Captain America）等人在打擊犯罪、對抗邪惡勢力、維護地球和平時，屢次引起災難，造成民眾生命或財產的損失。聯合國因此擬定了條約，要求超級英雄都必須註冊，並接受政府監督。超級英雄們因為這條約分裂成兩派，以鋼鐵人為首的一派同意簽約，接受政府監督，以美國隊長為首的一派則拒絕簽約，它們認為若是簽了這合約，將變成政府的傀儡。雙方為此起了爭執，並導致英雄之間的內戰。

鋼鐵人與美國隊長各執己見，黑寡婦（black Widow）則認為雙方各有立場，沒有誰是誰非，因此，她雖然選擇與鋼鐵人同一陣線，卻也給予美國隊長必要的幫助。

韋小寶就跟黑寡婦一樣，他跟誓不兩立的康熙皇帝與天地會雙方都交好。雖然康熙皇帝與天地會是壁壘分明的敵人，但韋小寶從不認為康熙皇帝是對的，天地會是錯的，或天地會是對的，康熙皇帝是錯的。他明白康熙皇帝與天地會各有立場，也都有著為國為民的本心，因此，他與康熙皇帝結為莫逆之交，也跟天地會好漢稱兄道弟，並總是盡力迴護雙方都周全。

康熙時代的天下，可不只皇帝與天地會兩股勢力，當時較有勢力的組織或團體還有反清的沐王府、意欲稱帝的平西王吳三桂、神龍島上的邪教神龍教，較小的組織或團體則有王屋派、莊家等等，當時與清帝國有來往的國家或政治團體有台灣鄭家、蒙古、西藏、以及北方的羅剎國。韋小寶幾乎與這些團體、組織成員或國家領導人都交好，甚至還獲得重用，他的人際關係可說極為成功。那麼，韋小寶是如何成功經營人際關係的呢？分析原因有四：

一、廣結善緣：韋小寶的包容心及彈性度都很大，他不只不會以是非對錯來界定任何一個團體，還認同每一個團體，因此他幾乎與每個團體都能結為好友。每一個團體都信任他，還大多願意以高位或厚利相贈。在康熙皇帝手下，他是一等鹿鼎公；在天地會，他是青木堂香主；在神龍教，他是白龍使。廣結善緣的他在每個團體，即使是彼此敵對的團體，都很吃得開。

二、擺低姿態：身為朝廷大員及天地會香主的韋小寶，若是到任一團體，對人頤指氣使，對方理當都能接受。但韋小寶從未貢高我慢，雖說位高權重，但他仍像個小頑童，總是跟大家嘻嘻哈哈，坦誠相待。他會在需要的時候說謊騙人，卻從不會貶低他人。說來韋小寶並沒有刻意擺低姿態，他只是如實的做自己，以遊戲心遊走江湖。

三、情義相挺：韋小寶之所以能得到各方朋友的信賴，最重要的原因是他總是對朋友情義相挺。康熙被鰲拜欺壓，武功不入流的他不顧自己死活，一心要幫康熙擺平鰲拜。神尼九難要刺殺康熙，他奮不顧身，幫康熙擋了一劍。康熙意欲砲轟天地會群豪，他冒著殺頭的危險，也要救出天地會兄弟。韋小寶的情意相挺，讓朋友們都感激在心頭，也都願意與他結為生死之交。

四、馬屁神功：韋小寶那張嘴，總能把每個人都說得心花怒放，他讚美康熙是「鳥生魚湯」（堯舜禹湯），滿足了康熙想被歌頌為聖明天子的心情。他祝福洪教主與夫人仙福永享、壽與天齊，呼應了洪教主內心希望嬌妻永遠在身邊的渴盼，洪教主因而大為開心。韋小寶明白「千穿萬穿，馬屁不穿」，讚美別人是最惠而不費的人際交流之道。朋友們只要跟他說話，就能感覺舒服，當然也願意與他結為深交的好朋友。

◆徵狀◆

人際關係八面玲瓏的韋小寶雖然在每個團體都吃得開，但這些團體卻包含互相對立的團體，對立的雙方都希望韋小寶只屬於自己這邊，就像康熙皇帝希望韋小寶剿滅天地會，天地會則期盼韋小寶顛覆康熙皇帝的大清王朝。於韋小寶而言，康熙皇帝與天地會兄弟都是他的好朋友，幫著哪一邊去消滅另一邊都是錯的，也是沒有道義的。韋小寶很想創造「雙贏」或「兩全其美」的局面，但他想破了頭，也不可能當康熙皇帝與天地會的橋樑，讓他們雙方變成好朋友，或誰也不犯誰。韋小寶想不出十全十美的方法，康熙皇帝與天地會又都給他壓力，兩相為難之下，韋小寶可能會因思考過多而導致慢性頭痛。

◆處方◆

韋小寶與康熙皇帝及天地會都有深厚的交情，選擇哪一方當朋友都很為難，無法取捨的他，最好帶著錢財與妻小，遠離是非圈，到康熙皇帝與天地會都找不到他的地方，隱姓埋名，過輕鬆自在的日子。以他那一流的人際關係能力，相信不久之後，一定又能結交到許多無話不說的好朋友。

韋小寶（II）——多妻的男人

◆問診◆

電影「美女與野獸」（Beauty and the Beast）中，喜歡讀書的美女貝兒（Belle）住在某個小村莊中，與父親相依為命。村中有位曾當過士兵的粗獷男子佳斯頓（Gaston）看上了貝兒，他要貝兒嫁他為妻，但貝而拒絕了他。惱羞成怒的加斯頓威脅貝兒，說若是她父親將來不在了，她無依無靠，就非得嫁給自己不可。貝兒聞言，嗤之以鼻。加斯頓於是埋伏在貝兒父親進城的路上，趁機襲擊他，再將他綁在樹下，等著他被野狼吃掉。加斯頓心想，這麼一來，沒有父親的貝兒說不定就得來求自己娶她。

電影中的貝兒對加斯頓毫無情意，但加斯頓就是想娶貝兒為妻，即使貝兒不愛他也無所謂，只要貝兒願意嫁給他，當他老婆，他就達到追求的目的了。韋小寶對於伴侶與婚姻的想法，就跟加斯頓一模一樣。

每當看到心儀的美女時，韋小寶心中萌生的想法，可不是跟美女談一場戀愛，他唯一的念頭，就是把美女娶回家當老婆。而若是要把美女娶回家，兩人並不見得需要有愛情的基礎，只要美女自己願意嫁給他，或美女的父母師長同意將美女許配給他，他就達到目的了。因此，韋小寶慣用的追求美女手法，就是對美女、美女的父母、或美女所屬的團體施恩。為了報答他的恩德，對方或許會將美女許配給他，他也就如願抱得美人歸了。

在韋小寶的七個老婆中，雙兒、方怡、沐劍屏、曾柔四位都是基於「恩情」而成為他老婆的。雙兒所屬的莊家被鰲拜所害，男人全數被殺，莊夫人知道韋小寶殺了鰲拜，報了她莊家大仇，遂將雙兒許給韋小寶。方怡與沐劍屏均出自沐王府，沐王府群雄至皇宮當刺客，鎩羽而歸，韋小寶救了受傷的方怡，又救了被皇宮侍衛活捉的劉一舟等三人，方怡與沐劍屏感其大德，也嫁給了他為妻。曾柔出身王屋派，韋小寶釋放了被清軍活捉的王屋派好漢，曾柔因此芳心可可，也就以身相許。

至於韋小寶的另外三個老婆，建寧公主原本是跟他玩SM的「砲友」，後來也嫁他為妻。蘇荃則是酒醉後被他「撿屍」，與他發生性關係後懷了孕，因而嫁給了他。

在韋小寶的七個老婆中，姿色最美的是阿珂，他最垂涎的也是阿珂。韋小寶用盡苦心，最後真的娶得了阿珂。但他的追求，卻讓阿珂既屈辱，又痛苦。

從第一眼見到阿珂，韋小寶就為她的美貌傾倒，從此對她魂縈夢繫。為了得到阿珂，韋小寶原本也想對阿珂的師父九難神尼、阿珂的母親陳圓圓、及阿珂本人施恩，逼使阿珂嫁給他。但當時的阿珂已有愛人鄭克塽，倆人正在熱戀中。豈知韋小寶為了佔有阿珂，竟將阿珂灌醉，再將她「撿屍」，並趁她昏迷，強姦致孕。懷了韋小寶的孩子後，鄭克塽不要阿珂了。為了孩子，阿珂只能嫁給韋小寶，成為韋小寶的老婆，韋小寶也就如願得到了阿珂。

韋小寶不像郭靖、楊過及張無忌等人，與美女從相識、相戀到修成正果，走入婚姻，他的七個老婆不是為了報答恩情，就是因為跟他有了性關係，才跟他在一起。雖說雙兒、沐劍屏與曾柔對他也發展出了某種程度的愛情，但方怡與蘇荃顯然並沒多麼愛他，阿珂甚至還是有點恨他的。日日與這七個對他各有不同感情的老婆相處，若想一家和諧，想來韋小寶還得大傷腦筋。

◆徵狀◆

韋小寶的七個老婆個個大有來頭，從大清建寧公主、沐王府小郡主沐劍屏、沐王府家將後人方怡、神龍教教主夫人蘇荃、陳圓圓的女兒阿珂、丐幫香主吳六奇的義妹雙兒、到王屋派的曾柔，韋小寶一家活像個「小江湖」。這七個老婆他特別愛誰、特別偏袒誰都不對。身為老公的他，誰都冒犯不起。將來七個老婆若吵起架來，各自來向他告狀或哭訴，韋小寶應該完全無力處理，只會感覺心煩氣躁。若是韋小寶厭煩老婆們爭吵的聲音，或許他的聽力會漸漸減退。

◆處方◆

韋小寶若依然執著於只要見到美女，就要將她追求到手，只怕他娶到十三姨太都無法罷手，他的家庭也將越來越複雜。建議韋小寶放下追逐美女的遊戲，尋找自己的興趣，創造自己的價值。或許他將發現，比起擁有美女，創造成就感才是更大的快樂。

康熙——威信領導的主管

◆問診◆

歷史劇「康熙帝國」中，康熙皇帝由孝莊太后一手栽培長大。康熙皇帝少年時，吳三桂起兵造反，一路勢如破竹，他六神無主，心慌意亂，曾打算將天下讓給吳三桂，自己帶著滿人退回關外老家。孝莊太后告訴康熙，大清是鐵打的江山，絕對不會敗在吳三桂手下。聽聞孝莊太后的話，康熙才有了對抗吳三桂的信心，後來終於打敗吳三桂，將天下穩定下來。電視劇中的康熙皇帝還很擅長玩弄權術，比如在他重用姚啟聖前，因姚啟聖言詞鋒利，他想先殺殺姚啟聖的銳氣，於是將他逮捕下獄，不准任何人與他說話，也不准他讀書，等到悶了他一段時日後，再以浩蕩的皇恩開釋他，而後讓他領軍攻打台灣。姚啟聖一舒胸臆鬱悶之氣，果真立下赫赫戰功。

「康熙帝國」的康熙皇帝與《鹿鼎記》的康熙皇帝是天差地別的兩個人。《鹿鼎記》的康熙皇帝充滿了自信，他常常運籌於帷幄之中，即讓天下大治。同樣面對吳三桂造反，《鹿鼎記》的康熙皇帝與「康熙帝國」的康熙皇帝心態截然不同，《鹿鼎記》的康熙皇帝自信一定能勝過吳三桂，他沉穩內斂，即使吳三桂的大軍一路勢如破竹，揮師北上，康熙皇帝依然不驚不懼。他相信吳三桂已是強弩之末，最後必將為清軍所敗。此外，《鹿鼎記》的康熙皇帝也不會像「康熙帝國」的康熙皇帝那般，對臣工使用權謀心機。《鹿鼎記》的康熙皇帝用人唯才，他任用索額圖、施琅等人才，即對其全然信任。在《鹿鼎記》中，康熙皇帝具足了領導人的威信，他積極治國，更相信自己的治國之道，一定能開創遠邁前朝的盛世。

《鹿鼎記》的康熙皇帝性格堅忍沉著，面對可能威脅皇權的大臣，若還沒有扳倒對方的把握，他會先按兵不動，靜觀其變，等到時機成熟，才出手將其殲滅。比如鰲拜對他說話時，常大聲咆哮，逼迫他做某些決定；吳三桂則暗中練兵，圖謀奪取天下，登基稱帝。康熙皇帝深知鰲拜與吳三桂的狼子野心，但他像一頭獅子，靜靜匍伏在鰲拜與吳三桂身邊，直到時機成熟，他才一躍而上，咬斷他們的喉管。

此外，康熙皇帝明白「水至清則無魚」，他信任的臣屬若有中飽私囊的行為，他往往睜一隻眼閉一隻眼，比如韋小寶抄鰲拜家時，私藏了一件金絲背心，後來前往台灣，又貪污了一百萬兩。韋小寶的貪污事蹟全都在康熙掌握中，但康熙從未說破，因為他信任韋小寶，也認同他對國家更大的貢獻。

康熙皇帝對自己非常有自信，他可不需要臣工對他上諛詞，滿足他的自我，因此在平定吳三桂後，臣工們曾肉麻兮兮地要為他上尊號，康熙就大大發了一頓脾氣。康熙非常清楚，他的皇帝之位要坐得安穩，必須得到人民的擁戴。大臣們的拍馬屁雖能讓皇帝飄飄然，卻無益於國家的昌盛。

勤政愛民的康熙最大的感慨是，他如此用心治國，讓人民過上好日子，人民卻只因他是滿人，就要反他。想那漢人當家的明朝時代，天下屢屢鬧飢荒，百姓常常餓肚子，現在滿人當家，大家有飯吃。然而，「反清復明」的造反浪潮始終不絕。他不懂，為什麼漢人寧可餓扁肚子，也不讓滿人來當皇帝？迫於「反滿」的壓力，他也只能表態說，他母親是漢人，他也算是半個漢人。

康熙皇帝雖然自信滿滿，但他仍需要朋友，不過，高處不勝寒，身為國君的他，只有忠心耿耿的大臣，而無推心置腹的朋友，他唯一的朋友就是韋小寶。他早知韋小寶腳跨朝廷與天地會兩條船，但為了保有這個摯友，他不只從不說破，還一再賞賜韋小寶官爵，希望韋小寶放棄天地會，成為自己身邊的忠臣。可惜韋小寶為了義氣，不肯離開天地會。為了國家安全，康熙只能忍痛跟韋小寶攤牌。但這麼一來，他就跟韋小寶撕破臉，也就失去了唯一的朋友。沒有了韋小寶的日子，寂寞的康熙皇帝將更寂寞。

◆徵狀◆

「唉！做皇帝嘛！那也難得很。」康熙皇帝這段句話，道盡了心中的無奈。一代英主康熙位居九五之尊，內心卻常有淒涼寂寞之感。韋小寶離去後，他再也沒有朋友可以傾聽苦悶的心情。長此以往，康熙可能會染上菸癮，也容易罹患肺病。

◆處方◆

韋小寶離開後，康熙六次南巡，想要尋覓韋小寶，足見其對於好朋友的渴望。若是康熙日後機緣巧合，得能再從大臣、嬪妃或內侍中，找到既不會恃寵而驕，又不會結黨營私，還能無話不談的好朋友，他的內心將較為喜樂，身體也將較為健康。

陳近南——鞠躬盡瘁的國士

◆問診◆

靖康之難後，北宋為金國所滅，宋徽宗、宋欽宗為金人所擄。宋徽宗之子趙構於臨安即位，重建宋朝，史稱南宋，趙構即是宋高宗。宋高宗紹興四年，岳飛率領岳家軍北伐，力圖還我河山，收復北宋失地。紹興十年，岳家軍挺進朱仙鎮，距離北宋首都開封府僅有四十五里，岳家軍士氣高亢，岳飛更對部下發出「直搗黃龍府（金國都城），與諸君痛飲」的豪語。

岳飛渾然不知，當他努力征戰時，宋高宗及秦檜正在與金國議和。為向金國求和，宋高宗發出十二道金牌召回岳飛。岳飛退兵前，長嘆：「十年之功，毀於一旦！所得州郡，一朝全休！社稷江山，難以中興！乾坤世界，無由再復！」班師回朝後不久，岳飛即被逮捕入獄，而後竟以「莫須有」的「謀反」罪名被賜死。

岳飛以「精忠報國」為志，卻有史學家認為，岳飛的「忠」乃是「愚忠」，因為岳飛致力於為皇帝北伐，收復失土，皇帝自己卻在議和，真不知岳飛究竟為何而戰？為誰而戰？不過，愚忠的國士可不只岳飛，陳近南對於台灣鄭家，也是一片愚忠。

陳近南極受鄭成功器重，他因此決定終生以赤膽忠心，報答鄭成功的知遇之恩。鄭成功死後，陳近南繼續效忠鄭成功的兒子鄭經，以及鄭經的兒子鄭克塽。豈料鄭克塽竟視陳近南為政敵，還一劍殺死了陳近南。

陳近南原名陳永華，他本是鄭成功的軍師。鄭成功攻打台灣時，陳近南指點藤牌兵砍荷蘭人的腳，因而攻下熱蘭遮城，並進而收復台灣。鄭成功治理台灣時，陳近南輔佐鄭成功，他屯田辦學，興利除弊，百姓愛戴他，稱他為「台灣諸葛亮」。而除了致力於台灣的政事外，陳近南還潛回中國大陸，將鄭成功在江南的舊部組織成「天地會」。天地會在大清國進行地下活動，並蒐集情報，以為將來鄭成功「反攻大陸」的內應。

鄭成功在世時，陳近南既是鄭成功重臣，也是天地會總舵主，然而，鄭成功年未不惑即辭世。鄭成功去世後，鄭經接任延平郡王。陳近南在鄭家的地位，漸漸不若鄭成功在世之時。與此同時，天地會正在大陸蓬勃發展，身為總舵主的陳近南，統領的天地會成員與日俱增。

此時的陳近南，在中國大陸，他既是天地會總舵主，也是各門各派共同推舉出來，對付吳三桂的「鋤奸盟」總軍師，但在台灣，他的地位卻漸漸式微。他希望秉持當年鄭成功的志向，伺機反攻大陸，並將朱三太子送進紫禁城，成為大明皇帝，但鄭經並無此大志，鄭經的兩個兒子鄭克臧、鄭克塽則是為了繼承王位而內鬥不休。

在鄭克臧、鄭克塽的內鬥中，陳近南選擇了鄭克臧，他將女兒嫁給鄭克臧，並盡力輔佐鄭克臧，然而，身為鄭家家臣，他仍須對鄭克塽盡忠。

陳近南的忠心從此淪為「愚忠」。他領導天地會，一心要讓天地會成為鄭家反攻大陸的內應，但鄭經已無收復大陸的雄心壯志。他視鄭克塽為主子，忠心相待，鄭克塽卻視他為政敵，意欲除他而後快。陳近南一片忠心，總想以自己的生命報答鄭家，但他最後既不是死在鄭家的反攻大陸戰爭，也不是死在天地會的反清復明行動，而是被他效忠的鄭克塽一劍刺死。想來陳近南受了鄭克塽一劍，生命將盡時，內心應有著無限的感慨與悲痛。

◆徵狀◆

陳近南一生以忠義之心報答鄭成功的知遇之恩，鄭克塽卻視他為亂臣賊子。陳近南在大陸發展天地會，以為鄭家反攻大陸的內應，鄭克塽卻認為他功高震主。陳近南一片赤膽忠心，鄭家卻對他猜忌懷疑，想來陳近南應會感覺不知為何而戰？為誰而戰？人生因此索然無味。長此以往，陳近南將可能罹患肝病。

◆處方◆

陳近南若看清他在鄭家的地位，又何須「知其不可為之」，以熱臉去貼鄭家的冷屁股？賞識他的是鄭成功，但鄭成功已去世，鄭成功的兒孫鄭經、鄭可塽跟他不對盤，他又何必非對鄭經、鄭可塽盡忠不可？既然鄭家不願重用他，他大可放棄鄭家，全心發展天地會。天地會的兄弟們均敬佩他、服從他，他若能領導天地會，開創一番事功，既可福國利民，還能創造自己的人生價值，更能活出生命的熱情。

雙兒——成就丈夫的妻子

◆問診◆

李喬小說《寒夜》中，彭家將童養媳燈妹嫁給劉阿漢後，燈妹認定劉阿漢是她丈夫，她甘願陪著劉阿漢吃苦，跟劉阿漢一起闢地種田。被彭家看不起的劉阿漢為了爭一口氣，從早到晚荷鋤下田。因為工作時間太長，劉阿漢的手掌居然和著汗水、血水，黏在鋤柄上。看在燈妹眼裡，她心疼劉阿漢的努力，竟然用舌頭，慢慢地將劉阿漢的手從鋤柄上舔開。

燈妹是傳統女性，嫁給丈夫後，她從不會對丈夫說「我愛你」，而是以實際行動幫助丈夫、成就丈夫。雙兒的性格就跟燈妹一樣，莊家將雙兒許給韋小寶後，雙兒認定韋小寶是她此生良人，於是一心一意跟著韋小寶。不論韋小寶想做什麼，只要她能力所及，一定全力配合。雙兒從不會跟韋小寶說「愛」，韋小寶想親她時，她也常常東閃西躲。而雖說她不會以用言語或親密行為來表達愛，但她總會以行動來表明她對韋小寶的心意。

雙兒是莊家的丫頭。莊家少爺莊廷鑨在明朝滅亡之後，召集多位學者，合力編纂了一部明朝史書《明書輯略》。《明書輯略》講述史事時，一律使用明朝年號，然而，在明衰清興時，明朝與清朝均有年號，《明書輯略》未採用清朝年號，而是使用明朝年號，這可是犯了朝廷大忌。顧命大臣鰲拜得知此事後，發動了文字獄，將莊家滿門及相關人等一律處死，女眷則發配為奴。雙兒的父母因為牽連此案，也死於非命。

莊家女眷被發配為奴的途中，幸得何惕守相救，何惕守還傳授她們武功。雙兒則由莊家遺孀收留，成為莊家的丫頭，從小於莊家長大。

莊家女眷們後來全都住在山上的宅院中，因全家經年縞素，且常有哭聲傳出，附近居民以為莊家宅院是鬼屋。豈知韋小寶竟誤打誤撞闖進了莊家「鬼屋」，而後韋小寶自承他就是手刃鰲拜之人，莊家一門感激韋小寶為她們報了滅門大仇，莊三少奶於是做主，將雙兒許給韋小寶，雙兒也就成了韋小寶未過門的老婆。

雙兒是個極為認命的女人，莊三少奶將她許給韋小寶，她全然接受，並一心要扮演好韋小寶的賢內助、好妻子。雙兒是少說多做，苦幹實幹型的妻子，丈夫是她心目中的「天」，她很認真地要成為幫助老公的妻子。她武功高強、心思細膩、手藝靈巧，韋小寶非常信任她，也很依賴她的幫助。韋小寶上清涼寺保護順治皇帝，及北上簽訂尼布楚條約，都帶著雙兒，雙兒的武功屢次讓韋小寶更順利的完成任務。此外，因為雙兒既細心，又有耐心、手藝也很靈巧，韋小寶因此請她將從《四十二章經》取出，繪有「大清藏寶地圖」的數千片碎羊皮拼成一張完整的地圖，雙兒在最短的時間內，就將地圖拼了出來。

雙兒雖然是丈夫的賢內助，不過，她的個性乖巧而木訥，言行一板一眼，韋小寶在她面前，必須刻意保持矜持有禮，也可能覺得她有點無趣。在她為韋小寶完成許多事時，韋小寶都想挑逗她，跟她「大功告成，親個嘴兒」，也就是跟她接吻，但雙兒總是左閃右躲。她是韋小寶的老婆，但因她老是拒絕韋小寶，故而即使有她在身邊，韋小寶還是老想要交往別的女朋友，或是與其他女人上床。當她在少林寺下苦等韋小寶，因而日漸消瘦時，韋小寶正在少林寺中想方設法追求阿珂；而當她千里迢迢陪著韋小寶護送公主到雲南時，她完全不知韋小寶瞞著她，一路上跟公主享受魚水之歡。

雖說雙兒一再說服自己：「相信天下所有的女子，丈夫最心愛自己，即令阿珂也及不上。」但她若知道老公想調情或做愛時，總是找別的女人，大概難免還是會感覺失落。

◆徵狀◆

雙兒為韋小寶付出很多，她相信韋小寶若在事業上需要有人幫忙，第一個一定想到自己。然而，生活可不是只有事業。在家庭生活中，雙兒說話較矜持，言行較無趣，韋小寶若想調笑，可能會找方怡；若想嬉鬧，可能會找沐劍屏；若想玩床笫間的新花招，可能會找建寧公主，他私底下找雙兒的可能性大概不高。看著老公老是找其他妻妾，冷落自己，雙兒心中難免會想：「我對他那麼好，為他付出那麼多。為什麼他比較愛別人，沒那麼愛我？我到底哪裡做得不好？」長年的自我否認與自我譴責可能會讓雙兒罹患自體免疫疾病。

◆處方◆

建議雙兒別把生活的重心全放在老公身上，也不必對老公百依百順，或隨傳隨到。雙兒可以多多學習成長自己、愛自己、為自己而活。當她成長自己之後，言行將更有彈性，想法也將更有主見。不論韋小寶愛不愛她，她都將更肯定自己、愛自己，也將更快樂。

阿珂——情路艱辛的少女

◆問診◆

張愛玲小說《半生緣》中，顧曼楨與沈世鈞是一對戀人，顧曼楨的姐姐顧曼璐是舞女，嫁給祝鴻才後，婚姻生活不和諧，且未生下一男半女。顧曼璐為了挽救自己的婚姻，竟與祝鴻才共謀，將顧曼楨騙到家裡來，祝鴻才再將顧曼楨強姦，使其懷孕。而後，顧曼楨被監禁在祝家，直到生下孩子。顧曼楨曾一度尋死，但最後仍將孩子生下來。生下孩子後，為了讓孩子有個有爸爸也有媽媽的「完整家庭」，顧曼楨嫁給了祝鴻才，但她痛恨祝鴻才，也始終對祝鴻才冷漠相待。直到多年後，顧曼楨感覺自己痛苦不堪，才又離開祝鴻才。折騰了十多年之後，顧曼楨再次見到沈世鈞，沈世鈞已有了家庭。兩人舊情仍在，但已無法回到當年，只能相擁而泣，感歎命運捉弄，情路艱辛。

顧曼楨心裡的苦，阿珂最明白。阿珂原本與台灣鄭家世子鄭克塽是一對戀人，兩人是佳人與才子，極其班配。但自從某一天她遇到韋小寶後，人生即完全變調。韋小寶看上了她的美貌，非要娶她為妻不可，於是用盡心機，要破壞她跟鄭克塽的感情。韋小寶是位高權重的大官，家財萬貫，且與黑白兩道都交好，他使盡一切手段，硬要逼阿珂嫁給自己。但即使韋小寶軟硬兼施，阿珂依然深愛鄭克塽。想不到韋小寶最後竟在阿珂的酒中下藥，將她迷昏，再將她「撿屍」，而後強姦她，導致她懷孕。阿珂走投無路，只好嫁給韋小寶為妻，但她的內心充滿了委屈與痛苦。

阿珂是陳圓圓與李自成的女兒，神尼九難卻誤以為她是吳三桂的女兒，於是將襁褓中的她擄走，九難盤算的是，將來阿珂長大，她要派阿珂前來刺殺吳三桂，讓吳三桂嘗嘗被親生女兒刺殺的痛苦。可知阿珂從有生以來，就帶著陳圓圓讓吳三桂「衝冠一怒為紅顏」的原罪，也注定了她坎坷的人生。

阿珂是陳圓圓的女兒，遺傳了陳圓圓的美貌，卻也因此「紅顏薄命」。她從第一眼看見鄭克塽開始，就非常愛慕鄭克塽。出身台灣的鄭克塽，風度翩翩、文質彬彬，又是台灣鄭成功家的「政三代」，家世背景顯赫。鄭克塽也喜歡阿珂，兩人情投意合，若真結為夫妻，應是一雙羨煞世人的神仙眷侶。

但就從遇見韋小寶那天起，阿珂的人生完全變調，與鄭克塽相較，韋小寶根本是個有權有錢的市井小流氓，阿珂瞧不上他，但韋小寶垂涎她的姿色。從初見面起，韋小寶就以鹹豬手摸阿珂的胸部與臉蛋，嘴巴上也不斷的吃阿珂豆腐。韋小寶那色瞇瞇的樣子讓阿珂很不舒服，也因此非常厭惡他，但韋小寶是當朝大官，有錢有權，黑白兩道都有朋友，他決定不計一切手段，破壞阿珂與鄭可塽的愛情，並強迫阿珂嫁自己為妻。韋小寶先是讓多隆等清宮侍衛誣指鄭可塽賭錢嫖妓，抹黑鄭克塽，企圖破壞鄭克塽在阿珂心中的形象。而後，沐王府吳立身等人再出面指證，說鄭克塽強姦良家婦女，又強逼阿珂與韋小寶拜堂成親。接著，楊溢之假扮蠻人，強迫阿珂叫韋小寶「老公」。一群惡棍像在玩弄一隻小貓一樣玩弄阿珂，把阿珂折辱的生不如死，痛苦不堪。

韋小寶使的無恥手段越多，阿珂越痛恨韋小寶，但即使韋小寶惡意破壞她跟鄭克塽的感情，阿珂仍深愛鄭克塽，毫無動搖。想不到韋小寶後來竟將阿珂下藥迷昏，而後性侵得逞，致使阿珂懷孕。不過，即使肚子裡有了韋小寶的孩子，鄭克塽原本還是願意接受阿珂，但韋小寶又一再威脅鄭克塽，鄭克塽無法招架這當朝權貴的壓力，迫不得已只好放棄了阿珂。鄭克塽離開後，阿珂為了生養肚子裡的孩子，只能在萬般無奈、委屈與痛苦下，嫁給韋小寶為妻。韋小寶則沾沾自喜，因為他真的如願娶得阿珂了。

◆徵狀◆

婚後的阿珂想起前男友鄭克塽，思念應該會更加強烈，因為鄭克塽並不是不愛她，而是被韋小寶以生命財產相脅，才被迫放棄她。阿珂看到丈夫韋小寶時，可能會有股莫名的抗拒、厭惡與恐懼，長此以往，阿珂將可能罹患乳房腫瘤等疾病。

◆處方◆

除非阿珂真的能在日常生活中感受到韋小寶的好，放下對韋小寶的心結，並安於婚後的生活，否則，婚姻可能會讓阿珂痛苦不堪。阿珂或許會說，她是為了孩子犧牲自己，不得不待在韋小寶身邊，但犧牲的感覺會讓婚姻更痛苦。如果阿珂真的無法喜歡韋小寶，那麼，還是建議阿珂離婚，好好去過自己的人生！

建寧公主——SM癖好者

◆問診◆

電影「格雷的五十道陰影」（Fifty Shades of Grey）中，女大學生安娜（Anna）為了撰寫校報，前往採訪年輕又富裕的企業家格雷（Grey），兩人因此擦出愛的火花，隨後即陷入熱戀。格雷告訴安娜，他對於性有特殊的癖好，他帶安娜去看他的「遊戲室」，裡面有皮鞭及各式各樣的性虐道具，安娜這才知道，原來格雷喜好性虐待。在性虐的關係中，格雷要安娜當「臣服者」，他自己則是「支配者」。安娜同意與格雷進行性虐的遊戲，格雷於是將她戴上眼罩，綁縛雙手，再跟她做愛，格雷也曾以皮鞭抽打安娜。與安娜玩性虐的遊戲，讓格雷得到了快感。

有性虐癖好的可不只格雷，建寧公主也頗好此道。建寧公主雖不像格雷，有間性虐專用的「遊戲室」，但她的公主寢宮就是「遊戲室」。建寧公主也不像格雷有皮鞭等性虐道具，但她想出來的性虐招數，只怕連格雷都自嘆弗如。經由性虐，建寧公主跟格雷一樣，得到了身體的歡愉。

性虐待，通稱SM。何謂SM?SM即Sadism（施虐）與Masochism（受虐）兩字的組合。SM可不是sexual abuse，即不顧對方感受的性侵害。真正的SM，目前中文多翻譯為「愉虐戀」，也就是讓彼此愉悅的性虐遊戲。

建寧公主雖是大清公主，卻是個假公主，她是神龍教毛東珠的女兒，毛東珠為了替神龍教教主尋覓《四十二章經》，入宮當宮女，而後，膽大包天的她，竟鋌而走險，將順治朝的孝惠章皇后關進櫃子裡，自己再裝扮成孝惠章皇后，並以「化骨綿掌」殺了董鄂妃等人。順治皇帝因董鄂妃之死出家為僧，毛東珠也就成了康熙朝的太后。不過，建寧公主並不是順治皇帝的親生女兒，根據毛東珠的說法，建寧公主的生父很可能是神龍教的鄧炳春。

雖然建寧公主不是順治皇帝的親生女兒，亦即不是真公主，但皇宮中可沒人知道真相，康熙皇帝對這個「御妹」也百般疼愛。建寧公主天性既不愛讀書，也不愛做女紅，她的興趣就是學武功，但學了武功後，又沒有比武的對象。她常找太監或宮女練招，但太監或宮女可不敢真的與公主交手，故而屢屢被打得鼻青臉腫，也就因為如此，宮中的太監或宮女看到她，都避之唯恐不及。

某天建寧公主見到韋小寶，要韋小寶陪她玩遊戲。她說她是建寧派掌門人建寧女俠，韋小寶則是綠林大盜。而後假戲真做，她不只以門閂把韋小寶打得頭破血流，還點火燒了韋小寶的辮子，接著又在韋小寶的傷口上灑鹽。韋小寶被她惡整得疼痛不堪，建寧公主卻玩得興高采烈。

全身疼痛的韋小寶一時也顧不得誰是主子，誰是奴才了，他發起狠來，把建寧公主痛扁了她一頓。想不到身體被打，建寧公主竟萌生了快感。而後，建寧公主常要韋小寶跟他一起玩互相施虐的遊戲，韋小寶越是打她，她越是舒服。得到被虐的快感後，建寧公主還會把自己當奴才，並將韋小寶當成「桂貝勒」來服侍。身體不斷的親密接觸，使得彼此都燃起了性欲，最後兩人真的上床做愛了。

於韋小寶而言，建寧公主只是她玩性遊戲的「砲友」，建寧公主則因性生愛，真的愛上了韋小寶。就在她跟韋小寶的SM遊戲玩得火熱之時，康熙皇帝要她下嫁吳應雄，並命令韋小寶護送她到雲南。韋小寶迫於無奈，只好將自己的「砲友」送給吳應雄為妻，但一路上兩人仍翻雲覆雨、春光旖旎。最後，建寧公主為了表明她的身體只屬於韋小寶，竟用計把吳應熊那話兒給割了。這麼一來，她就當不成吳應雄的老婆了。而後因為吳三桂造反，這段聯姻也就不了了之，建寧公主於是如願嫁給了韋小寶。

◆徵狀◆

康熙皇帝後來雖然知道建寧公主不是她的親妹妹，但他依然念著從小一起長大的舊情，要韋小寶在他的七個老婆中，以建寧公主為妻，其他老婆為妾。不過，這麼一來，原本就因公主身分而自覺比雙兒等人高貴的建寧公主，只怕會更有嬌蠻之氣。在韋小寶的老婆中，蘇荃、方怡等人都是硬脾氣的女人，她們絕不會因為建寧公主是金枝玉葉，就對她特別容讓。建寧公主若總是覺得自己高人一等，與其他人格格不入，只怕她會因孤芳自賞而常脖子僵硬、肩頸痠痛。

◆處方◆

從「砲友」轉變成「老婆」，將來韋小寶若想玩點刺激好玩的性遊戲，建寧公主應該還是他的首選「性伴侶」。不過，做愛雖然能讓身心歡愉，但性愛並不是夫妻關係中的全部。建寧公主若想從「砲友」、「老婆」、再轉變成韋小寶生活中的「親密伴侶」，她可以多看看書、多學點別的技藝、或多了解韋小寶的興趣。這麼一來，或許她就能跟韋小寶的心更靠近，跟韋小寶有更多話可聊，也更能與韋小寶從「床伴」，變成「情侶」，兩人的親密關係將更長久。

沐劍屏——純真的公主

◆問診◆

偶像劇「我可能不會愛你」中，李大仁從高中就喜歡同班女生程又青，高中畢業後，他選填大學志願時故意高分低就，只為與程又青繼續同班，兩人而後成了最好的朋友。大學畢業後，李大仁還是愛著程又青。他個性溫柔體貼，總是守護著程又青，只要程又青心情不好，或遇到困難，李大仁一定馬上趕到程又青身邊，陪伴程又青，但程又青只當他是好朋友。後來程又青愛上了丁立威，丁立威外貌帥氣，個性極為霸道，佔有慾又強，他總是不分場合擁抱程又青，當眾宣告他愛程又青。丁立威非常花心，但他會告訴程又青，經歷每一段感情，都讓他發現，他更愛程又青。相較起暖男李大仁，丁立威那狂風暴雨的愛，以及醉人的甜言蜜語，都讓程又青深深迷戀。

俗話說：「男人不壞，女人不壞。」對於程又青來說，「壞男人」丁立威比「好男人」李大仁更有魅力。沐劍屏迷戀的，也是會欺負她的「壞男人」韋小寶。

沐劍屏是雲南沐王府的小郡主，從小受到哥哥沐劍聲及沐王府家將們的寵愛，沐王府上下無人敢對沐劍屏輕薄調笑。韋小寶則與沐王府的男人完全不同，他不只沒對沐劍屏必恭必敬，還總想一些鬼點子調戲她、捉弄她、逗她哭、逗她笑。被韋小寶一再戲弄與調笑，又見到韋小寶救劉一舟等人的智謀後，沐劍屏愛上了這「壞男人」。她心儀韋小寶、信任韋小寶，更願與韋小寶共度此生。

沐劍屏是雲南沐家的小郡主，沐王是明朝世襲的王位。明朝滅亡後，沐王府也就隨之沒落了。在康熙時代，沐王府的家將後人們仍在小公爺沐劍聲領導下，密謀反清復明。身為沐王府的小郡主，沐劍屏極受眾人呵護與寵愛，她的個性因此極為天真善良，待人也極為真誠。

沐王府與天地會為了擁唐王或桂王而爭鬥不休，某天，天地會的錢老本擄得了沐劍屏，準備將她當作人質，交換失陷在沐王府的天地會兄弟。錢老本將沐劍屏藏在一頭肥豬中，送進韋小寶在皇宮中的住處，沐劍屏因此邂逅了韋小寶。

沐劍屏被點了穴，躺在床上動彈不得，韋小寶趁機對她大加調戲，他先是拿刀，說要在沐劍屏臉上刻一隻小烏龜，嚇得沐劍屏花容失色。而後，韋小寶先以毛筆在沐劍屏臉上畫了隻小烏龜，再拿著剪刀，順著烏龜圖案冰冰涼涼地遊走。他騙沐劍屏說，他已經在沐劍屏臉上刻了一隻烏龜，以後北京城的百姓若想要烏龜圖，都可以到沐劍屏臉上印烏龜。沐劍屏想到已被他毀容，傷心得淚汪汪。韋小寶眼看欺負得她夠了，又心疼她哭，於是跟她說，如果想要去除臉上的小烏龜，就得叫他「好哥哥」。雖然沐劍屏害羞，叫不出口，但韋小寶為了討沐劍屏歡心，仍以假藥粉抹去沐劍屏臉上的烏龜。調製假藥粉時，韋小寶還特別當著沐劍屏的面，搗碎了四顆大明珠，混在藥粉中，讓沐劍屏感覺備受珍愛，也更開心。

被韋小寶調戲了幾天，沐劍屏漸漸感受到韋小寶的幽默、好玩、與善良，也對他萌生了好感。而後，方怡入宮行刺失敗，被韋小寶救進來，跟沐劍屏一起躺在床上。韋小寶趁機親了她倆的嘴，還叫方怡「大老婆」，叫沐劍屏「小老婆」。跟這個「壞男人」相處了一段時日，彼此一再有親暱的口頭稱喚，以及親密的身體接觸，沐劍屏漸漸愛上了原本在她心中是小無賴的韋小寶。

沐劍屏雖然天真，卻並不傻。她很聰明，而且跟韋小寶心有靈犀，兩人非常有默契。阿珂刺殺吳三桂失敗後，韋小寶前往平西王府，本要救阿珂，卻見到牢中關的是沐劍屏。韋小寶隨口誣指夏國相暗殺吳三桂，沐劍屏立即像在跟韋小寶說相聲般，也指稱是夏國相派她刺殺吳三桂。兩人彷佛早以套好了招一般，可知心意多麼相通

◆徵狀◆

在韋小寶的七個老婆中，蘇荃頗有掌控欲，方怡充滿心機，建寧公主口無遮攔。從小被捧在手掌心，個性單純的沐劍屏，若跟她們相處，可能會擔心一不小心就冒犯了這幾位姊姊。沐劍屏或許會因此越來越敏感，也可能罹患過敏性鼻炎等疾病。

◆處方◆

在韋小寶的七個老婆中，沐劍屏是最沒有心機的一個。日後韋小寶與七個老婆相處，可能會漸漸發現，沐劍屏是最不會管他怎麼用錢、怎麼交朋友、怎麼做人、怎麼教養孩子的一個老婆，因此跟沐劍屏在一起最輕鬆。而當韋小寶有所童心時，他可能會最想逗沐劍屏，或跟沐劍屏一起嬉戲。不過，沐劍屏若想過得更好，她必須學習成長自己，讓自己從小郡主變成學有所成的專業人士。倘使她還能有自己的夢想，並努力奔赴夢想，她的人生將更為精彩。

方怡——不安的自我保護者

◆問診◆

吳起是戰國時代衛國人，他非常善於帶兵打仗，著有六篇兵法，世稱《吳子兵法》，後人將《吳子兵法》與知名的《孫子兵法》並稱為《孫吳兵法》。吳起在軍中深得士兵們的心，據說曾有士兵皮膚受傷長膿，吳起竟用嘴巴將他的膿液吸出來。不過，對於帶兵打仗非常擅長的吳起，對家人卻非常無情。吳起在魯國當官時，有次齊國出兵進攻魯國，魯國國君原本打算任用吳起為統帥，率軍擊退齊軍，卻又考慮吳起的妻子是齊國人，怕他有所私心，不會盡全力殺敵。吳起得知後，竟回家親手殺了妻子。而後，魯國國君果真起用吳起為將，吳起帶兵出陣，也真的將齊軍殺得落荒而逃。

吳起為了功成名就，不惜殺了妻子。方怡則是為了保護自己的性命，寧可犧牲未婚夫韋小寶。俗話說：「夫妻本是同林鳥，大難來時各自飛。」方怡並不是不愛韋小寶，但若是面臨危機，需要在自己的命與韋小寶的命之間擇一而取，她會寧可犧牲韋小寶，以保住自己的命，韋小寶因此一再被她出賣。

方怡出身沐王府，是劉白方蘇四大家將的方家後人。當年吳三桂追殺桂王，沐王爺沐天波保護桂王，由雲南逃到緬甸，最後代桂王被殺死。沐天波死後，沐王府由小公爺沐劍聲繼續帶領四大家將後人反清復明。不過，沐王府氣勢已經大不如前，隨時都有被清軍消滅的危險。方怡身為四大家將的後人，仍追隨沐劍聲。以沐王府當時的力量，面對氣勢正強的清軍，高舉反清復明的大旗，可說險象環生，隨時都有可能被圍剿，方怡的心中因此常常都有恐懼感。面對死亡的威脅，方怡人生的原則之一，就是不擇手段，只求活下來。

方怡本有個男朋友，就是同為沐王府家將後人的劉一舟。方怡已經夠怕死了，想不到劉一舟更怕死。若是天下太平無事，這對男女朋友花前月下，卿卿我我，也還可以成為一對郎才女貌的璧人。但沐王府是江湖組織，過的是刀尖上舔鮮血的廝殺日子。劉方兩人如此怕死，必然會惹出事端來。

某次沐王府好漢們潛進皇宮，圖謀暗殺，結果方怡受傷，為韋小寶所救，劉一舟則被清宮侍衛俘虜。被俘虜之後，劉一舟竟像被照妖鏡照到一般，顯露出他怕死的本性。為了怕被清軍所殺，劉一舟差點供出沐王府的底細。方怡央求韋小寶救出劉一舟，但劉一舟得救後，方怡也看清了他不堪的人格，因而隨即與他分手。

韋小寶原本是方怡瞧不起的市井小無賴，她進宮行刺受傷後，韋小寶幫他治傷時，不僅趁機以鹹豬手摸她酥胸，還親她的嘴，又說要她當老婆。不過，看到韋小寶救劉一舟的手段後，方怡發現韋小寶是個有錢有權又有謀略的人。她心想，若能跟著韋小寶，鐵定會比當劉一舟的女友有保障，於是她毅然決然與劉一舟分手，並決定嫁給她當時以為是小太監的韋小寶當老婆。

方怡並不是只貪圖韋小寶的錢財權勢，完全不愛韋小寶，比如章老三欺負韋小寶時，方怡即出手迴護韋小寶，可見她心裡確實是有韋小寶，但只要面臨生命的威脅，她那怕死的天性就會顯露出來。後來方怡被抓到神龍島，神龍島上可說處處殺機。為了求生，方怡決定討好洪教主夫妻，她知道洪教主想將韋小寶抓到神龍島，於是用計騙韋小寶到神龍島，再將韋小寶交給洪教主。豈知韋小寶福星高照，他到神龍島時，正巧神龍教內鬨。在機緣巧合下，韋小寶竟成了神龍教的白龍使。

後來韋小寶率軍砲轟神龍島，企圖一舉殲滅神龍教，途中與方怡重逢。被方怡騙過一次，仍學不乖的韋小寶，依然信任方怡。想不到方怡再一次用計騙他，又將他交給了洪教主。面對憤怒的洪教主，韋小寶差點死於非命，還好他命不該絕，最後仍死裡逃生。

◆徵狀◆

方怡的心裡還是愛韋小寶的，在與韋小寶前往神龍島的路上，他倆郎情妹意，春光旖旎。然而，只要遇到生命的威脅，方怡一定會先保護自己。她不惜犧牲任何人，即使是老公韋小寶，她也一樣會出賣。兩度出賣韋小寶後，方怡仍嫁給韋小寶為妻，不論韋小寶計不計前嫌，方怡自己的心理難免都會有疙瘩，她會懷疑韋小寶是不是不會再相信自己了。這樣的心態將讓她日後見到韋小寶時，心裡都會有芥蒂。長期的恐懼與猜疑，可能會導致方怡罹患腎臟疾病。

◆處方◆

若想日後過得心安，方怡該學習的是「安心之道」，或許她可以學學老莊之術，或佛學典籍，將她那顆不安的心安頓下來。當她的心能安頓時，或許她就會發現，恐懼並見得是因為外境發生了什麼，而往往是頭腦在猜疑外境將會發生什麼。將習慣猜疑的頭腦安頓下來，或許就無驚無懼了。

曾柔——仰慕偶像的少女

◆問診◆

電影「我的少女時代」中，高中少女林真心說，每個少女心中，都有一個男神，林真心心中的男神就是同校男生歐陽非凡。外貌帥氣的歐陽非凡不僅是學霸，還是籃球校隊。林真心只要在籃球場邊看著歐陽非凡灌籃，就會興奮地雀躍不已。某次林真心被流氓學生徐太宇強迫翹課去溜冰，而後被訓導處處罰。從訓導處出來時，見到歐陽非凡迎面而來，林真心自覺丟臉，她很怕男神看到自己，想不到歐陽非凡竟對林真心說，他也喜歡溜冰，下次可以一起去溜冰，林真心因而快樂地不停唱歌。後來林真心意外聽到歐陽非凡私下對女同學陶敏敏說，他是爸爸，他會負責。林真心不知道歐陽非凡與陶敏敏是合養了一隻狗，還以為歐陽非凡讓陶敏敏懷孕了，心中的男神形象霎時崩壞。林真心傷心欲絕，竟想沉入游泳池溺死……

林真心心中的男神是歐陽非凡，曾柔心中的男神則是韋小寶。從初見韋小寶，曾柔即深為韋小寶的幽默、智謀與膽識所傾倒。韋小寶成了她心中的男神，只要看到韋小寶，曾柔就會臉紅心跳。不過，就像林真心誤以為歐陽非凡讓女同學未婚懷孕，心中的男神形象崩壞，使得林真心痛苦不堪，曾柔發現韋小寶強迫阿珂嫁她為妻，心中的男神形象也霎時幻滅，她又憤怒又傷心，久久不能自已。

曾柔出身王屋派，王屋派是司徒伯雷開創的門派。司徒伯雷是大明武官，吳三桂駐守山海關時，司徒伯雷是吳三桂手下副將。明亡之後，司徒伯雷原本以為明朝毀在李自成手裡，因而要找李自成報亡國之仇，後來才發現，比起李自成，吳三桂引清軍入關，讓滿人佔領中國，更加罪不容誅。司徒伯雷不願降清，於是帶著他的舊部到王屋山開立了王屋派。曾柔是司徒伯雷的弟子，也是王屋派的一員。

某一天，王屋派聽聞吳應熊到北京，眾人決定綁架吳應雄，逼吳三桂起兵反清。想不到王屋派好漢們因情報錯誤，竟誤闖了韋小寶的軍營。

曾柔也參與了這次行動，她跟隨王屋派眾高手殺入韋小寶軍帳，並挾持了韋小寶。韋小寶雖驚魂未定，但為求一線生機，他說要跟好漢們擲骰子、比輸贏，王屋派眾人竟被他耍得團團轉，還同意了他提的方法。擲骰子時，韋小寶見到顏質頗高的曾柔，瞬時起心要調戲她，他要曾柔在他的骰子上吹一口氣，曾柔吹氣後，他立即擲出一把漂亮的點數。韋小寶其實是在使用拖延戰術，但王屋派好漢們渾然不察。在韋小寶油嘴滑舌、插科打諢時，清軍大隊人馬已經悄悄前來，將軍帳團團圍住，王屋派群雄這才發現，他們已為清軍所制。

韋小寶知道王屋派好漢們都是英雄，不忍心殺了他們，他於是又提議曾柔跟他比擲骰子，贏了就釋放王屋派全數好漢，輸了就全殺。曾柔先擲出點數後，韋小寶再以作弊的手法，擲出較少的點數，王屋派好漢也就全數得救了。

曾柔見到韋小寶在面臨生死交關時，依然談笑自若的風采，又看到他為了釋放王屋派群雄，煞費苦心的大仁大義，而韋小寶請她吹骰子及擲骰子，更讓她感覺韋小寶對她頗有好感。於是，她變成了韋小寶的粉絲，深深崇拜愛慕韋小寶。臨去之前，她向韋小寶要了那四顆骰子，以為日後想念男神之用。

司徒伯雷後來被吳三桂派人殺害，韋小寶手刃王屋派仇人後，王屋派同意併入天地會青木堂，於是，曾柔心中的男神搖身一變，竟成了她的頂頭上司，她與韋小寶也有了更多接觸及交談的機會。每次看到男神，曾柔都不自覺得臉紅心跳，連韋小寶都能感受到她的羞怯心思，說她：

「女人面孔紅，心裡想老公。」

◆徵狀◆

後來在麗春院，韋小寶硬要將阿珂留下來當老婆，曾柔這才發現她心中的男神原來既好色，又霸道，男神形象瞬間崩壞。而為了不讓粉絲失望，韋小寶隨後放走了阿珂。不過，即使如此，曾柔仍然已經明白，韋小寶並不是她心中那個完美無缺的男神韋小寶。因為真實的韋小寶與預想的韋小寶落差太大，曾柔嫁給韋小寶後，會看到韋小寶還有更多不符合她期待的言行，她會看不順眼，也可能會碎碎念（嘮叨；囉哩囉嗦），還可能感覺看到韋小寶就一肚子氣，久而久之，曾柔可能會常有腸胃症狀。

◆處方◆

曾柔必須明白，韋小寶是她心中的男神，卻不見得非要符合她期待不可。如果她想讓夫妻關係和諧，就得學會讓韋小寶做自己，而不是看到韋小寶有不合自己預想的言行，就要對韋小寶囉嗦。如果她總是期待韋小寶成為男神，韋小寶在她身邊會很有壓力，而若是她常要糾正韋小寶的言行舉止，韋小寶必將對她避而遠之。可知曾柔只有學會讓韋小寶做自己，他倆的夫妻關係才會最輕鬆，也最和諧。

蘇荃——充滿權力慾的女強人

◆問診◆

改編自童話故事「白雪公主」的電影「魔鏡，魔鏡」（Mirror Mirror）中，國王與王后原本過著幸福的日子，但王后在生下白雪公主不久後即去世。為了撫養白雪公主長大，國王又娶進了一個美麗的新王后。豈知新王后嫁給國王不久後，國王就失蹤了。人民都以為國王已經戰死，新王后於是成了王國的統治者，她把大臣全換成會對她拍馬屁的人，又每天在王宮舉辦舞會，過著奢華的生活，人民因此苦不堪言。王后後來還想殺死白雪公主，白雪公主逃出王宮，而後得到七個小矮人的幫忙，這才揭破了真相，原來新王后是個女巫，她以黑魔法將國王變成怪獸，國王才會失蹤。最後，白雪公主用計破除新王后的黑魔法，並趕走了新王后，國王重新登基，王國才恢復了安定與繁榮。

神龍教教主洪安通娶了蘇荃之後，就跟「魔鏡，魔鏡」的國王娶了新王后一樣，人生從此丕變。洪安通創立的神龍教，原本是個武藝高強，氣勢非凡的組織，但自從洪安通娶了蘇荃為教主夫人後，教內成員漸漸都被蘇荃換成她的人，舊幹部與舊教徒人人自危，害怕被蘇荃所害。整個神龍教逐日走下坡，最後終於土崩瓦解。

洪安通在神龍島上創立神龍教，全體教徒奉教主一人為尊。洪安通武功高強，教徒們無人敢不聽他號令。為了完全掌控教徒，洪安通還讓教徒服用他自製的「豹胎易筋丸」，服食之後，若是未按時服用解藥，身體會起劇烈變化，比如矮胖的人會被拉成高瘦，高瘦的人會被壓縮成矮胖，這樣的折磨會使人生不如死。經由武功與毒品，洪安通迫使教徒們唯他之命是從。在洪安通的領導下，眾教徒齊力將神龍教發展成勢力龐大的組織。

然而，就從洪安通娶了蘇荃那天起，神龍教開始轉變。蘇荃是洪安通強娶回來的「嫩妻」，他倆年齡差了一輩有餘。對於洪安通來說，娶得年輕貌美的蘇荃，他非常開心，但於蘇荃而言，洪安通是大她數十歲的「大叔」，也是她心中的「糟老頭」，她完全不愛洪安通。不論洪安通武功多高明，神龍教多龐大，蘇荃對洪安通都毫無感覺。嫁給洪安通，蘇荃心中只有滿滿的委屈。

但即使萬般不願意，蘇荃仍是洪安通的老婆，也是神龍教教徒心目中的教主夫人。蘇荃不愛洪安通，卻有滿滿的權力慾，身為教主夫人的她，決定插手教務。洪安通一來疼蘇荃，想討她開心，二來因洪安通不能人道，無法在性關係上滿足蘇荃，又想對她有所補償，故而放任她處理教務。有了洪安通做後盾，蘇荃決心改造神龍教。她認為神龍教教徒都是中老年人，整個組織暮氣沉沉，她想將神龍教年輕化，於是大量進用少男少女，再將老一輩教徒開革出教。神龍教在她改造下，果真有了年輕的朝氣。

然而，蘇荃以少男少女為神龍教骨幹，卻使得神龍教分裂成兩派，分別是以老幹部為主的「教主派」，以及以少男少女為主的「夫人派」。不過，因為洪安通完全放任蘇荃處理教務，「教主派」的地位明顯不若「夫人派」。曾隨洪安通創教的老幹部們為此灰心喪志，無意於教務，少男少女們則是經驗不足，不知如何發展教務，兩派之間又為了爭權而內鬥不休，神龍教也就逐漸式微了。當韋小寶派兵砲轟神龍島，神龍教面對滅教危機時，老幹部們無心禦敵，少男少女們則茫然失措、四處流竄。蘇荃對於神龍教的改造，竟使得洪安通苦心經營一生的神龍教分崩離析，或者也可以說，蘇荃將神龍教徹底搞垮了。

韋小寶砲轟神龍島後，蘇荃前來麗春院，準備捉回韋小寶，報滅教之仇，豈料她竟被韋小寶迷昏，韋小寶還將她「撿屍」，並強姦致孕。發現蘇荃懷了韋小寶的孩子後，不能人道的洪安通痛苦不堪，因而心性大亂，竟與下屬互鬥而亡。

雖然蘇荃從沒愛過韋小寶，但在懷了韋小寶的孩子之後，她仍決定嫁韋小寶為妻，成為韋小寶的七個老婆之一。不過，蘇荃的權力慾依然熾盛，在成為韋小寶的老婆後，她聽聞建寧公主對韋小寶出言不遜，馬上賞了建寧公主一巴掌。就這麼驚天一巴掌，再加上韋小寶的七個老婆中，蘇荃年紀最長，她因此成了七個老婆之首的「荃姊姊」，可想而知，將來韋小寶的老婆們，全都得聽她號令了。

◆徵狀◆

權力慾極重，掌控慾極強的的蘇荃，在韋小寶的老婆中，必然是最強勢的一個，但方怡、阿珂及建寧公主不見得會聽她號令。建寧公主可能會明著反她，方怡則可能會暗著陰她。蘇荃若想完全掌控韋小寶的老婆們，又無法順利掌控，她可能會常氣急敗壞，並因此罹患高血壓。

◆處方◆

掌控慾強的蘇荃需要練習覺察自己，讓自己的心自由，才能漸漸放下掌控一切的慾望。當她自由時，她身邊的人也就自由了。這麼一來，或許其他人會更信任她，也更喜歡與她相處，這樣的她才會是妹妹們共同敬重的「荃姊姊」。

韋春芳——被兒子鄙視的母親

◆問診◆

黃春明小說《看海的日子》中，白梅被養母賣到妓院後，用她出賣身體賺的錢，栽培弟妹完成學業，但在她韶華漸老之後，卻被養母說成是「爛貨」。為了弟妹犧牲自己，不只沒有得到感激，還被瞧不起的白梅，決定為自己的未來多做打算。她希望有個孩子，再將人生寄託在孩子身上。於是，她從嫖客中選出一位老實人，刻意不避孕，而後，她真的有了身孕，並生下了一個兒子。有了親生兒子後，她人生最大的心願是：栽培兒子長大，教他好好讀書，成為了不起的人。

有句俗語說：「笑貧不笑娼」，這句話是諷刺說，在拜金的社會中，人們會取笑貧窮的人，卻不見得會嘲笑靠陪睡賺錢的娼妓。然而，娼妓出賣身體賺錢，賺的並不是偷來搶來騙來的錢，以皮肉錢營生，也不代表她們人品低劣，但只因娼妓出賣身體，就有許多人瞧她們不起，而最讓娼妓難堪的，是連家人都看不起她們。白梅就是因為被養母看不起，才決定生個孩子，她希望日後隱藏過去的風塵歲月，與孩子過平凡的生活。韋春芳則是在生完孩子後，仍繼續在妓院中接客討生活，她的兒子韋小寶從小在妓院長大。韋小寶雖跟韋春芳情感親密，但他知道母親是賺皮肉錢的妓女，因而打從心底瞧不起韋春芳。

韋春芳不是白梅，她並不是選好了一個嫖客，刻意不避孕，才懷上韋小寶。韋小寶曾問起韋春芳知不知道他的爸爸是誰，韋春芳說她不知道，韋小寶又問她知不知道是哪一族人，韋春芳幽默的回韋小寶說，在懷他之前，她曾跟漢人、滿州官兒、蒙古武官、回子及西藏喇嘛都睡過，因此無法確定韋小寶是漢滿蒙回藏哪一族人的孩子。韋春芳還說，她唯一可以確定的是，她從不接羅剎鬼、紅毛鬼的客，所以韋小寶絕對是道道地地的中國人。而雖然韋春芳不知道她懷的是誰的種，但從生下韋小寶後，她就非常疼愛韋小寶。韋小寶是她在世上的唯一親人，她倆相依為命。身為單親媽媽的韋春芳，就用她辛苦賣身賣笑的皮肉錢，將韋小寶拉拔長大。

韋春芳雖是妓女，出賣身體維生，但她並不貪財。皮肉錢賺得很辛苦，但那是她勞心勞力所得，賺得理直氣壯。她很有骨氣，來路不明的錢她一分也不要，因此，韋小寶在北京出人頭地，衣錦還鄉後，拿了大把銀票給她，她立即拒絕韋小寶。除了因為她不貪財外，她還擔心唯一的兒子為了錢而作奸犯科。她不相信那是韋小寶賺回來的錢，因而非要韋小寶拿去還人不可。

韋春芳是妓女，在世人眼中，陪睡陪笑的妓女是低賤的，但韋春芳的心志並不低賤。不過，不只世人瞧不起她，連她一手用皮肉錢拉拔大的韋小寶也看她不起。韋小寶有時會恭維其他女人像他媽媽，他的想法是，說女人像他媽媽，就是打從內心罵對方「婊子」，而「婊子」是低三下四、人盡可夫的，可知韋小寶根本瞧不起韋春芳。又因為韋小寶看不起親生母親，因此，他在跟方怡談戀愛時，談起母親，就編了一篇他媽媽是明朝忠良之後的謊言來遮羞，足知他以母親的出身為恥。而在韋小寶升官加爵，位極人臣，家財萬貫後，他並未急著幫母親贖身，讓母親過好日子。他幾乎絕口不提母親，彷彿是要跟母親做切割，因而他在北京吃香的、喝辣的，他母親卻依然在揚州，辛苦的在風塵中討生活。

韋小寶後來終於衣錦還鄉，帶著大把銀子回到揚州。幾年不見的兒子從市井小無賴搖身一變，成了「一等鹿鼎公」，韋春芳也隨著兒子，從妓女變成了朝廷封賞的「誥命太夫人」。不過，有了「誥命太夫人」的頭銜，韋春芳並不見得從此就有了高高在上的地位，因為兒子回來時，還帶了七個老婆，這七個老婆中，既有大清朝公主、也有前明沐王府小郡主、還有前明沐王府家將、前神龍教主夫人，以及天地會與王屋派的武功高手，個個不是大美女，就是女英雄。要想讓這七位媳婦每天晨昏定省，叩見他這位妓女出身的婆婆，就怕韋春芳也會自覺承受不起。

◆徵狀◆

兒子是伯爵，媳婦則是公主、郡主、及女英雄，個個大有來頭，卻又幾乎個個都瞧她不起。

身為媽媽與婆婆的韋春芳，或許在兒子與媳婦面前，會自覺人微言輕，甚至還可能比她當妓女，面對嫖客時更自卑。長年的自卑將會讓韋春芳腰桿挺不直，她可能會因此越來越駝背。

◆處方◆

若是跟大有來頭的兒子媳婦們相處，讓韋春芳感受到壓力，或是她認為自己配不上兒子媳婦，因而感覺自卑，她可以選擇不跟兒子媳婦同住，讓自己心靈輕鬆。此外，擁有錢財，洗盡鉛華後，韋春芳可以重新規劃人生，或許學點新東西，或許從事新行業，做自己喜歡做的事，並從中得到人生的快樂。

俠士俠女與身心靈醫學的相遇

十多年前，因為熱愛金庸小說，以及常在中國時報「金迷聊聊天」專欄撰寫文章，我認識了遠流出版社金庸小說的主編李佳穎小姐。

李佳穎小姐當時除了負責金庸相關書籍的編輯外，還編輯遠流出版社的身心靈叢書。我的本職是醫師，對身心靈醫學也頗為研究，李佳穎小姐因此建議我開立一個專欄，從身心靈醫學的觀點，為金庸筆下的俠士俠女診斷疾病。

於是，我開立了「蝴蝶谷半仙」專欄，金庸筆下的俠士俠女與時下流行的身心靈醫學，從此有了連結。

李佳穎小姐當時還建議我，評寫金庸筆下一百個最知名的人物，我依其建議，從二〇〇五年開始，以「王二指」為筆名，每週評寫一個人物，最後完成了金庸百大人物的品評。

這個專欄完成後，悠悠忽過了十多年。在這十多年間，我在「金庸版本的奇妙世界」完成了六大部金庸小說的版本評論，此外，我每一年都出版一本身心靈作品，依次是《不只是奇蹟》、《武俠身心靈診療室—金庸小說人物VS二十種常見疾病》、《不藥而癒—身心靈整體健康完全講義》、《靜心的優雅節奏》、《天生富有：在豐裕的收成中享受生活》、《啟動靈感：來自賽斯的41堂靈魂課》、《美好世代：心靈老師的快樂親子書》、《自在修練：40個賽斯修為法輕鬆上手》、《賽斯速成100》、《賽斯書輕導讀》、《一起來玩工作坊：賽斯思想操作手冊》。經過這十多年來的學習與鑽研，我對於金庸小說與身心靈醫學，都有了更全面且深入的認識。

二〇一八年時，潘國森老師建議我，將「蝴蝶谷半仙」系列文章結集出版。我於是回頭重看當年寫的文章，這才發現，當年的這些文章，不只文筆不夠精練，許多身心靈醫學的觀念也不是非常成熟。

於是，我決定以現在更精深的觀念與更凝練的文筆，重新改寫這些舊文章。在原本的百篇文章、百大人物中，我擷取了讀者朋友們最熟悉的《射鵰英雄傳》、《神鵰俠侶》、《倚天屠龍記》、《天龍八部》、《笑傲江湖》與《鹿鼎記》六大部小說中的人物，共七十七篇。我相信這些人物都是讀者們最耳熟能詳的人物，閱讀起來將最輕鬆，也最有共鳴。

這十多年來的文筆與思路轉變極大，每一篇文章我幾乎都是以原本的文章為基礎，通篇改寫，期盼大家讀起來，都能感覺輕鬆、好讀、有趣。

衷心期盼經由這本書，大家都更認識金庸人物，也更了解身心靈醫學！